Sabrina Bennett

Captured by your eyes

AF872349

MIX
Papier aus verantwortungsvollen Quellen
Paper from responsible sources
FSC® C105338
FSC
www.fsc.org

Über die Autorin

Sabrina Bennett wurde 1991 in Wels geboren und lebt im österreichischen Marchtrenk, nahe Linz. Nach der Reife- und Diplomprüfung arbeitete sie in verschiedenen Bürojobs, von denen sie sich mehrere Auszeiten gönnte, um monatelang als Backpacker durch Asien zu reisen.
Schon in früher Kindheit war sie so fasziniert von Büchern, dass sie sich selbst das Lesen beibrachte. Seitdem liebt sie es, Geschichten zu Papier zu bringen.

Sabrina Bennett

Captured by your eyes

Roman

be HEARTBEAT

beHEARTBEAT

Vollständige ePub-to-Print-Ausgabe des in der Bastei Lübbe AG
erschienenen eBooks » Captured by your eyes« von Sabrina Bennett

beHEARTBEAT in der Bastei Lübbe AG

Covergestaltung: Birgit Gitschier, Augsburg unter Verwendung von Motiven
von © Tyshchenko Photography/shutterstock
Satz: 3w+p GmbH, Rimpar (www.3wplusp.de)
Gesetzt aus der Minion
Druck: Books on Demand GmbH, Norderstedt

ISBN 978-3-7413-0263-3

www.be-ebooks.de | www.luebbe.de
www.lesejury.de

Erstes Kapitel

Beschreibe dich mit einem Wort!

Verzweifelt? Verrückt?

Ein besseres Wort wollte mir beim besten Willen nicht einfallen. Und außerdem, wie sollte man ein so komplexes Wesen wie den Menschen mit nur einem Wort zusammenfassen? Das war einfach unmöglich. Ein Mensch bestand aus so viel mehr als nur einem Wort. Wahrscheinlich hätten nicht einmal tausend Worte gereicht. Diese ganze Sache war ohnehin eine blöde Idee gewesen. Ich sollte es einfach gut sein lassen.

»Wie wär's mit *einzigartig?*«, schlug Dawn vor, die neben mir auf dem Sofa saß und auf den Bildschirm meines Laptops lugte, den ich auf meinen Knien balancierte.

Dawn war seit der Primary School meine beste Freundin. Sie hatte einen Zwillingsbruder, Zack, der mittlerweile wie ein Bruder für mich geworden war. Die Eltern der beiden hatten ziemlich viel Geld, weshalb sie dieses tolle, große Haus, in dessen Wohnzimmer ich gerade saß, für ihre Kinder gemietet hatten, damit sie nicht in einem der Studentenwohnheime leben mussten. Es lag außerhalb des Campus der North Carolina State University, aber trotzdem noch nah genug.

Im oberen Stockwerk gab es vier große Schlafzimmer, und Dawn hatte mir natürlich sofort eines davon angeboten, weshalb ich kostenlos hier wohnen konnte. Das kam mir mehr als gelegen, da es nicht einfach war, das ganze Jahr über von den Ersparnissen meines Ferienjobs als Kellnerin zu leben, obwohl meine Eltern mir natürlich so gut sie konnten unter die Arme griffen.

»Einzigartig? Dein Ernst?«, fragte ich Dawn mit hochgezogener Augenbraue.

»Klar, bist du doch auch«, meinte sie grinsend, woraufhin ich nur einen seltsamen Grunzlaut von mir gab.

»Gib mal her. Ich mache das.« Sie nahm mir den Laptop ab. Ich wehrte mich nicht dagegen.

»Nur zu«, murmelte ich. Immerhin war es auch ihre Schuld, dass ich mich gerade in dieser Situation befand. Sie hatte mich dazu gedrängt, mich auf dieser komischen Datingwebsite anzumelden: StateSingles.com

Das war eine Dating-Plattform für Studenten der NC State University.

Ohne Dawns Drängen hätte ich mich niemals dort angemeldet. In meinen Augen war das nur was für Loser, aber wie gesagt, ich war eben verzweifelt.

Ich war nun schon seit über einem Jahr Single und hatte auch genauso lange keinen Sex mehr gehabt. Da ich einfach nicht der Typ für One-Night-Stands war, kam also nur eine Beziehung infrage. Außerdem vermisste ich es, einen Freund zu haben. Bisher war ich nur mit einem Jungen zusammen gewesen: Jacob Baker.

Jake und ich hatten dieselbe Highschool besucht. Er war so verdammt süß und gut aussehend gewesen, dass ich mich ab der ersten Sekunde in ihn verknallt hatte. Doch dann war ich auf die NC State gegangen und er auf ein College in Kentucky. Anfangs hatten wir es noch mit einer Fernbeziehung versucht, doch uns war schnell klar geworden, dass wir so nicht länger weitermachen konnten, also hatten wir es beendet. Wir hatten uns im Guten getrennt und beschlossen, Freunde zu bleiben, obwohl ich ihn seither nur noch ein Mal gesehen hatte.

Und nun war es für mich an der Zeit, endlich weiterzuziehen.

Ich war zwar über Jacob hinweg, aber seit unserer Trennung hatte ich niemanden mehr kennengelernt, der mich auch nur annähernd interessiert hätte. Deshalb hatte Dawn beschlossen, mir einen kleinen Schubs in die richtige Richtung zu geben.

»So, fertig«, verkündete meine beste Freundin nach ein paar Minuten. »Du solltest dir die App auf dein Handy laden. Das ist viel praktischer.«

Sie griff nach meinem Smartphone, das auf dem Couchtisch vor uns lag, und begann darauf herumzutippen, während ich ihr meinen Laptop abnahm.

»Du hast ein Foto hochgeladen?«, fragte ich bestürzt.

»Ja, aber keine Panik, man erkennt dich darauf doch gar nicht.«

Das stimmte. Das Foto zeigte mich von hinten. Ich stand am Strand, vor mir das Meer. Meine Hände waren in die Luft gestreckt, mein braunes Haar, das fast schwarz wirkte, weil es nass war, klebte auf meinem Rücken. Ich hatte meinen Hintern ein wenig rausgestreckt, weshalb er ziemlich knackig aussah. Meine Haut war braun gebrannt, was der lachsfarbene Bikini noch unterstrich. An meinem Körper klebten Hunderte von Sandkörnern. Es war ein schönes Foto. Ich liebte es, vor allem, weil es mich immer an diesen tollen Tag erinnerte. Dawn und ich waren in den Sommerferien ein paar Tage nach Virginia Beach gefahren. Ich weiß noch, wie glücklich ich damals gewesen war und wie viel Spaß wir gehabt hatten. Das Bild war in einem Moment des freundschaftlichen Herumalberns entstanden, weshalb ich es umso mehr liebte.

Eigentlich hatte ich nicht vorgehabt, es jemals jemandem zu zeigen, aber für so eine Website war es wohl das perfekte Bild. Nicht einmal Leute, die mich besser kannten, würden mich darauf erkennen können, was mir sehr wichtig war, denn ehrlich gesagt fand ich es ziemlich erbärmlich, online nach dem Traumpartner zu suchen. Als wäre man unfähig, im echten Leben Kontakte zu knüpfen.

Mein Blick glitt über den Bildschirm.

»B.Nice?« Ich musste lachen.

»Ja, findest du den Namen nicht gut?«, fragte Dawn besorgt. »Ich dachte, das würde ganz gut passen. Es ist einerseits eine Aufforderung, nett zu sein, denn genau das suchst du ja; nette Jungs, und andererseits ist es eine Anspielung auf dich. Ich meine, du heißt Bailey und bist nett. Kapiert?«

»Ja, schon klar«, antwortete ich lächelnd. »Ich mag den Namen.«

»Gut.« Grinsend reichte Dawn mir mein Handy. »Ich habe die App jetzt installiert. Dann kannst du bequem von überall aus mit süßen Jungs chatten, Bailey Adams.«

»Du klingst wie eine Werbereklame«, meinte ich trocken und betrachtete für ein paar Sekunden das blaue Symbol mit den zwei verschlungenen »S« auf meinem Bildschirm, ehe ich das Telefon in meine Hosentasche schob. Doch schon eine Minute später musste ich es wieder herausziehen, da es ein lautes Ping von sich gab.

»Hat dich schon jemand angeschrieben?«, fragte Dawn aufgeregt.

»Sieht so aus«, murmelte ich geistesabwesend, klickte auf das Symbol, und sofort ploppte eine Nachricht auf.

»Wie charmant«, grunzte ich, löschte die Nachricht mit dem Angebot für schnellen, unverbindlichen Sex und blockierte den User.

Leider wurden die Nachrichten nicht besser. Als ich abends in meinem Bett lag, war ich gerade drauf und dran, die App wieder zu löschen, als ich eine neue Nachricht erhielt.

TheRealC
Hey du ☺
Tolles Foto, obwohl ich echt gerne dein Gesicht gesehen hätte.
Lust zu chatten?

Ich klickte auf sein Profil. Er hatte kein Foto reingestellt, was normalerweise kein gutes Zeichen war, doch dann glitt mein Blick weiter hinunter.

Beschreibe Dich mit einem Wort!
That's what I do. I drink and I know things.
Tyrion Lannister

Ich musste lachen. Sofort war mir dieser Kerl sympathischer, nicht nur weil er sich nicht an die Ein-Wort-Regel gehalten hatte, sondern auch weil er ein Zitat aus „*Game of Thrones*" verwendet hatte. Ein Zitat aus meiner Lieblingsserie von einer meiner Lieblingsfiguren.

B.Nice
Na ja, immer noch besser als dein Foto 😆
Das tust du also? Du trinkst und du weißt Dinge? 😉

TheRealC
Touché 😆
Ganz genau 😉
Sag mir bitte, dass du dieses Zitat verstehst, sonst muss ich das Gespräch an dieser Stelle leider sofort beenden.

B.Nice
Machst du Witze? Ich liebe Tyrion!
Das war der einzige Grund, warum ich dir überhaupt geantwortet habe 😆
War schon drauf und dran, die App wieder zu löschen.

TheRealC
Gute Frau 😉
Ich kann ja so überhaupt gar nichts mit Leuten anfangen, die diese Serie nicht lieben 😁

Warum denn löschen?

B.Nice
Na ja, hier sind größtenteils nur Idioten registriert.
TheRealC
Und ich gehöre nicht zu diesen Idioten? 😆

B.Nice
Das weiß ich noch nicht, aber zwei Punkte sprechen schon mal für dich.

TheRealC
Und die wären?

B.Nice
Du magst Game of Thrones und dein erster Satz war nicht: „Bock auf Sex?“ 😆

TheRealC
Haha, da lag die Messlatte wohl nicht sehr hoch.
Und nur für's Protokoll, ich bin nicht hier, um Frauen für eine schnelle Nummer aufzureißen 😉

B.Nice
Was führt dich dann auf StateSingles?
Bist du auf der Suche nach der großen Liebe?

TheRealC
Bist du das denn?
Ehrlich gesagt glaube ich nicht wirklich an dieses Konzept.
Ich habe mich eigentlich nur aus einer Laune heraus hier angemeldet. Es hat seinen Reiz, anonym zu sein und ganz man selbst sein zu können.

B.Nice
An welches Konzept? Das der Liebe?
Das klingt ganz nach einem gebrochenen Herzen.
Und warum hast du das Gefühl, im echten Leben nicht du selbst sein zu können?

TheRealC
Haha, netter Gedanke, aber nein, ich habe kein gebrochenes Herz.
Dafür hätte ich erst mal verliebt sein müssen, und das war ich bisher noch nie.
Vielleicht kann ich mir deshalb einfach nicht vorstellen, wie das so ist.
Und glaub nicht, ich hätte nicht bemerkt, dass du meiner Frage ausgewichen bist 😉
Ich hätte darauf immer noch gerne eine Antwort.
Und zur zweiten Frage; ich weiß es nicht. Es ist einfach leichter, dieser Kerl zu sein, für den dich alle halten. Versteh mich nicht falsch, ich verstelle mich nicht völlig, nur gibt es da eben noch mehr als nur diesen Typ, den alle glauben zu kennen.

B.Nice
Das ist traurig. Ich finde, jeder sollte wissen, wie es sich anfühlt zu lieben und geliebt zu werden.
Also ehrlich gesagt, habe ich mich nur hier angemeldet, weil meine beste Freundin mich dazu gedrängt hat 😆
Ich finde es ziemlich schrecklich, dass wir in einer Welt leben, in der es notwendig ist, sich zu verstellen, nur weil wir einander nicht so akzeptieren können, wie wir wirklich sind.

TheRealC
Ich komme auch so ganz gut klar, also kein Mitleid 😆

So sind wir Menschen nun mal, wir denken in Schubladen, und wenn wir mal jemanden in eine gesteckt haben, ist es schwer, ihn da wieder rauszuholen.
Weißt du, eigentlich fühle ich mich in meiner Schublade die meiste Zeit ganz wohl, nur wäre es manchmal ganz nett, über tiefsinnigere Dinge zu reden als nur über oberflächlichen Scheiß. Und warum wird von uns Kerlen eigentlich erwartet, dass wir keine Gefühle zeigen dürfen?
Ich will ja nicht ständig vor allen in Tränen ausbrechen, aber ist es denn wirklich so schlimm, wenn man nicht immer gut drauf ist?

B.Nice
Ich hasse dieses Schubladendenken!
Es ist echt furchtbar.
Und ich bin der Meinung, Männer dürfen sehr wohl Gefühle zeigen. Ich glaube, die meisten Frauen suchen genau nach so einem Mann. Wer will schon einen oberflächlichen Idioten heiraten? Ich will mit meinem Partner über Gefühle reden können. Ich will für ihn da sein, wenn es ihm nicht gut geht. Ich will mit ihm über Gott und die Welt reden können.

TheRealC
Aber das tun wir doch alle. Wir sehen jemanden und machen uns sofort ein Bild von ihm, obwohl wir ihn noch gar nicht kennen. So sind wir eben.
Bist du dir sicher, dass du das wirklich willst? Ich glaube, viele Frauen reden sich gerne ein, dass sie lieber einen Softie an ihrer Seite hätten, aber in Wirklichkeit wollen sie einfach einen starken Mann.

B.Nice

Ich glaube nicht, dass das alle machen 😁
Und ja, ich bin mir sicher. Ich will eben beides. Einen starken Mann, der auch Emotionen zeigen kann. Das macht für mich Stärke erst aus.

TheRealC
Weißt du, dir glaube ich das sogar, B 😉

Ich musste schmunzeln wie schon die meiste Zeit während dieser Unterhaltung. Ich mochte C, wie ich ihn insgeheim nannte. Wir hatten diesen verhassten Small Talk einfach übersprungen und waren gleich zu tiefgründigeren Themen übergegangen. Das gefiel mir. Und es gefiel mir auch, dass er sich mir anvertraute. Das war ein gutes Gefühl.

Ich gähnte und sah auf die Uhr. Es war schon nach ein Uhr nachts, also sollte ich mich wohl lieber verabschieden und schlafen gehen, auch wenn mir das ein wenig schwerfiel, da ich dieses Gespräch sehr interessant fand.

B.Nice
😁
Ich sollte jetzt mal lieber schlafen gehen ...

TheRealC
Ja, sollte ich auch.
Schreiben wir morgen weiter?

B.Nice
Sehr gerne 😁

TheRealC
Okay, dann gute Nacht, B 😁

B.Nice

Gute Nacht, C ☺

Als ich am nächsten Morgen auf mein Handy guckte, war ich seltsamerweise ein wenig enttäuscht, dass ich keine neue Nachricht von C erhalten hatte. Das war total lächerlich, weshalb ich versuchte, nicht mehr an ihn zu denken. Immerhin kannte ich diesen Kerl überhaupt nicht. Da war es nicht gerade angebracht, zu viel über ihn nachzudenken.

Ich versuchte, mich stattdessen auf meine Kurse zu konzentrieren.

Ich studierte nun schon im dritten Jahr Wirtschaftswissenschaften, um später mal im Bereich Marketing arbeiten zu können. Um meine beruflichen Möglichkeiten nicht zu sehr einschränken zu müssen, hatte ich so viele Nebenfächer wie möglich gewählt. Nach meinem Studium konnte ich also alles von Werbetexterin bis Marktforscherin werden. Mit ein bisschen Glück und viel harter Arbeit vielleicht sogar Marketingmanagerin.

Ich betrat den Hörsaal, in dem Professor McAroy gleich eine Vorlesung in Wirtschaft halten würde. Doch kaum hatte ich es mir auf einem der Stühle einigermaßen gemütlich gemacht, setzte sich jemand auf den Platz genau neben mir: Jesse Carter.

Er war die Pest, besser ließ es sich beim besten Willen nicht ausdrücken. Jesse Carter war arrogant, überheblich und völlig selbstbezogen. Außerdem war er nicht nur ein Aufreißer, sondern auch ein verdammtes Arschloch, das so tat, als würde ihm die Welt gehören. Er war sich seines Aussehens mehr als bewusst und das setzte er nur zu gerne ein. Denn was man auch über ihn sagen wollte, eines ließ sich leider nicht bestreiten: Jesse Carter war verdammt heiß.

Er hatte dunkelblaue Augen, die einen krassen Kontrast zu seinen dunklen Haaren bildeten, die ständig so aussahen, als käme er gerade aus dem Bett. Er hatte einen gepflegten Dreitagebart, der sein markantes Kinn und den sinnlichen Mund betonte. Ständig trug er eine schwarze Lederjacke, die seinen Bad-Boy-Look unterstrich. Natürlich fuhren die meisten Mädchen total auf ihn ab. Klar, er sah verdammt gut aus, aber er war der Inbegriff eines oberflächlichen, selbstverliebten Arschlochs, also genau der Typ Mann, von dem ich mich lieber fernhielt.

Gleich das erste Mal, als er mich gesehen hatte, hatte er versucht, mich anzumachen und mich ins Bett zu kriegen. Ich hatte ihn sofort in seine Schranken verwiesen, allerdings machte er es sich seitdem zu seinem Lieblingszeitvertreib, mich zu nerven.

»Such dir einen anderen Platz, Carter«, brummte ich, ohne ihn eines Blickes zu würdigen.

»Weißt du, Adams, du könntest so verdammt heiß sein, wenn du nicht ständig so zickig wärst.«

»Und wenn du nicht so ein verdammter Idiot wärst, könntest du vielleicht ein kleines bisschen weniger unerträglich sein.«

Carter lachte und legte einen Arm um meine Schultern. »Ach, ich liebe unsere kleinen Neckereien. Sie sind wie ein langes Vorspiel.«

»Pfoten weg!«, fauchte ich. Er wusste genau, welche Knöpfe er drücken musste, um mich zur Weißglut zu treiben. »Und hau endlich ab!«

»Wo wir uns doch gerade so gut unterhalten?«

»Wie du willst. Dann gehe ich eben.«

Ich stand auf, schulterte meine Tasche und hielt nach einem anderen freien Platz Ausschau.

»Übrigens, wir haben kein Eis mehr. Du solltest also besser Nachschub besorgen«, meinte Carter lässig.

Ach, hatte ich noch nicht erwähnt, dass Jesse Carter nicht nur ein widerwärtiges Arschloch, sondern auch mein Mitbewohner war? Denn genau das war er.

Er hatte sich letztes Jahr mit Zack angefreundet, obwohl ich mir beim besten Willen nicht vorstellen konnte, was ein lieber Kerl wie Zack mit einem wie Carter gemeinsam hatte.

Carter hatte vor etwa drei Wochen aus der WG, in der er vorher gewohnt hatte, ausziehen müssen, da er sich mit dem Vermieter in die Haare gekriegt hatte, und der gute Zack hatte ihm natürlich sofort angeboten, einfach in das freie Schlafzimmer bei uns zu Hause einzuziehen. Obwohl Zack normalerweise ein sehr verständnisvoller und umgänglicher Mensch war, waren Dawn und ich mit unseren berechtigten Einwänden auf taube Ohren gestoßen. Er hatte das einfach über unsere Köpfe hinweg entschieden und uns vor vollendete Tatsachen gestellt, was ich ihm ehrlich gesagt immer noch ein wenig übel nahm.

»Du hast mein Eis aufgegessen?«, fragte ich ungläubig. »Aber es waren vorgestern noch zwei volle Packungen da!«

»Was soll ich sagen? Ich hatte eben Heißhunger«, meinte Carter achselzuckend, und ich musste mich echt zusammenreißen, um ihm nicht an den Kragen zu gehen.

»Du weißt ganz genau, dass du nicht an meine Eiscreme gehen darfst, Carter! Die ist für dich und auch für jeden anderen tabu. Aber ganz besonders für dich! Du wirst heute also deinen Arsch in den Supermarkt bewegen und mir neues kaufen!«

»Whatever«, murmelte er grinsend, und ich wusste, dass er einen Scheiß tun würde.

»Arschloch«, murmelte ich und suchte mir dann einen freien Platz weit weg von diesem Mistkerl, damit ich nicht Gefahr lief, ihn vor etwa zweihundert Zeugen zu ermorden.

Auch nach der Vorlesung war ich immer noch mies gelaunt, denn wenn ich bei einer Sache keinen Spaß verstand, dann war es meine Eiscreme, denn ich war geradezu süchtig nach diesem Zeug und musste deshalb immer welche im Haus haben. Ich hasste es, wenn sich jemand an meinem Vorrat zu schaffen machte, vor allem wenn es dieser Idiot Jesse war.

Allerdings hob sich meine Stimmung ein klein wenig, als ich auf das Display meines Handys blickte und das blaue Symbol aufblinken sah.

TheRealC
Hey B ☺
Ich wollte fragen, ob du heute Abend wieder Zeit hast, zu chatten?
Bin tagsüber ziemlich beschäftigt, aber ab sechs hätte ich Zeit 😁

B.Nice
Hey, ja, ich habe Zeit 😁

TheRealC
Dann bis später.

Ich steckte mein Handy zurück in meine Tasche und machte mich auf den Weg zu meinem nächsten Kurs. Danach ging ich – ein wenig widerstrebend – selbst in den Supermarkt, um Eis und ein paar andere Dinge zu kaufen, da auf Carter ganz bestimmt kein Verlass war.

Als ich nach Hause kam, waren Wohnzimmer und Küche leer, doch ich hörte Geräusche aus dem anderen Wohnzimmer – dem Jungszimmer. Als Carter hier eingezogen war, hatten wir – also hauptsächlich Dawn und ich – beschlossen, dass wir das große Wohnzimmer übernahmen, während die Jungs das kleinere haben konnten. So hatten wir wenigstens ein wenig unsere Ruhe.

Ich wusste nicht, ob Zack oder Carter da drin war, und ich hatte keine Lust, es herauszufinden, also machte ich mir stattdessen ein Sandwich zum Abendessen und zog mich ins

Wohnzimmer zurück, wo ich an einem Aufsatz für kreatives Schreiben weiterarbeiten musste.

Etwa eine Stunde später kam Dawn nach Hause und leistete mir ein wenig Gesellschaft. Als mein Handy ein lautes »Ping« von sich gab und ich grinsend aufs Display starrte, sah sie mich mit hochgezogenen Augenbrauen an.

TheRealC
Was ist dein Lieblingsessen?

Ich musste schmunzeln. Er hielt sich nicht lange mit Begrüßungsfloskeln auf, was ich ehrlich gesagt ganz gut fand. Jetzt kamen wir offensichtlich zum Kennenlernen-Teil. Vielleicht hätte ich meine Zeit nicht mit C verschwenden sollen, denn was wollte ich mit einem Kerl, der nicht an die große Liebe glaubte? Aber ich fand ihn einfach zu interessant und er hatte ja selbst gesagt, dass das vielleicht daran lag, dass er bisher einfach noch nie verliebt gewesen war, aber das ließ sich ja ändern.

»Mit wem schreibst du da?«, wollte Dawn wissen, als ich schnell eine Antwort tippte.

»Ähm«, machte ich nur, um Zeit zu schinden.

»Ist es jemand von StateSingles?«, fragte sie aufgeregt.

»Ja«, gab ich zu. »Er hat mich gestern angeschrieben, und da er ganz nett wirkte, dachte ich, es kann sicher nicht schaden, ein wenig mit ihm zu chatten.«

»Wie sieht er denn aus? Ist er heiß? Zeig mal sein Foto!«

»Er hat kein Foto reingestellt.«

Dawn biss sich auf die Unterlippe, sagte jedoch nichts.

»Was?«, fragte ich, da ich wusste, dass ihr etwas auf der Zunge lag.

»Also, im Normalfall haben nur solche Typen keine Fotos drin, die … ähm … na ja, die hässlich sind.«

»Ich glaube nicht, dass er hässlich ist. Das habe ich so im

Gefühl. Aber selbst wenn, ist es mir egal. Das Aussehen spielt für mich keine Rolle. Ehrlich gesagt will ich auch gar keinen superheißen Kerl, das sind meistens Idioten.«

»Also willst du lieber einen hässlichen?«, fragte Dawn und sah mich an, als wäre ich verrückt.

»Vielleicht nicht unbedingt hässlich. Er kann schon attraktiv sein, aber eher auf … süße Weise.«

»Also wie der nette Junge von nebenan?«

»Ganz genau.«

»Dann nimm doch Zack«, meinte sie trocken. »Der würde perfekt in dein Schema passen.«

»Ja, klar. Wenn man die Tatsache außer Acht lässt, dass er wie ein Bruder für mich ist.«

»Ja, das wäre schon irgendwie eklig«, kicherte Dawn. »Aber jetzt zurück zu diesem Kerl.« Sie deutete vielsagend auf mein Telefon, das ich immer noch in der Hand hielt.

»Wirst du dich mit ihm treffen?«

»Keine Ahnung«, meinte ich achselzuckend. »Ich will ihn erst mal ein wenig besser kennenlernen, bevor ich das entscheide.«

»Du musst mir aber auf jeden Fall Bescheid sagen, falls du dich mit ihm triffst und such dafür einen öffentlichen Ort aus. Es laufen so viele Spinner rum, ich will nicht, dass du vergewaltigt wirst oder so.«

»Keine Sorge. Falls ich mich mit ihm treffe, bin ich natürlich vorsichtig. Obwohl ich nicht glaube, dass er ein Vergewaltiger ist. Er ist wirklich süß und so tiefgründig.«

»Wer ist süß und tiefgründig?«, fragte Carter, der gerade aus der Küche kam.

Manchmal hasste ich die Aufteilung dieses Hauses. Die Küche lag genau zwischen den beiden Wohnzimmern, die beide vom Flur aus zu erreichen waren. Ständig konnte aus jeder Richtung jemand kommen und Gesprächsfetzen auffangen, so wie Carter gerade, und der war die letzte Person, die davon erfahren sollte, dass ich mich auf einer Dating-Website angemeldet hatte. Er würde mich ewig damit aufziehen.

»Niemand«, sagte ich schnell und bedachte ihn mit einem finsteren Blick.

»Habt ihr etwa gerade über mich gesprochen?«, fragte er und wackelte anzüglich mit den Augenbrauen.

Ich lachte spöttisch. »Glaub mir, Carter, wenn wir über dich reden, fallen viele Worte, aber keines davon ist ›süß‹ oder ›tiefgründig‹, na ja außer man setzt ein ›nicht‹ davor.«

»Klar«, meinte er zwinkernd. »Also, wenn ihr nicht über mich geredet habt, was ich übrigens immer noch stark bezweifle, über wen dann? Hast du etwa jemanden kennengelernt, Adams?«

»Ich wüsste nicht, was dich mein Liebesleben angeht.«

»Welches Liebesleben denn?«, prustete er. »Soweit ich das mitbekommen habe, ist es so gut wie nicht existent.«

»Nur weil ich nicht ständig mit meinen Eroberungen prahle so wie du –«

»Mit deinen Eroberungen?«, lachte er. »Wen hast du denn in letzter Zeit so erobert, hm?«

Er blickte mit diesem blöden Grinsen und vor der Brust verschränkten Armen auf mich hinunter.

»Das wird mir zu blöd«, beendete ich das Gespräch wütend und stand auf.

»Vor mir kannst du vielleicht davonlaufen, aber vor der Wahrheit nicht«, rief Carter mir hinterher, als ich aus dem Raum und in mein Zimmer stürmte.

Ich hasste es, wenn er recht hatte, noch mehr, als wenn er sich irrte. Wütend warf ich mich aufs Bett.

Was war denn bitte so schlecht daran, wenn man nicht mit jedem x-beliebigen Typen ins Bett sprang? Ich hielt das eigentlich für eine ziemlich gute Eigenschaft, weshalb ich auch nicht wusste, warum ich das nicht einfach gesagt hatte.

Glücklicherweise verflog meine Wut schnell wieder, als

mein Handy klingelte und ich eine Nachricht von C auf meinem Display sah. Zuletzt hatte ich geschrieben, dass mein Lieblingsessen Spaghetti Carbonara war und ihn nach seinem gefragt.

TheRealC
Ich hatte schon Angst, du würdest behaupten, dein Lieblingsessen wäre Salat.
Aber zum Glück hast du Geschmack 😉
Ich liebe italienisches Essen, aber vor allem Lasagne.

B.Nice
Gott, nein! Wie traurig, wenn dein Lieblingsessen Salat ist.
Solche Menschen haben entweder noch nie etwas wirklich Leckeres gegessen, oder sie lügen, um den Eindruck zu erwecken, dass sie sich total gesund ernähren.

TheRealC
Ganz deiner Meinung! Ich traue diesen Salatfressern auch nicht über den Weg!

Ich begann lachend eine Antwort zu tippen, als schon die nächste Nachricht von C einging.

TheRealC
Und was ist dein Lieblingsfilm?

So ging es fast die halbe Nacht weiter. Obwohl wir beide schon todmüde waren, wollte keiner das Gespräch beenden.

Ich erfuhr in diesen wenigen Stunden mehr über ihn, als ich über die meisten anderen Menschen wusste. Seine Lieblingsfarbe war schwarz und seine Lieblingsserie *Game of Thrones*. Er hatte keinen Lieblingsfilm, stand aber hauptsächlich auf Actionfilme und Komödien. Irgendwann ging es tiefer, und so erfuhr ich, dass sein Vater vor fast fünf Jahren bei einem Autounfall gestorben war, nur ein paar Tage nach seinem sechzehnten Geburtstag. Er hatte keine Geschwister und war seitdem alleine mit seiner Mom. Sie lebte zwar in Pittsburgh, also etwa eine Flugstunde entfernt, aber C besuchte sie so oft wie möglich, da er nicht wollte, dass sie einsam war. Auch wenn er mir nicht gesagt hätte, wie sehr ihn dieser Verlust auch heute noch schmerzte, hätte ich es an der Art, wie er darüber schrieb, gemerkt. Er versuchte offensichtlich tapfer zu sein, doch die Traurigkeit schwang in seinen Worten mit, auch wenn ich sie nicht hören, sondern nur lesen konnte. Er hatte das Gefühl, stark sein zu müssen und sich nichts anmerken lassen zu dürfen, weil es schon so lange her war. Doch das war völliger Quatsch, und das sagte ich ihm auch. Ich hatte ein sehr gutes Verhältnis zu meinen Eltern und wenn einer von beiden – Gott bewahre! – sterben würde, würde ich wohl nie darüber hinwegkommen.

Es war ein gutes Gefühl, für ihn da zu sein. Die Person zu sein, der er sich anvertrauen konnte, obwohl wir uns eigentlich überhaupt nicht kannten.

Irgendwann beschlossen wir dann doch, dass es endlich an der Zeit war, schlafen zu gehen, doch ich wollte noch eine letzte Sache wissen.

B.Nice
Kann ich dich noch was fragen?

TheRealC
Klar 😁

B.Nice
Wie heißt du eigentlich?

TheRealC
Können wir es nicht einfach bei C belassen?
Ich weiß nicht, ob ich diese Anonymität aufgeben will.

Das klang für mich nicht gerade danach, als hätte er in nächster Zeit vor, sich mit mir zu treffen – oder überhaupt einmal.

B.Nice
Niemals?

TheRealC
Ich weiß es nicht, B.
Können wir das ein andermal besprechen?

B.Nice
Natürlich 😀
Gute Nacht C

Ehrlich gesagt wollte ich das nicht ein anderes Mal besprechen. Ich wollte auf der Stelle wissen, woran ich war. Ich wollte nicht meine Zeit mit jemandem verschwenden, der nichts weiter wollte, als einen anonymen Freund, bei dem er seine Probleme abladen konnte. Doch tief in mir wusste ich, dass ich trotzdem nicht aufhören können würde, mit ihm zu schreiben. Denn bei ihm fühlte ich mich verstanden. Ich fühlte mich gebraucht. Und ich war nicht bereit, dieses Gefühl aufzugeben – noch nicht.

Zweites Kapitel

»Hast du ihn jetzt endlich mal um ein Treffen gebeten?«, fragte Dawn, und ich schüttelte nur den Kopf.

»Ihr schreibt jetzt schon seit fast zwei Wochen miteinander. Soll das auch zu irgendwas führen?«

»Ich weiß, und ich würde ihn auch gerne endlich mal persönlich kennenlernen, aber er ist noch nicht so weit«, seufzte ich.

»Und woher willst du das wissen, wenn du ihn nicht fragst?«

»Vertrau mir, er will mich nicht treffen. Jedes Mal, wenn ich ihn irgendetwas frage, was mich seiner Identität näher bringen könnte, blockt er ab. Er will mir nicht verraten, welche Kurse er besucht, ob er in einem Wohnheim oder außerhalb wohnt oder sonst was, das mir weiterhelfen könnte. Das Einzige, das ich weiß, ist, wo er immer seinen Kaffee holt. Aber da gehen jeden Tag Hunderte Studenten ein und aus, das bringt mir also auch nichts.«

»Wenn er sich so ziert, musst du seinem Glück einfach ein wenig auf die Sprünge helfen. Geh in dieses Café, vielleicht hast du ja Glück.«

»Ach, und was soll ich da tun? Jeden Kerl fragen, ob er zufällig TheRealC ist?«, erwiderte ich trocken.

»Natürlich nicht, aber wenn es Schicksal ist, findest du ihn.«

»Schicksal? Ehrlich, Dawn?«

»Klar, glaubst du etwa nicht daran?«

»Ich weiß es nicht, aber was ich weiß, ist, dass es so gut wie unmöglich ist, ihn zu finden, wenn er nicht gefunden werden will, und ich möchte ihn ja auch zu nichts drängen. Vielleicht ist er einfach nicht *so* an mir interessiert.«

»Quatsch, natürlich ist er das. Ich meine, wie könnte er nicht? Und was schadet es schon, wenn du mal dein Glück versuchst? Im schlimmsten Fall gibst du einfach noch mehr Geld als sonst für Kakao oder Tee aus.«

Vielleicht hatte sie recht.

Obwohl ich C noch nicht lange kannte, genoss ich die Gespräche mit ihm sehr – mehr als die meisten anderen.

Manchmal sprachen wir über alltäglichen Kram, andere Male über Dinge wie den Sinn des Lebens. Ich liebte alle unsere Unterhaltungen, egal ob es sich dabei um wichtige oder belanglose Dinge handelte. Und ich musste zugeben, dass ich ihn mehr mochte, als mir wahrscheinlich guttat. Der Drang, ihn endlich zu treffen und den Menschen hinter C kennenzulernen, wurde von Tag zu Tag stärker, nur schien das nicht auf Gegenseitigkeit zu beruhen.

Vielleicht sollte ich das wirklich selbst in die Hand nehmen.

Ich beschloss, Dawns Rat anzunehmen. Jeden Tag ging ich in das Café, bestellte eine heiße Schokolade oder einen Früchtetee, setzte mich an einen der Tische und hielt Ausschau.

Ich wusste zwar nicht, wonach genau ich suchte, immerhin könnte es jeder der Kerle sein, die hier ein und aus gingen, aber irgendwie dachte ich wohl, ich würde es spüren, wenn *er* es wäre.

Am vierten Tag hatte ich eine der gemütlichen Sitznischen ergattert. Ich schlürfte gerade an meinem Kakao, als sich ein großer, breiter Körper auf die Bank mir gegenüber schob.

Ich seufzte schwer.

»Lass mich bitte in Ruhe«, bat ich müde, was allerdings nichts bewirkte, außer dass Carter mich frech angrinste.

»Mir ist aufgefallen, dass du in letzter Zeit ständig hier rumhängst und Tische besetzt«, meinte er.

»Und? Ist das etwa verboten?«, erwiderte ich feindselig.

»Nein, nur seltsam, immerhin weiß ich, dass du Kaffee nicht ausstehen kannst. Was führt dich also in ein Café?«

»Ich weiß, das übersteigt wahrscheinlich deinen Horizont, aber es ist tatsächlich möglich, auch etwas anderes als Kaffee zu bestellen.«

»Warum immer so feindselig, Adams?« Er legte einen Arm auf die Lehne der Sitzbank und lehnte sich lässig zurück.

»Weil du mir tierisch auf die Nerven gehst, Carter«, knurrte ich. »Reicht es denn nicht schon, dass ich mit dir im selben Haus wohnen muss? Kannst du mich dann nicht wenigstens außerhalb davon in Ruhe lassen?«

»Und so tun, als würde ich dich nicht kennen? Das wäre doch total unhöflich.«

Am liebsten hätte ich mich über den Tisch gebeugt, um ihm sein blödes Grinsen aus dem Gesicht zu wischen.

»Unhöflich ist nur, dass du meine Wünsche nicht respektierst, also verschwinde und lass mich in Ruhe!«

»Wir wissen beide, dass das nicht passieren wird«, lachte er.

»Was habe ich dir bloß getan? Kannst du dir nicht jemand anderen suchen, dem du den letzten Nerv rauben kannst?«

»Nein, eher nicht, denn außer dir kann mich eigentlich jeder ziemlich gut leiden«, meinte er zwinkernd.

»Das ist wirklich unvorstellbar«, murmelte ich, doch er überging das einfach.

»Außerdem macht es bei keinem so viel Spaß.«

Wieder zwinkerte er, was mich allmählich wirklich zur Weißglut trieb.

»Weißt du was? Von mir aus kannst du hier sitzen bleiben, bis du Wurzeln schlägst. Ich verschwinde.«

Ich stand auf, schulterte meine Jacke und stürmte aus dem Café, während ich ihn lachen hören konnte. Warum musste er nur immer so unausstehlich sein? Und warum konnte er sich nicht endlich mal ein anderes Opfer suchen? Das musste doch selbst für ihn langsam langweilig werden.

Kaum hatte ich das Café verlassen, krachte ich in jemanden hinein.

»Tut mir leid«, murmelte ich und sah auf.

Vor mir stand ein attraktiver Kerl mit braunen Locken auf dem Kopf und schwarzer Hornbrille auf der Nase.

»Kein Problem. War meine Schuld. Ich hätte besser aufpassen müssen.«

»Nein, das war absolut meine Schuld«, beharrte ich, denn so war es nun mal.

»Nein, ich übernehme die volle Verantwortung.« Er lächelte mich freundlich an. »Ich würde dich dafür gerne auf einen Kaffee einladen. Hättest du vielleicht Zeit?«

Ich warf einen Blick über meine Schulter zurück zum Café. Keine zehn Pferde würden mich da jetzt wieder reinbringen, schon gar nicht in Begleitung eines Mannes.

»Ich muss leider los. Ein anderes Mal vielleicht?«

»Oh, klar. Wie wär's mit morgen? Um vier Uhr hier?«

Eigentlich hatte ich ihn nur schnell abwimmeln wollen. Dass er direkt einen Gegenvorschlag machte, überrumpelte mich so sehr, dass ich einfach zusagte, ohne es wirklich zu wollen. »Super«, er strahlte mich an. »Ich bin übrigens Cole und du?«

»Cole mit C?«, fragte ich und wurde plötzlich ganz aufgeregt.

»Ähm, ja«, antwortete er ein wenig verunsichert.

»Äh, ich bin Bailey«, sagte ich schnell.

»Mit B?«, fragte er und brachte mich damit zum Lachen.

»Ganz genau.«

»Freut mich, dich kennenzulernen, Bailey mit B.«

»Ja, mich auch. Ich muss jetzt wirklich los. Bis morgen.« Ich winkte ihm noch mal zu und machte mich dann auf den Weg nach Hause.

Doch ein Gedanke ließ mich einfach nicht los – konnte es wirklich möglich sein?

Könnte Cole wirklich C sein? Gab es wirklich so etwas wie Schicksal, das uns beide nun zusammengeführt hatte?

Als ich kurz darauf mit C chattete, brannte es mir in den Fingern, ihn zu fragen, aber ich wollte nicht, dass er mich für verrückt hielt, sollte er es doch nicht sein. Denn jeden Tag in dieses Café zu gehen und nach ihm Ausschau zu halten, war ziemlich verrückt. Und dass ich mit einem Kerl ausging, nur weil sein Vorname mit C begann, war mehr als nur verrückt. Obwohl ich dem Date schon zugestimmt hatte, bevor ich seinen Namen gekannt hatte, auch wenn ich das nur getan hatte, weil er mich mit seiner Frage überrumpelt hatte. Aber jetzt, da ich diese dämliche Hoffnung in mir spürte, konnte ich die Verabredung kaum noch erwarten.

Obwohl es Dawn gewesen war, die mir geraten hatte, nach C zu suchen, war sie nicht annähernd so aufgeregt wie ich. Sie hatte mir diesen Schicksalskram eingeredet, aber als ich ihr davon erzählte, reagierte sie ziemlich skeptisch und meinte nur, es wäre schon ein verdammt großer Zufall, und ich sollte mich lieber nicht zu sehr darauf versteifen.

Auch wenn meine beste Freundin meiner Vorfreude einen kleinen Dämpfer verpasst hatte, war ich trotzdem aufgeregt, als ich am nächsten Tag um vier Uhr vor dem Café stand und Cole auf mich zukommen sah.

»Hey«, begrüßte er mich, blieb vor mir stehen und sah mich mit schief gelegtem Kopf an. »Ich dachte ehrlich gesagt nicht, dass du wirklich hier auftauchen würdest.«

»Natürlich. Das war doch so abgemacht«, sagte ich lächelnd. Er wirkte ein wenig nervös, was ich ziemlich niedlich fand.

»Ich weiß, aber ich bin trotzdem überrascht. Mädchen wie du gehen eigentlich nicht mit Jungs wie mir aus.«

»Was meinst du mit Mädchen wie mir und Jungs wie dir?«

»Na ja.« Er steckte seine Hände in die Hosentaschen und starrte hinunter auf seine Schuhspitzen. »Du bist bestimmt total beliebt und kennst den halben Campus … und ich bin eben …«, offensichtlich suchte er nach dem richtigen Wort, »nur ein Nerd.«

»Also erstens bin ich gar nicht so beliebt. Ich habe nur wenige, dafür aber gute Freunde. Und zweitens, was heißt hier bitte *nur* ein Nerd? Nerds sind klasse! Und zufällig zähle ich mich selbst auch zu ihnen.«

Er lachte unsicher. »Okay, wir sollten mal lieber rein gehen.«

Cole hielt mir ganz gentlemanlike die Tür auf, und wir reihten uns hinter den anderen Wartenden vor der Theke ein.

»Einen Cappuccino und ähm …«, sagte er an den Barista gewandt und sah mich dann fragend an.

»Eine heiße Schokolade«, beantwortete ich seine unausgesprochene Frage lächelnd.

Wir nahmen unsere Getränke entgegen und suchten uns einen freien Platz.

»Du trinkst keinen Kaffee?«, fragte Cole, als wir uns gegenüber an einem der kleinen Tische saßen.

»Nein, nichts für ungut, aber ich finde dieses Zeug echt widerlich. Es ist einfach nur bitter und total ungenießbar.«

Cole lachte. »Es gibt nicht viele Menschen, die Kaffee nicht mögen.«

»Tja, ich bin eben einzigartig.«

»Ja, da bin ich sicher.«

Ich sah hinunter auf Coles Hände, die den Kaffeebecher fest umklammerten. Er räusperte sich, als wolle er etwas sagen, ließ es dann aber bleiben. Er wusste wohl nicht so recht, worüber er mit mir reden sollte, also nahm ich die Sache selbst in die Hand.

»Was studierst du eigentlich?«

»Soziale Arbeit«, antwortete er, und ein Lächeln stahl sich

auf sein Gesicht. »Ich will Jugendlichen helfen, die auf die schiefe Bahn geraten sind. Ich finde, jeder hat eine zweite Chance verdient.«

»Das ist toll, Cole. Diesen Beruf könnte nicht jeder machen.«

»Es ist sicher hart, da mache ich mir keine falschen Vorstellungen, aber ich möchte einfach helfen.«

Er schenkte mir ein aufrichtiges Lächeln und ich war froh, offensichtlich genau die richtige Frage gestellt zu haben. Er wirkte nun viel entspannter als noch vor wenigen Minuten.

»Und was studierst du?«, wollte er nun wissen.

»Wirtschaft. Ich weiß, nicht sehr spannend.

»Doch, doch!«, sagte er schnell. »Und was willst du später mal damit machen?«

»Ich möchte im Marketing arbeiten. Aber nicht für irgendeinen Großkonzern, sondern für ein kleines Unternehmen, das umweltfreundliche Produkte vertreibt.«

»Das ist doch auch sehr lobenswert«, meinte Cole.

Ich zuckte nur mit den Achseln und nahm einen Schluck von meinem Kakao.

»Und was machst du sonst so? Hast du irgendwelche Hobbys?«, fragte ich.

»Keine außergewöhnlichen. Ich lese Comics, gucke Serien … solche Dinge eben. Und du?«

»Geht mir genauso, aber neben dem Studium bleibt ohnehin nicht viel Zeit für Hobbys.«

»Stimmt«, meinte er lächelnd.

Cole hatte ein wirklich nettes Lächeln, nur bewirkte es nichts in mir. Da war kein aufregendes Kribbeln in meinem Bauch, kein Verlangen, ihn zu berühren oder ihm näherzukommen.

Wir saßen etwa eine Stunde im Café und unser Gespräch verlief flüssig, ohne unangenehmem Schweigen, trotzdem fühlte es sich irgendwie erzwungen an. Wir streiften jedes

Thema nur oberflächlich und wechselten dann sofort zum nächsten, ohne auf irgendeines davon tiefer einzugehen.

»Es war wirklich schön, dich kennenzulernen«, sagte Cole, als wir draußen vor dem Café standen, um uns zu verabschieden.

»Ja, dich auch.«

»Könnte ich vielleicht deine Handynummer haben? Du weißt schon, um in Kontakt zu bleiben?«, fragte er ein wenig unsicher.

»Äh, sicher.« Ich nahm sein Telefon entgegen, um meine Nummer einzuspeichern, hauptsächlich, weil ich nett sein wollte, aber auch weil ich immer noch nicht wusste, ob er vielleicht C war. Es gab einige Gemeinsamkeiten zwischen den beiden, allerdings konnte ich mir nicht so richtig vorstellen, dass er es wirklich war. Vielleicht aber auch nur, weil ich einfach nicht wollte, dass er es war.

Cole war nett, aber ich fühlte mich nicht zu ihm hingezogen.

»Danke für den Kakao«, sagte ich, nachdem ich ihm sein Handy zurückgegeben hatte. »Wir sehen uns.«

Ich streckte ihm die Hand entgegen, um mögliche Annäherungsversuche sofort zu unterbinden.

»Äh … gerne geschehen«, erwiderte er und schüttelte kurz meine Hand.

»Also dann … bye.« Ich schenkte ihm noch ein schwaches Lächeln, ehe ich mich umdrehte und schnell davonging.

Beim Nachhauselaufen ließ ich das Date noch einmal Revue passieren. Ich legte jede von Coles Aussagen in die Waagschale und verglich sie mit den Gesprächen mit C. Rein theoretisch wäre es möglich, dass Cole C war, und vielleicht würde es doch noch zwischen uns funken, wenn wir erst mal wussten, wer wir wirklich waren. Zumindest hoffte ich das, obwohl ich noch mehr hoffte, dass Cole nur irgendein Kerl war, dessen Name zufällig mit einem C begann. Immerhin liefen auf dem Campus sicher Hunderte davon herum.

Plötzlich bekam ich einen Anflug von schlechtem Gewissen.

Cole nur meine Nummer zu geben, um herauszufinden, ob er C war, war nicht fair. Er war ein netter Kerl, und es schien, als wäre er ehrlich an mir interessiert. Das hätte ich nicht so ausnutzen dürfen.

Ich seufzte und ging dann die Einfahrt zu unserem Haus hoch, die ich gerade erreicht hatte. Ich schloss die Tür auf, ließ meine Tasche achtlos auf den Boden fallen und ging ins Wohnzimmer, das zum Glück leer war. Ich hatte gerade keine Lust auf Gesellschaft. Das Einzige, was ich wollte, war endlich zu erfahren, ob Cole nun C war oder nicht. Ich überlegte, wie ich das am besten in Erfahrung bringen könnte. Am liebsten hätte ich C einfach direkt danach gefragt, aber das war wohl keine gute Idee. Obwohl es mich in den Fingern juckte, ihm endlich zu schreiben, ließ ich mir Zeit damit, bis ich gekocht, zu Abend gegessen und mein Essay beendet hatte. Erst dann fischte ich mein Handy aus der Hosentasche meiner Jeans und öffnete den Chat mit TheRealC. Da ich C nicht geradeheraus fragen konnte, musste ich die Sache ein wenig anders angehen.

B.Nice
Hey, was hast du heute so gemacht? 😁

Das war zwar nicht die ausgefuchsteste Art, aber ich war mir sicher, dass sie mich zum Ziel führen würde. Ein paar Minuten später erhielt ich eine Antwort.

TheRealC
Hey 😁
Erst Uni, dann bei Kumpels, jetzt zu Hause.

Du?

Da stand kein Wort von einem Date. Ob er es mir einfach nicht sagen wollte? Oder vielleicht war er es wirklich nicht, was weitaus wahrscheinlicher war. Erleichterung durchströmte mich, was Cole gegenüber nicht gerade nett war, aber ich konnte nun mal nichts daran ändern.

Trotzdem wollte ich ganz sichergehen.

B.Nice.
Ehrlich gesagt, hatte ich ein Date.

TheRealC
Oh okay.

Noch ehe ich darauf etwas erwidern konnte, kam erneut eine Nachricht von ihm.

TheRealC
Hör mal, ich kann heute leider nicht mehr mit dir chatten.
Ich muss dann weg.

B.Nice
Okay.
Alles okay zwischen uns?

TheRealC
Klar.

B.Nice
Wirklich? So wirkt es nämlich nicht.

TheRealC

Wie wirkt es denn?

Ehrlich gesagt wirkte es, als wäre er wütend. War er vielleicht … eifersüchtig? Und warum schreckte mich dieser Gedanke nicht ab?

B.Nice
Als wärst du wütend.
Stört es dich, dass ich ein Date hatte?

TheRealC
Warum sollte es?
Wir sind ja nicht zusammen oder so. Wir kennen uns nicht mal, B.
Du kannst also ausgehen, mit wem du willst, ehrlich gesagt interessiert mich das nicht im Geringsten.
Ich habe es nur einfach eilig. Wir können ja ein andermal weiterschreiben.
Muss jetzt wirklich los. Bye.

Ich antwortete nicht darauf, weil ich nicht wusste, was ich dazu sagen sollte. Er hatte mich gerade ziemlich gekränkt. Klar, wir waren nicht zusammen und kannten uns auch nicht persönlich, aber es ließ sich nicht leugnen, dass etwas zwischen uns war. Es war gemein, mich so herablassend zu behandeln. Und es machte mich auch ziemlich wütend.

Wie es schien, war ich nicht die Einzige, die gerade mit Wut zu kämpfen hatte. Ich hörte, wie eine Tür zugeknallt wurde, wahrscheinlich die zum Jungszimmer, dann hörte ich Lärm aus dem Flur. Ich stand auf und streckte meinen Kopf aus der Tür. Carter kämpfte gerade damit, in seine Schuhe zu kommen und fluchte dabei leise vor sich hin.

»Alles okay?«, fragte ich aus einer Laune heraus, da es mich eigentlich überhaupt nicht kümmerte, wie es ihm ging.

»Alles bestens«, knurrte er zwischen zusammengebissenen Zähnen, was mich dann doch sehr wunderte. Eigentlich war ich es immer, die wütend reagierte, während er mir auf die Nerven ging und seinen Spaß dabei hatte.

»Na ganz offensichtlich nicht. Du brauchst deine Laune aber nicht an mir auszulassen«, brummte ich und verschränkte die Arme vor der Brust.

»Mach ich doch gar nicht!«, rief er aufgebracht. »*Du* hast *mich* angesprochen, schon vergessen?«

»Ja, weil du so einen Krach gemacht hast.«

»Tut mir sehr leid, dass ich dich gestört habe, Prinzessin. Aber keine Sorge, ich bin gleich weg.«

»Wo willst du denn hin?«

»In eine Bar.«

»Geht's auch etwas genauer?«

»Kann dir doch egal sein. Was soll denn dieses Scheißverhör?«

»Du bist nicht der Einzige, der heute einen miesen Tag hatte, also hör auf, mich so blöd anzumachen.«

»Wenn es dich so sehr interessiert, wohin ich gehe, dann komm doch einfach mit und sieh es dir an.«

»Ich soll mit dir mitgehen? In eine Bar?«

»Nein, du *darfst* mitgehen. Aber entscheide dich lieber schnell, ich will mich jetzt besaufen.«

»Besaufen klingt gut«, meinte ich, und ich weiß nicht, wer von uns beiden überraschter war, als ich in den Flur hinaustrat und in meine Schuhe schlüpfte.

»Du kommst wirklich mit?«, fragte er ungläubig.

»Ja, aber nicht, weil ich scharf auf deine Gesellschaft bin. Ich brauche einfach Alkohol und ich will nicht irgendwo alleine an der Bar sitzen.«

»Okay«, sagte er gedehnt und öffnete die Haustür. »Es ist nicht weit. Nur etwa zehn Minuten von hier. Wir können zu Fuß gehen.«

»Gut.« Ich folgte ihm nach draußen, und wir verfielen in Schweigen.

Tatsächlich erreichten wir nach etwa zehn Minuten eine kleine Bar, die von außen nicht gerade spektakulär aussah. Ich folgte Carter hinein und sah mich erst mal kurz um. Es gab ein paar Resopaltische, die fast alle besetzt waren. Den hinteren Teil des Lokals nahm der lange Tresen in Anspruch, vor dem mehrere Barhocker standen. Wir steuerten geradewegs auf zwei dieser Hocker zu und setzten uns. Der Barkeeper fragte nach unseren Bestellungen. Ich entschied mich für ein Bier und Tequila. Carter tat es mir gleich, nur dass er statt Bier Whiskey bestellte. Der ältere Herr verlangte nach unseren Ausweisen, und wir hielten ihm beide unsere gefälschten Ausweise unter die Nase.

»Ich hasse dieses Zeug«, verkündete ich, nachdem ich den Tequila hinuntergeschüttet hatte. Ich verzog mein Gesicht zu einer Grimasse und schüttelte angeekelt den Kopf.

»Beim Zweiten wird's besser«, meinte Carter und bedeutete dem Barkeeper, noch mal nachzuschenken.

Wir redeten nicht viel, sondern tranken nur und starrten beide auf den großen Fernseher über dem Tresen, auf dem irgendein Basketballspiel lief. Der Alkohol machte sich schnell bei mir bemerkbar, da ich es nicht gewohnt war, so viel zu trinken. Die paar Mal, die ich bisher betrunken gewesen war, konnte man wohl an einer Hand abzählen – oder an eineinhalb Händen.

»Willst du mir jetzt vielleicht verraten, warum du so wütend warst?«, fragte ich nach einer Weile und lallte dabei leicht.

»Ich hatte einfach einen schlechten Tag«, seufzte er und nahm noch einen Schluck von seinem Whiskey. Der Alkohol schien ihm nicht so viel auszumachen wie mir, obwohl er mehr getrunken hatte.

»Das klingt nach einer Ausrede.«

»Ach was«, meinte er schmunzelnd. »Es ist nichts Wichtiges. Ehrlich nicht«, fügte er dann hinzu.

»Das glaube ich nicht. Warum fällt es euch Männern immer so schwer, einfach mal zu euren Gefühlen zu stehen?«, fragte ich und seufzte dramatisch.

»Ich habe keine Gefühle.« Er zwinkerte mir zu, woraufhin ich sein Gesicht ein klein wenig genauer studierte.

»Das glaube ich nicht. Jeder Mensch hat Gefühle, sogar du, Jesse Carter.« Ich piekte ihm mit dem Zeigefinger in die Brust. »Also, was bedrückt dich? Mir kannst du es ruhig verraten.«

Carter lachte. »Okay Mrs. Freud, ich glaube, für heute hattest du genug.«

»Gar nicht«, widersprach ich und rutschte im selben Moment seitlich von meinem Hocker.

Carter fing mich gerade noch rechtzeitig auf.

»Yup, du hast eindeutig genug.«

»Aber es ist noch gar nicht spät«, jammerte ich.

»Es ist schon fast Mitternacht«, teilte er mir mit, woraufhin ich sofort den Kopf schüttelte.

»Nein, das glaube ich nicht. Wir sind doch erst um … ähm … wann sind wir noch mal hergekommen?«

»So gegen zehn«, meinte er lachend.

»Was? Wir waren zwei Stunden hier?«

»Ja, die Zeit vergeht wie im Flug, wenn man sich nett unterhält«, sagte Carter ironisch, da wir uns die meiste Zeit nur angeschwiegen hatten. Trotzdem war die Zeit wirklich wie im Flug vergangen.

»Wir sollten vielleicht wirklich lieber gehen«, murmelte ich und stolperte in Richtung Ausgang.

Draußen war es bereits dunkel, und der Mond stand hoch am Himmel.

»Adams!«, rief Carter hinter mir, aber ich ignorierte ihn und lief einfach weiter, während ich meinen Kopf in den Nacken legte, um mir die Sterne ansehen zu können.

»Hey Adams! *Bailey!* Warte mal!«

Carter war nun direkt hinter mir. Er griff nach meinem Handgelenk, um mich zum Stehenbleiben zu zwingen.

»Was ist?«, wollte ich wissen.

»Du läufst in die falsche Richtung.«

»Oh. Echt?«

»Ja, echt. Komm.« Er zog mich hinter sich her in die richtige Richtung.

»Ich will nicht mehr laufen«, maulte ich nach etwa einer Minute.

»Komm schon, wir sind gleich da, außer du gehst weiter so langsam, als wärst du hundert.«

»Kannst du mich tragen?«, fragte ich und machte einen Schmollmund.

»Auf gar keinen Fall. Du hast zwei gesunde Beine, also benutze sie gefälligst.«

»Ich will aber nicht. Bitte«, sagte ich gedehnt, woraufhin er schwer seufzte.

»Schön, wenn du dann aufhörst, zu jammern«, murmelte er und ging vor mir ein wenig in die Knie. »Spring auf.«

Ich sprang huckepack auf seinen Rücken und schlang meine Arme um seinen Hals, während er mich an den Schenkeln festhielt.

»Du erwürgst mich«, keuchte er.

»Ups. 'tschuldigung!« Ich lockerte meinen Griff und hielt mich stattdessen an seinen Schultern fest.

Ich war Carter noch nie so nahe gewesen. Das, was ich von seinem Körper spüren konnte, war fest und warm. Es fühlte sich an, als bestünde er aus nichts als Muskeln. Und auch wenn ich das im nüchternen Zustand niemals zugegeben hätte, fühlte sich seine Nähe gar nicht so übel an – ganz und gar nicht.

»Verdammt, Adams, du bist echt schwer«, meinte Carter, woraufhin ich ihm einen Klaps auf die Schulter verpasste.

»Hey! Willst du etwa sagen, dass ich fett bin?«

»Nein, ich glaube nur, dass sich da dein dicker Sturkopf bemerkbar macht.«

»Hey!«, wiederholte ich mich, begann dann aber zu kichern.

»Mann, du verträgst echt überhaupt nichts, was?«

»Ich hatte immerhin sechs Tequila!«, verteidigte ich mich.

»Es waren vier und ich hatte genauso viele.«

»Wir sollten einfach froh sein, dass du trinkfester bist als ich, ich könnte dich nämlich nicht so einfach huckepack nach Hause tragen.«

»Nein, aber ich würde zu gerne sehen, wie du es versuchst«, lachte er.

»Gut.« Ich sprang von seinem Rücken.

»Was machst du da?«

Ich kehrte ihm den Rücken zu. »Klettre drauf.«

»Du willst mich tragen?«, fragte er amüsiert und ich nickte energisch.

»Schön, wie du willst.«

Seine Hände legten sich auf meine Schultern und dann sprang er auf meinen Rücken. Ich konnte ihn genau zwei Sekunden halten, ehe ich nach hinten kippte und wir beide mit unseren Hintern auf dem Asphalt landeten. Ich lag halb auf ihm. Lachend drehte ich mich zu ihm um und stützte mich dabei mit der Hand auf seiner Brust ab. Carters Blick veränderte sich, als er erst auf meine Hand und dann in mein Gesicht sah, das seinem ziemlich nahe war. Ich hatte diesen Ausdruck noch nie in seinen Augen gesehen und konnte ihn nicht deuten, allerdings bewirkte er, dass mein Bauch anfing zu kribbeln und mein Mund ganz trocken wurde.

»Das hat ja toll funktioniert«, sagte Carter plötzlich, nachdem er sich geräuspert hatte, und rappelte sich schwerfällig auf. Dann reichte er mir eine Hand, um mir auf die Beine zu helfen.

»Ich glaube, es ist besser, wenn ich dich wieder trage.«

»Ja, das glaube ich auch«, stimmte ich ihm zu und hüpfte wieder auf seinen Rücken.

Einige Minuten später standen wir vor der Haustür, dabei hätte ich nichts dagegen gehabt, mich noch ein wenig länger an Carters starke Schultern zu klammern.

Carter ließ eines meiner Beine los, um den Schlüssel aus seiner Hosentasche zu ziehen und die Tür aufzuschließen.

»Wo gehen wir hin?«, wollte ich wissen, als er meine Beine fest umklammerte, anstatt mich runterzulassen. Es störte mich nicht. Ich genoss es sogar, ihm so nahe zu sein, eingehüllt von seinem Duft. Carter roch nämlich verdammt gut, auch wenn ich lieber gestorben wäre, als das zuzugeben.

»Ich habe Hunger«, meinte er nur und marschierte in die Küche, wo er mich auf der Kücheninsel absetzte.

Ich unterdrückte ein Seufzen. Ich wollte nicht, dass er mich schon losließ. Ich hatte mich so wohl auf seinem Rücken gefühlt – warm und sicher.

»Willst du auch ein Sandwich?«, fragte er, während er vor dem Kühlschrank stand.

»Ja, mit Erdnussbutter, bitte«, antwortete ich, während ich jede seiner Bewegungen mit den Augen verfolgte.

»Kommt sofort!«

»Was ist denn hier los?«, fragte Zack, der gerade aus dem Jungszimmer kam.

»Jesse macht Sandwiches«, erklärte ich und schüttelte den Kopf. War das nicht offensichtlich?

»Für euch beide?«, fragte Zack verwirrt.

»Ähm ja. Willst du etwa auch eines? Aber nur zur Info, ich bekomme meines zuerst.«

»Nein, ich habe keinen Hunger. Sag mal, Bailey, bist du betrunken?«

»Wäre möglich«, kicherte ich, und auch Carter musste lachen.

»Aber ich bin nicht die Einzige! Jesse hat auch getrunken!«, fügte ich schnell hinzu.

»Petze«, murmelte Carter.

»Ihr habt beide getrunken? Etwa miteinander?«

»Äh – jah«, erwiderte ich gedehnt. Was war denn heute bloß mit Zack los? Sonst war er doch auch nicht so begriffsstutzig.

»Dawn!«, rief er plötzlich laut. »Dawn! Komm mal runter!«

Ich sah ihn verwirrt an, sagte aber nichts, da Carter mir gerade mein Sandwich gereicht hatte, von dem ich nun einen großen Bissen nahm.

»Was ist denn los?«, fragte Dawn, die nun in die Küche kam.

Sie trug ihren Schlafanzug und rieb sich die Augen, also war sie wahrscheinlich schon im Bett gewesen.

»Sorry, dass ich dich geweckt habe, aber das hättest du mir sonst nie geglaubt.« Zack deutete zuerst auf mich und dann auf Jesse. »Die beiden haben sich gemeinsam betrunken.«

»Was? Nein, das glaube ich nicht«, meinte Dawn.

»Ist doch nichts dabei«, murmelte Carter ein wenig genervt.

»Ja, echt«, pflichtete ich ihm bei. »Warum macht ihr so einen Aufstand deswegen?«

»Aber warum habt ihr euch gemeinsam betrunken und wo?«, wollte Dawn wissen.

»In einer Bar und weil wir einfach Lust dazu hatten«, erklärte ich.

»Und jetzt esst ihr gemeinsam Sandwiches?«, hakte sie weiter nach.

»Offensichtlich«, antwortete Carter mit vollem Mund. »Das habe ich mir auch verdient. Bailey ist echt schwer.«

»Hey! Ich habe doch versucht, dich zu tragen, also wenn hier einer schwer ist, dann du.«

»Okay, jetzt komm ich echt nicht mehr mit«, sagte Zack und fuhr sich durch sein Haar, aber wir ignorierten ihn beide.

»Kannst du mich vielleicht auch noch nach oben tragen? Ich glaube echt nicht, dass ich es die Stufen raufschaffe. Zumindest nicht mehr vor morgen früh.«

Das war nur halb gelogen. Ich war wirklich ziemlich erledigt, aber vor allem wollte ich noch mal seine Nähe spüren – ein allerletztes Mal, ehe uns morgen die Realität wieder einholte, mit der ich mich im Moment nicht auseinandersetzen wollte.

»Echt jetzt?« Carter sah mich mit hochgezogener Augenbraue an und stopfte sich den letzten Rest seines Sandwichs in den Mund.

»Bitte, Jesse.«

»Okay, von mir aus. Aber dafür habe ich was bei dir gut. Du übernimmst nächste Woche meinen Putzdienst.«

»Deal!« Ich schlug mit ihm ein, während Dawn und Zack uns fassungslos anstarrten.

»Sie hat ihn Jesse genannt. Und er hat sie Bailey genannt. Das hast du doch auch gehört, oder?«, flüstere Dawn an Zack gewandt.

»Ja! Ich hab's auch gehört.«

»Lass uns gehen«, wandte ich mich an Carter. »Die beiden sind echt komisch.«

»Ja, echt!«, gab er mir recht und stellte sich dann mit dem Rücken zu mir vor mich, damit ich mich an ihm festhalten konnte.

»Einmal nach oben bitte!«, rief ich und zeigte mit dem Finger hoch zur Decke.

Obwohl er fast ununterbrochen jammerte, trug Carter mich so leicht die Treppe hoch, als würde ich nichts wiegen. Er öffnete die Tür zu meinem Schlafzimmer und ließ mich dann aufs Bett plumpsen.

»Vielen Dank, werter Herr«, kicherte ich.

»Gerne geschehen, Mylady. Weißt du, du bist echt viel lustiger, wenn du betrunken bist. Das solltest du öfter tun.«

»Ja, du bist auch viel lustiger, wenn ich betrunken bin«, erwiderte ich, was ihn zum Lachen brachte.

»Gute Nacht, Bailey.«

»Gute Nacht, Jesse.«

Er drehte sich um und schloss die Tür hinter sich. Einige Sekunden später, hörte ich, wie die Tür zum Nebenzimmer – seinem Schlafzimmer – auf und wieder zu ging, und dann glitt ich auch schon in einen tiefen Schlaf.

Drittes Kapitel

Ich schleppte mich unter üblen Kopfschmerzen in die Küche, die – bis auf Dawn, die am Küchentisch saß – zum Glück leer war.

»Guten Morgen«, begrüßte sie mich grinsend, doch ich brachte nichts zustande außer einem Grunzen.

Ich ging an ihr vorbei, schaltete den Wasserkocher ein und füllte etwas Früchtetee in das Tee-Ei.

»Willst du mich vielleicht aufklären?«, fragte Dawn.

»Kannst du mir noch fünf Minuten Zeit geben?«, seufzte ich.

Dawn wartete geduldig ab, bis das Wasser heiß war, ich es in eine Tasse füllte und das Tee-Ei hineinplumpsen ließ. Erst dann setzte ich mich ihr gegenüber an den Tisch.

»Also?« Dawn sah mich erwartungsvoll an.

»Da gibt es eigentlich nicht viel zu erzählen. Ich war gestern ein wenig mies gelaunt. Ich habe C gesagt, dass ich ein Date hatte, und er hat ziemlich blöd reagiert. Ach ja, ich bin mir übrigens ziemlich sicher, dass er nicht Cole ist. Na ja, auf jeden Fall saß ich im Wohnzimmer, und dann hörte ich Carter, der ebenfalls ziemlich mies drauf war. Er meinte, er würde in eine Bar gehen, um sich zu betrinken, und hat mich gefragt, ob ich mitkommen will, und da habe ich einfach Ja gesagt.«

»Und das findest du nicht seltsam?«

»Wir hatten ja kein Date oder so, wir haben nur nebeneinander an der Bar gesessen und haben getrunken. Wir haben auch nicht wirklich miteinander geredet.«

»Zu Hause hat das aber nicht so gewirkt. Er hat dich nach oben getragen, Bailey.«

»Ja, das weiß ich. Wir waren am Schluss eben beide ziemlich betrunken und haben ein wenig herumgealbert. Ist doch nichts dabei.«

»Seid ihr jetzt so was wie Freunde?«

»Natürlich nicht. Wir waren einen Abend lang Trinkbuddies. Hör bitte auf, so ein großes Ding daraus zu machen.«

Ich seufzte und nippte dann an meinem Tee, der eine echte Wohltat war, während Dawn mich immer noch skeptisch musterte.

Es nervte mich, dass Dawn die ganze Sache so aufbauschte. Nur weil Carter und ich einen Abend lang miteinander Spaß gehabt hatten, änderte das nichts an der Tatsache, dass er immer noch ein arroganter Arsch war. Das würde sich auch nie ändern. Mein betrunkenes Ich war einfach nur ein wenig toleranter Idioten gegenüber.

»Guten Morgen«, trällerte Carter fröhlich, der plötzlich in der Küche auftauchte.

Ich stöhnte nur.

»Hat da etwa jemand einen Kater?«, fragte er schadenfroh, woraufhin ich ihm den Mittelfinger zeigte.

»Wie kommt es eigentlich, dass du so gut drauf bist?«, wollte ich verärgert wissen. Das war echt nicht fair, immerhin hatte er letzte Nacht viel mehr getrunken als ich.

»Ich bin eben ein bisschen trinkfester als du.«

»Ich geh dann mal duschen«, teilte uns Dawn mit und war schon fast aus der Küche raus, ehe ich auch nur den Versuch starten konnte, Einspruch zu erheben.

»Warte! Ich muss auch ganz dringend duschen!«, rief ich ihr nach, aber sie hörte mich nicht – oder wollte mich nicht hören.

Dawn brauchte immer ewig im Badezimmer, und ich hatte heute wirklich keine Lust, eine Stunde zu warten.

»Ich muss euer Badezimmer benutzen«, informierte ich Carter, der sofort den Kopf schüttelte.

»Oh nein, ganz bestimmt nicht. Ihr Mädels habt euer Bad und wir Männer unseres, diese Regel hast sogar du aufgestellt, wenn ich mich recht erinnere.«

»Ja, aber die haben wir nur eingeführt, damit ihr nicht das Bad blockiert oder einfach reinplatzt.«

»Sorry, Tequilaqueen, Regeln sind Regeln, egal, weshalb du sie aufgestellt hast.«

»Wie du willst. Dann warte ich eben«, seufzte ich und stand dann auf, um nach oben zu gehen. Kaum war ich im Flur, rannte ich die Treppe hoch, schnappte mir frische Unterwäsche und verbarrikadierte mich im Jungsbadezimmer. Das heiße Wasser war wirklich eine Wohltat. Endlich fühlte ich mich wieder wie ein Mensch. Ich hatte zwar nur das Shampoo der Jungs zur Verfügung, aber das störte mich gerade nicht weiter.

»Du verdammtes Biest!«, rief Carter plötzlich und hämmerte an die Tür, was mich zum Grinsen brachte.

»Wenn du in fünf Sekunden nicht draußen bist, komme ich rein!«

»Netter Versuch, Carter, aber ich habe abgeschlossen«, rief ich zurück.

»Ach, wusstest du das noch nicht? Das Schloss ist kaputt. Du kannst den Schlüssel zwar umdrehen, aber die Tür lässt sich trotzdem nicht abschließen.«

»Du bluffst doch«, entgegnete ich ein wenig verunsichert.

Er bluffte doch, oder?

»Willst du das wirklich rausfinden?«

»Gib mir noch zehn Minuten!«

»Tja, Pech gehabt, deine fünf Sekunden sind um«, sagte er und zu meinem Entsetzen ging im selben Moment die Tür auf.

Obwohl die Glaswand, die die Duschkabine vom Raum trennte, ein wenig angelaufen war, konnte man trotzdem noch so ziemlich alles erkennen. Da stand ich nun völlig nackt, Jesse Carters Blicken schonungslos ausgesetzt. Er grinste mich frech an, sah mir aber die ganze Zeit in die Augen.

Ich verfiel in einen Schockzustand. Da gerade kein Handtuch in Reichweite war, tat ich das Einzige, das mir in diesem Moment einfiel. Ich ließ mich schnell und ziemlich unsanft auf den Hintern plumpsen und zog die Beine an, sodass sie meinen Oberkörper verdeckten.

»Was soll das denn werden?«, fragte Carter belustigt.

»Verschwinde!«, schrie ich.

»Nein, du bist es, die hier verschwindet«, meinte er unbeeindruckt und warf mir ein Handtuch zu.

»Würdest du dich wenigstens umdrehen?«, knurrte ich. Ich stand kurz davor, in die Luft zu gehen.

»Von mir aus, ich habe sowieso schon alles gesehen.« Er zwinkerte mir zu, und wäre ich nicht nackt gewesen, hätte ich mich auf ihn gestürzt und ihn getötet.

Kaum hatte er sich umgedreht, sprang ich auf und wickelte mich ins Handtuch ein. Ich griff nach meiner Unterwäsche und stürmte an ihm vorbei aus dem Badezimmer.

Während ich mich in meinem Zimmer anzog, beschloss ich, es ihm mit gleicher Münze heimzuzahlen. Das war nur fair.

Ich sah mich um, ob die Luft rein war, und schlich mich dann zum Bad. Ich legte mein Ohr an die Tür und konnte Wasser rauschen hören. Ich öffnete die Tür und stürmte dann wie das SWAT-Team persönlich das Badezimmer.

»Ha!«, rief ich, was Carter dazu brachte, in lautes Gelächter auszubrechen.

Ich konnte mich allerdings nicht darauf konzentrieren, denn – na ja – Jesse Carter sah nackt ziemlich gut aus. Verdammt gut sogar. Ich versuchte meinen Blick von ihm abzuwenden, aber es gelang mir einfach nicht. An seinem Körper war kein Gramm Fett, alles bestand aus purer Muskelmasse. Sein Sixpack war echt der Wahnsinn. Und leider musste ich zugeben, dass er sich auch wegen seiner Ausstattung weiter südlich nicht schämen musste.

»Soll ich lieber rauskommen, damit du mich besser sehen kannst? Ich habe damit echt kein Problem«, meinte er, und sofort riss ich meinen Blick von seinem Körper los und konzentrierte mich stattdessen auf sein Gesicht. Er grinste mich wissend an, was mir das Blut in den Kopf schießen ließ.

»Also wenn das deine Rache für vorhin war, dann muss ich dich leider enttäuschen. Es stört mich nicht im Geringsten, wenn du mir beim Duschen zugucken willst.«

»Ich wollte dir nicht … das war nur … du bist so ein Idiot, Carter«, stammelte ich und sah dann zu, dass ich hier wegkam.

Ich hatte vor, mich für den Rest des Tages in meinem Zimmer zu verbarrikadieren. Dieser Vorfall hatte es eindeutig in die Top Ten der peinlichsten Momente meines Lebens geschafft.

Wenig später klopfte Dawn an meine Zimmertür. Ich erwiderte nichts, was sie aber nicht davon abhielt, trotzdem reinzukommen. Als sie mein frustriertes Gesicht sah und wissen wollte, was denn passiert war, erzählte ich ihr alles.

Eigentlich hatte ich auf ihr Mitgefühl gehofft, doch stattdessen lachte sie sich erst mal gefühlte fünf Minuten lang fast tot. Ich fand das allerdings überhaupt nicht witzig, vor allem, da das auch ein wenig ihre Schuld gewesen war.

»Was hast du dir nur dabei gedacht?«, fragte sie, nachdem sie sich endlich wieder beruhigt hatte, und wischte sich eine Lachträne aus dem Augenwinkel.

»Na, offensichtlich habe ich überhaupt nicht gedacht. Der Arsch hat mich nackt gesehen, ich wollte es ihm einfach heimzahlen.«

»Tja, das ist wohl nach hinten losgegangen«, kicherte sie. »Aber das hätte dir eigentlich klar sein müssen. Jesse ist der Letzte, der sich wegen seines Körpers schämt.«

»Wie gesagt, das war eine Kurzschlussreaktion. Und jetzt lässt es sich ohnehin nicht mehr ändern. Es ist passiert, und deshalb werde ich diesen Raum heute auch nicht mehr verlassen. Es wäre sehr nett, wenn du mir ein Sandwich oder so raufbringen könntest. Und eine Flasche Wasser. Ich bin am Verdursten.«

»Wenn du glaubst, dass ich deinen Butler spiele, nur weil du –«

»Bitte«, fiel ich ihr ins Wort. »Ich will Carter gerade echt nicht in die Augen sehen müssen. Mir ist das echt verdammt peinlich.«

»Okay, von mir aus.« Sie seufzte und verließ dann mein Zimmer. Einige Minuten später kam sie mit zwei Sandwiches und zwei Flaschen Wasser zurück. Ich bedankte mich bei ihr, und dann ließ sie mich alleine. Da ich im Schlafzimmer keinen Fernseher hatte, schaltete ich den Laptop ein und stellte ihn auf meinem Schoß ab. Netflix würde mich jetzt ein wenig ablenken.

Nach etwa zwei Folgen „Modern Family" piepte mein Handy, und mein Herz machte einen kleinen Satz. Der Vorfall heute Morgen hatte mich so sehr abgelenkt, dass ich gar nicht mehr an C gedacht hatte.

TheRealC
Ich wollte mich für gestern entschuldigen.
Das war echt nicht cool von mir.

B.Nice
Schon okay, aber warum hast du dich so verhalten?

TheRealC
Ehrlich gesagt, B, mag ich dich mehr, als ich zugeben möchte.
Ich meine, wir kennen uns ja eigentlich gar nicht, und

ich weiß auch, dass ich keine Ansprüche auf dich erheben kann, trotzdem hat es mir nicht gefallen, dass du mit einem anderen Kerl aus warst.

Sein Geständnis ließ meine Haut prickeln und brachte mich zum Lächeln.

B.Nice
Wenn du nicht möchtest, dass ich mit anderen Kerlen ausgehe, warum gehst du dann nicht einfach mit mir aus?

So, ich hatte es gesagt. Ich hatte ihn praktisch um ein Treffen gebeten. Ich war schrecklich nervös, und obwohl die Antwort innerhalb weniger Minuten kam, fühlte es sich wie eine Ewigkeit an.

TheRealC
Tut mir leid, aber ich kann nicht. Noch nicht.

Mein Herz rutschte mir in die Hose. Das war dann mal klar und deutlich. Nur verstand ich seine Logik einfach nicht. Wenn er mich gernhatte und eifersüchtig auf andere Männer war, warum wollte er mich dann nicht treffen?

B.Nice
Und warum nicht?

TheRealC
Ich habe nicht gerade den besten Ruf. Es wäre sogar möglich, dass du schon mal von mir gehört hast. Die meisten Mädels stört das nicht, ganz im Gegenteil sogar, aber die sind nicht wie du. Du bist was Besonderes,

B, und ich habe ehrlich gesagt Angst, dich zu verscheuchen, wenn du erst weißt, wer ich wirklich bin.

Seine Ehrlichkeit beeindruckte mich, aber gleichzeitig machte sie mir Angst. Wer war er? Warum hatte er Angst, dass ich ihn nicht mehr leiden konnte, wenn ich wusste, wer er war? Und so wie er über Frauen redete … Wäre es möglich, dass C ein Aufreißer war? War es das?

Irgendwie konnte ich mir das nicht vorstellen. Er war immer so süß und aufmerksam und so respektvoll. Vor meinem inneren Auge sah ich immer einen süßen Jungen, den netten Kerl von nebenan, keinen Playboy. Ich wollte auch keinen Playboy. Ich hatte oft genug mitansehen müssen, wie anderen Mädchen scharenweise das Herz von solchen Typen gebrochen worden war. Ich wollte nicht eines dieser naiven Dummchen werden. Niemals.

Aber vielleicht war es gar nicht so schlimm. C war ein ziemlich sensibler Kerl, wahrscheinlich hatte er einen oder zwei One-Night-Stands gehabt und machte sich deshalb nun schreckliche Vorwürfe.

B.Nice
Ich werde nicht weglaufen, C.

TheRealC
Da wäre ich mir nicht so sicher.
Können wir nicht einfach noch warten? Ich möchte noch ein wenig länger der Kerl sein, für den du mich hältst. Ich will nicht, dass du mich plötzlich mit anderen Augen siehst. Das könnte ich jetzt noch nicht ertragen.

B.Nice
Okay, wir warten.
Aber wirst du irgendwann dazu bereit sein?

TheRealC
Ich weiß es ehrlich gesagt nicht.
Deshalb kann ich auch nichts dagegen sagen, wenn du dich mit anderen Kerlen treffen willst.
Vielleicht wäre das auch das Beste. Wir sollten beide unsere Leben leben und nebenbei einfach weiter chatten und sehen, wohin das führt.

Das war zwar nicht das, was ich mir erhofft hatte, aber ich musste seine Wünsche respektieren. Ich hätte auch einfach sagen können, dass ich darauf keine Lust hatte und den Kontakt abbrechen wollte, aber ich steckte schon zu tief drin. Um ehrlich zu sein, hatte ich mich in C verknallt. Keine Ahnung, wann genau das passiert war, aber so war es nun mal. Es war zwar verrückt, Gefühle für jemanden zu haben, den man noch nie gesehen hatte, und ich hatte mir bisher auch nie vorstellen können, dass so etwas wirklich möglich war, aber das war es offensichtlich.

B.Nice
Okay 😁

TheRealC
Ist das für dich wirklich in Ordnung?

B.Nice
Ja, ist es 😁

Wir wechselten das Thema und unterhielten uns über irgendetwas Belangloses. Alles war wieder beim Alten, doch das dumpfe Gefühl der Enttäuschung, das heimlich in meinem Hinterkopf pochte, ließ sich einfach nicht abstellen. Ich würde warten, doch wie lange ich das aushalten würde, konnte ich nicht sagen.

Ein paar Tage nach diesem Gespräch saß ich gerade an meinem Schreibtisch, um endlich den Berg an Arbeit für die Uni anzugehen, der sich inzwischen angestaut hatte, als mein Handy klingelte. Als ich Coles Namen auf dem Display las, überlegte ich kurz, den Anruf einfach zu ignorieren, entschied mich aber schnell dagegen.

»Hallo?«

»Hi, Bailey, ich bin's, Cole.«

»Hi, Cole. Was gibt's?«

»Also da ist diese Verbindungsparty heute Abend, zu der ich gehen muss und ich habe mich gefragt, ob du vielleicht Lust hast, mich zu begleiten?«

»Ähm«, machte ich, um meine Antwort ein paar Sekunden hinauszuzögern. Eigentlich hatte ich keine Lust, noch mal mit Cole auszugehen, vor allem nicht auf eine Party, aber er war ein netter Kerl, und er hatte eine zweite Chance verdient.

»Okay, gerne«, stimmte ich also zu.

»Toll!« Cole klang ehrlich begeistert. »Dann hole ich dich so gegen acht Uhr ab, ist das okay?«

»Ja, klingt gut. Ich simse dir meine Adresse.«

»Gut. Dann bis später. Ich freue mich schon.«

»Ja, ich mich auch.« Mit einem Knopfdruck beendete ich das Gespräch.

Obwohl unser erstes Date nicht optimal gewesen war, bereute ich es nicht, in ein zweites eingewilligt zu haben, auch wenn ich das wohl nicht getan hätte, wenn sich zwischen C und mir nicht etwas geändert hätte.

Ich merkte, wie ich mehr und mehr auf Abstand ging, um mich selbst zu schützen. Ich wollte mich gefühlsmäßig nicht noch mehr auf ihn einlassen, solange ich nicht wusste, ob er jemals bereit sein würde, mich zu treffen.

»Schluss jetzt«, ermahnte ich mich selbst und verdrängte jeden Gedanken an C aus meinem Kopf.

Ich hatte heute Abend ein Date, das meine volle Aufmerksamkeit verdient hatte.

Nachdem ich noch ein wenig weitergearbeitet hatte, sprang ich schnell unter die Dusche und machte mich dann fertig für die Party. Ich trug High-Waist-Jeans und ein enges schwarzes Langarmshirt, das in der Hose steckte. Um nicht ganz so lässig zu wirken, schlüpfte ich in schwarze High Heels. Meine Haare fielen mir in langen Wellen über die Schultern, und mein Make-up war ziemlich dezent.

»Perfektes Timing! Ich bin gerade fertig geworden«, sagte ich, als Cole anrief, um mir Bescheid zu geben, dass er da war. »Ich komme gleich raus.«

Ich schnappte mir meine Handtasche und verließ das Haus.

Cole stand vor seinem dunkelblauen Ford und spielte an den Ärmeln seines gelb-schwarz karierten Hemds herum.

»Du siehst gut aus«, meinte er, nachdem er mich zur Begrüßung kurz umarmt hatte.

»Danke, du auch.«

Er hielt mir die Beifahrertür auf, ging um den Wagen herum und stieg ebenfalls ein.

»Du kannst gerne das Radio einschalten«, bot er mir an, und ich begann, an den Knöpfen herumzudrehen, bis ich einen Song fand, der mir gefiel.

Je näher wir der Party kamen, desto weniger hatte ich Lust darauf, aber ich beschloss, der Sache eine Chance zu geben. Vielleicht wurde es ja ganz lustig.

Nach einer Weile erreichten wir das Haus, in dem die Party stattfand. Die Tür war offen, also gingen wir einfach rein.

Ich war noch nie auf einer Verbindungsparty gewesen, aber ich wusste jetzt schon, dass es mir nicht gefiel. Es waren viel zu viele Leute hier und es stank nach einer unausstehlichen Mischung aus abgestandenem Bier, Schweiß und viel zu viel Parfüm. Die Musik war zu laut und noch dazu ziemlich mies.

»Willst du was trinken?«, fragte Cole und musste dabei fast schreien, damit ich ihn hörte.

Ich nickte und ließ mich von ihm in die Küche führen.

»Was hättest du gerne?«, fragte er.

»Nur ein Wasser, bitte«, antwortete ich, da ich heute lieber nüchtern bleiben wollte.

Er öffnete den prall gefüllten Kühlschrank, reichte mir eine Flasche Wasser und schenkte sich dann selbst ein Glas Limo ein.

»Tut mir leid, dass ich dich ausgerechnet hierhin mitgeschleppt habe, aber ich habe einem Freund versprochen, zu kommen und ich dachte, mit dir als Begleitung wäre diese Party sicher ein wenig erträglicher.« Er lächelte entschuldigend.

»Schon okay«, versicherte ich ihm und erwiderte das Lächeln. »Wo ist denn dein Freund?«

»Der läuft bestimmt irgendwo hier herum. Was dagegen, wenn ich schnell nach ihm suche? Ich will ihm nur Bescheid geben, dass ich da bin.«

»Kein Problem. Ich mische mich so lange einfach unter die Leute.«

Er drückte kurz meine Schulter und dann war er auch schon weg. Ich ging zurück ins Wohnzimmer, weil ich nicht wie ein Trottel alleine in der Küche herumstehen wollte. Ich entdeckte ein paar bekannte Gesichter, grüßte alle freundlich, unterhielt mich kurz mit ein paar Mädchen, die ich aus einem meiner Kurse kannte und machte mich dann auf die Suche nach der Toilette. Die Schlange war zum Glück nicht sehr lang.

Als ich wieder raus kam, lief ich gegen einen festen Männerkörper.

»Tut mir leid«, murmelte ich, doch als ich aufsah, tat es mir gleich viel weniger leid.

»Adams, was machst du denn hier?«, fragte Carter überrascht.

»Was wohl? Party machen«, erwiderte ich und erst jetzt sah ich die attraktive Blondine, die an seinem Arm hing. Ihr Rock war so kurz, dass er eher als Gürtel durchging. Durch das dünne Top konnte man deutlich die Brustwarzen ihrer eindeutig gefakten Brüste sehen. Wirklich sehr geschmackvoll.

»Entschuldigt mich.« Ich versuchte, mich zwischen ihnen durchzuquetschen, da ich gerade Cole auf uns zukommen sah. Ich wollte unbedingt vermeiden, dass Carter mitbekam, dass ich ein Date hatte, doch er versperrte mir den Weg und hielt mich am Arm fest.

»Du bist doch nicht alleine hier, oder?«

»Seit wann geht dich das etwas an?«

Ich startete noch einen Versuch, von ihm wegzukommen, doch er hielt mich weiter fest, und dann war es auch schon zu spät.

»Hier bist du. Ich habe dich schon überall gesucht«, sagte Cole, und als sein Blick auf Carters Hand fiel, die immer noch meinen Arm umschloss, machte ich mich schnell von ihm los.

»Adams, hast du etwa ein Date?«, fragte Carter mit diesem blöden Grinsen im Gesicht, das ich so sehr hasste.

»Komm, gehen wir woanders hin«, meinte ich an Cole gewandt und ignorierte Carter einfach.

Ich nahm Coles Hand und zog ihn weg.

»Wollen wir wohin gehen, wo wir uns ungestört unterhalten können?«, schlug ich vor.

»Ähm, klar, wir könnten rausgehen, obwohl es schon ein wenig kühl ist. Oder wir könnten auch hochgehen in eines der Schlafzimmer. Also nur, um zu reden«, stotterte er, als hätte er Angst, ich könnte ihm unterstellen, dass er mich ins Bett kriegen wollte.

»Gehen wir nach oben«, beschloss ich und folgte ihm dann hinaus in den Flur und die Treppe hoch ins obere Stockwerk. Das erste Zimmer war besetzt, aber beim zweiten hatten wir Glück.

»Warst du schon öfter hier?«, fragte ich. »Du scheinst dich ja ganz gut auszukennen.«

»Ja, mein Kumpel Jeremy – wegen dem ich hierherkommen musste – ist ein Mitglied dieser Studentenverbindung. Er schleppt mich immer mal wieder mit auf eine dieser Partys, obwohl ich keine Ahnung habe, wieso. Er amüsiert sich auch ohne mich ganz prächtig. Ich glaube, er will einfach nur dafür sorgen, dass ich genug unter Menschen komme.«

»Das ist doch nett.« Ich schenkte ihm ein kleines Lächeln und nahm auf dem einzigen Stuhl im Zimmer Platz. Cole setzte sich aufs Bett.

»Wer war denn dieser Kerl mit der Lederjacke?«, wollte Cole wissen, was mich zum Seufzen brachte.

»Das ist nur mein dämlicher Mitbewohner, Jesse Carter.«

»Du wohnst mit dem Kerl zusammen?«

»Yup. Leider. Wenn es nach mir gegangen wäre, wäre er nie bei uns eingezogen, aber Zack, mein anderer Mitbewohner, hat darauf bestanden.«

»Du wohnst also mit zwei Kerlen zusammen?« Er klang ein wenig eingeschüchtert.

»Ja, aber Zack ist wie ein Bruder für mich. Er ist der Zwillingsbruder meiner besten Freundin, die auch im selben Haus wohnt.«

»Oh. Okay.«

Plötzlich wurde die Tür aufgerissen, und Carter kam herein. Ich stöhnte frustriert auf.

»Hier steckst du, Adams. Komm, du musst mich nach Hause fahren.«

»Ich muss überhaupt nichts«, knurrte ich. »Wärst du jetzt so nett und lässt uns wieder alleine?«

»Tut mir leid, aber du musst diese kleine Vögelei verschieben. Verabschiede dich jetzt von deinem Kumpel, und beweg deinen Hintern hier raus.«

»Entschuldige mich bitte kurz«, sagte ich an Cole gewandt, schob Carter dann unsanft aus dem Raum und schloss die Tür hinter uns.

»Hast du den Verstand verloren?«, fuhr ich ihn an.

»Nein, aber ich habe Kopfschmerzen und will einfach nach Hause. Ich kann nicht mehr fahren, weil ich schon was getrunken habe, ich will meinen Wagen aber nicht hier stehen lassen, also, kannst du mich bitte fahren? Bitte?«

Es widerstrebte mir mit jeder Faser meines Körpers, Carter einen Gefallen zu tun, und in jeder anderen Situation hätte ich ihn eiskalt abblitzen lassen, aber ehrlich gesagt, kam mir seine Bitte gar nicht so ungelegen.

Ich hatte Cole noch eine Chance geben wollen, aber ich sah einfach keine Zukunft mit ihm. Er löste absolut kein Gefühl in mir aus und ich war mir sicher, dass sich das auch in Zukunft nicht ändern würde.

»Schön«, gab ich also seufzend nach, »warte hier. Ich verabschiede mich noch schnell von Cole. Dafür habe ich aber etwas bei dir gut.«

»Was immer du willst«, meinte er grinsend.

»Gut. Du kaufst mir einen Monatsvorrat Eiscreme und lässt die Finger davon.«

»Das ist gemein.«

»Willst du lieber nach Hause laufen?«

»Ja, okay, du bekommst dein Eis.«

Ich beachtete ihn nicht weiter und ging zurück ins Zimmer, wo Cole auf mich wartete.

»Tut mir leid, aber ich muss gehen. Carter fühlt sich nicht so gut. Ich muss ihn nach Hause fahren.«

»Oh. Okay. Können wir das Date dann vielleicht auf einen anderen Tag verschieben? Weil, heute sind wir ja nicht wirklich zum Reden gekommen. Ich könnte dich zum Essen ausführen oder …«

»Cole«, unterbrach ich ihn, denn jetzt war der richtige Zeitpunkt, ihm die Wahrheit zu sagen. Er war ein guter Kerl, deshalb wollte ich ihn nicht länger im Glauben lassen, wir hätten eine Chance. Ich setzte mich zu ihm aufs Bett.

»Du bist ein wirklich netter Kerl, aber ich denke nicht, dass mehr aus uns werden wird als Freunde.«

»O-kay«, sagte er gedehnt.

»Es tut mir leid. Es liegt nicht an dir, wirklich, ich –«

»Schon okay. Ich verstehe schon. Du solltest lieber gehen. Dein Freund wartet draußen.«

»Er ist nicht mein Freund.«

»Wie auch immer.« Er wandte den Blick von mir ab, und ich wusste, dass ich nichts mehr sagen und ihn in Ruhe lassen sollte.

»Mach's gut«, murmelte ich und trat dann wieder hinaus in den Flur.

Ich marschierte ohne ein Wort zu sagen an Carter vorbei die Treppe hinunter, durch die Haustür und zu seinem Wagen.

Coles verletzter Blick hing mir nach. Es tat mir leid, dass ich ihn mit meinem Geständnis offensichtlich verletzt hatte. Ich hasste es, anderen Leuten wehzutun.

»Alles okay?«, fragte Jesse, als wir nebeneinander im Auto saßen.

»Alles bestens.« Mürrisch stellte ich Rückspiegel und Sitz auf meine Größe ein und startete den Motor.

»Bist du sauer, weil du nicht mit diesem Kerl vögeln konntest? Ganz ehrlich, ich glaube, ich habe dir damit einen Gefallen getan. Dem sieht man doch schon auf einen Kilometer Entfernung an, dass er scheiße im Bett ist.«

»Ich hatte nicht vor, mit ihm zu schlafen«, fuhr ich ihn an. »Kannst du vielleicht einfach deine Klappe halten?«

»Wow, okay. Ich hätte euch wohl lieber einfach machen lassen sollen, vielleicht wärst du dann endlich nicht mehr ständig so zickig.«

»Was willst du damit sagen?«

»Dass du eindeutig untervögelt bist, Adams.«

»Und du bist ein mieses Schwein.«

»Jetzt mal ehrlich, was wolltest du überhaupt von diesem Loser?«

»Cole ist kein Loser. Er ist zufällig ein sehr netter Kerl, und du könntest dir eine große Scheibe von ihm abschneiden.«

»Trotzdem fährst du mich lieber nach Hause, als weiterhin mit ihm in diesem Raum festsitzen zu müssen.«

»Das war nicht wegen … ich wollte einfach nur nett sein«, stammelte ich.

»Von wegen. Wann willst du denn schon mal nett zu mir sein?«

»Können wir nicht einfach das Thema wechseln?«, seufzte ich genervt. »Was ist eigentlich mit der blonden Barbie passiert, die vorhin wie eine Klette an dir gehangen hat?«

»Warum? Bist du etwa eifersüchtig?«

Auch wenn ich ihn gerade nicht sehen konnte, weil ich mich auf die Straße konzentrieren musste, wusste ich, dass er wieder dieses überhebliche Grinsen im Gesicht hatte.

»Nein, es wundert mich nur, dass du schon so früh nach Hause fährst und dir die Chance auf eine sichere Nummer mit diesem Dummchen entgehen lässt.«

»Das ist ganz schön herablassend, findest du nicht?«

Ich lachte spöttisch. »Ja, weil du ja nur mit Intelligenzbestien ins Bett steigst. Dann wärst du nämlich ganz bestimmt noch Jungfrau.«

»Warum? Weil eine intelligente Frau niemals mit jemandem wie mir schlafen würde? Weißt du, was mich an dir echt nervt, Adams? Du tust ständig so, als wärst du was Besseres und so viel schlauer als alle anderen, dabei bist du einfach nur oberflächlich, eingebildet und prüde.«

»Bitte *was?*«

So hatte mich noch nie jemand beschimpft, vor allem, weil es absolut nicht der Wahrheit entsprach.

»Du hast mich schon verstanden. Du verurteilst Menschen, nur weil sie nicht so sind wie du.«

»Das ist überhaupt nicht wahr!« Vor lauter Wut drückte ich aufs Gas und ließ den Motor aufheulen.

»Ach nein? Bist du schon mal auf die Idee gekommen, dass einige dieser ›naiven Dummchen‹ intelligenter sind als wir beide zusammen? Das sind sie nämlich. Und im Gegensatz zu dir verurteilen sie mich nicht, nur weil ich eine Lederjacke trage und keine feste Beziehung will. Und der einzige Grund, warum du mit diesem Nerd aus warst, ist der, dass du denkst, dass er genau der Typ Mann ist, von dem du denkst, er würde zu dir passen, weil dich das so aussehen lässt, als wärst du ein offener, vorurteilsfreier Mensch. Würdest du mit einem Kerl wie mir ausgehen, wärst du genauso wie alle anderen, und diesen Gedanken könntest du nicht ertragen, weil du unbedingt glauben willst, du seist anders. Du glaubst, du hättest Tiefgang und würdest dich von so etwas wie Äußerlichkeiten nicht beeinflussen lassen, dabei hast du genau das gemacht. Du hast den Nerd ausgesucht, weil er zwar nicht hässlich ist, aber auch nicht zu gut aussieht und gut für dein dir selbst auferlegtes Image ist.«

Ungläubig und ein wenig geschockt lauschte ich seinem Monolog, während ich meinen Blick stur auf die schwarze Straße vor mir richtete.

»Das denkst du also von mir?«

»Genau das denke ich. Willst du es etwa abstreiten?«

»Ja, allerdings. Genau das will ich. Und nur damit du es weißt, ich bin nicht mit Cole ausgegangen, weil er ein Nerd ist, sondern weil er wirklich nett und höflich und –«

»Jaja, rede dir das nur weiterhin ein. Tief in dir drin weißt du, dass ich recht habe.«

»Du bist einfach betrunken, deshalb redest du so viel Bullshit.«

»Pfft«, machte er. »Ich bin nicht betrunken. Ich habe keinen Schluck Alkohol getrunken. Es ist einfach so, und irgendwann wird dir das auch klar – was zum Teufel?!«

Ich hatte gerade eine Vollbremsung hingelegt, sodass wir beide fest in den Sicherheitsgurt gedrückt worden waren. Nun, da der Wagen zum Stehen gekommen war, drehte ich mich zu ihm hin und sah ihn wütend an.

»Was hast du gerade gesagt?«, fragte ich leise und bebte geradezu vor Wut.

»Hast du den Verstand verloren? Willst du mich umbringen, nur weil ich es gewagt habe, dir mal die Wahrheit zu sagen?«

»Oh, du wirst dir noch wünschen, ich hätte dich umgebracht. Also, was hast du gerade gesagt? Du hast keinen Schluck Alkohol getrunken?«

Carter zuckte leicht zusammen.

»Oh … ähm … ich meinte …«, stammelte er.

»Du hast gesagt, ich müsste dich nach Hause fahren, weil du zu betrunken bist, um selbst zu fahren.«

»Das war nur … ähm … also ich habe schon was getrunken … ich meinte nur …«

»Lüg mich jetzt ja nicht an, Carter. Warum behauptest du, du wärst betrunken, wenn es gar nicht wahr ist?«

»Ich wollte dir einfach einen Gefallen tun. Es war dir deutlich anzusehen, dass du eigentlich gar nicht auf dieser Party sein wolltest und schon gar nicht mit diesem Kerl.«

»Einen Gefallen tun, klar.« Ich lachte lustlos auf. »Weißt du, warum du mir ständig das Leben schwer machen musst? Weil du sonst nichts anderes hast. Du hast keine echten Freunde, du springst nur von einer Frau zur nächsten. Du hast nichts, wofür es sich wirklich zu leben lohnt, deshalb lenkst du dich mit mir ab.«

»Interessante Theorie, aber völlig falsch. Ich habe Freunde, und wenigstens habe ich im Gegensatz zu dir Sex. Wenn du so weitermachst, wirst du als vertrocknete Jungfer sterben. Aber hey, wie du willst. Ist ja dein Leben.«

»Tu mir einfach einen Gefallen und halte für den Rest der Fahrt die Klappe. Ich kann deine Stimme gerade echt nicht mehr ertragen«, knurrte ich und brachte den Wagen wieder zum Fahren.

»Nein, du kannst nur einfach die Wahrheit nicht ertragen.«

»Was weißt du schon von der Wahrheit? Du bist so anmaßend, mich oberflächlich zu nennen, obwohl du einen Scheiß über mich weißt.«

»Ich weiß genug über dich.«

»Klar, wie du meinst.«

Ich stieg fester ins Gas. Ich wollte einfach nur noch so schnell wie möglich raus aus diesem Wagen.

Zum Glück hielt Carter endlich die Klappe, und ich atmete erleichtert auf, als unser Haus endlich in Sicht kam. Ich stoppte den Wagen, ohne darauf zu achten, ob ich ihn auch korrekt geparkt hatte. Carter hatte sich noch nicht einmal abgeschnallt, da war ich schon ins Haus verschwunden. Ich hatte mir nicht einmal die Mühe gemacht, die Schlüssel abzuziehen.

Viertes Kapitel

B.Nice
C, denkst du ich bin oberflächlich?

Carters Worte beschäftigten mich so sehr, dass ich einfach nicht anders konnte, als C davon zu erzählen. Ich wollte wissen, was er dachte. Deshalb war ich, kaum dass wir von der Party zurückgekommen waren, in mein Zimmer gestürmt und hatte mein Handy zur Hand genommen. Ich wollte wissen, was er dachte. Hatte Carter vielleicht recht? War ich wirklich nur eine oberflächliche Pute, die sich für besser als alle anderen hielt?

TheRealC
Wie kommst du darauf?

B.Nice
Ich hatte vorhin einen Streit mit meinem Mitbewohner.
Er hat mir vorgeworfen, ich sei oberflächlich und eingebildet und würde andere vorverurteilen.

TheRealC
Dein Mitbewohner hat dir das gesagt?

B.Nice
Ja, aber ich sollte vielleicht erwähnen, dass wir uns nicht gerade blendend verstehen.
Ich wusste zwar, dass er nicht gerade mein größter Fan

ist (was auf Gegenseitigkeit beruht), aber dass er so schlecht von mir denkt, habe ich echt nicht gedacht.

TheRealC
Hältst du dich denn für oberflächlich?

B.Nice
Bisher eigentlich nicht.
Ich dachte immer, ich wäre einer dieser Menschen, die sich erst ein Bild von den Leuten machen, ehe sie ihr Urteil fällen. Aber vielleicht stimmt es ja wirklich.
Weißt du, ich bin keines dieser Mädchen, die One-Night-Stands haben und kann dieses Verhalten auch nicht nachvollziehen. Vielleicht denke ich deshalb, diese Frauen hätten alle kein Selbstwertgefühl und seien naiv, dumm oder leicht zu haben. Aber ich habe mir noch nie die Mühe gemacht, eines dieser Mädels näher kennenzulernen oder mich in sie hineinzuversetzen.
Also vielleicht hat Carter ja recht. Vielleicht bin ich wirklich oberflächlich und eingebildet.

TheRealC
Carter?

Mist! Mir war gar nicht aufgefallen, dass ich seinen Namen erwähnt hatte. Was, wenn er ihn kannte? Ich wollte nicht, dass C wusste, wer ich war, solange ich bezüglich seiner Identität noch im Dunkeln tappte. Ich wollte, dass wir gleichzeitig herausfanden, wer der andere war.

Aber ich sollte mir nicht zu viele Sorgen machen. Carter war ein sehr häufiger Name, und es konnte ja auch ein Vorname sein. Wie wahrscheinlich war es, dass er mich wegen dieses kleinen Versehens entlarvte?

B.Nice
Ähm ja, mein Mitbewohner.
Sagt dir der Name etwas?

Es dauerte ein paar Minuten bis seine Antwort kam.

TheRealC
Nein, ich kenne keinen Carter.
Weißt du, B, ich glaube, dein Mitbewohner war ein bisschen zu streng mit dir. Du solltest das nicht zu persönlich nehmen.
Und weißt du noch, was ich gesagt habe, als wir uns kennengelernt haben?
Wir Menschen denken alle in Schubladen. So sind wir einfach. Das macht dich nicht zu einem schlechten Menschen. Die Tatsache, dass dich das so beschäftigt, macht dich sogar zu einem ziemlich guten Menschen.
Aber wenn du wirklich so große Angst hast, oberflächlich zu sein und die Leute zu schnell zu verurteilen, dann versuche einfach, nicht so zu sein. Das ist das Einzige, was wir machen können; versuchen, uns zu bessern.

B.Nice
Du hast recht und danke, C.
Nur mit dir darüber zu reden, macht es schon besser 😁

TheRealC
Gerne geschehen 😉
Und hör nicht auf deinen Mitbewohner. Er ist offensichtlich ein Idiot.

B.Nice
Ja, das ist er wirklich 😆

Aber vielleicht hat mich einfach die Tatsache, dass er gar nicht so unrecht hatte, noch wütender gemacht.

TheRealC
Keinem gefällt es, auf seine Fehler aufmerksam gemacht zu werden.

B.Nice
Stimmt, aber nur so können wir uns verbessern, oder?
Also sollte ich ihm vielleicht sogar dankbar sein ... Okay, nein, das wäre doch ein wenig übertrieben 😆

TheRealC
Haha!
Was machst du denn gerade?

B.Nice
Ich bin schon im Bett. Ist ja immerhin schon ziemlich spät 😆
Und du?

TheRealC
Ja, ich auch.
Und was hast du an?

Das war eine seltsame Frage, außer er wollte auf etwas ganz Bestimmtes hinaus. Aber das wollte er nicht, oder?

Bisher hatte er auf jeden Fall noch nie Andeutungen in diese Richtung gemacht.

B.Nice
So ein übergroßes Schlafshirt 😆

TheRealC

Und darunter?

Okay, es sah verdammt danach aus, als würde es in eine ganz bestimmte Richtung gehen, allerdings wusste ich nicht, ob ich das auch wollte. Ich hatte so etwas bisher noch nie gemacht, nicht einmal mit Jake.

B.Nice
Ein Höschen.

TheRealC
Kein BH? 😉

B.Nice
Nein, ist unbequem beim Schlafen 😆

TheRealC
Kann man deine Nippel durchs Shirt sehen?

B.Nice
Ähm, sie zeichnen sich ein wenig ab, ja.

TheRealC
Das würde ich gerade echt zu gerne sehen.
Obwohl ich sie noch lieber anfassen würde 😉

Yup, das ging definitiv in diese Richtung. Was sollte ich jetzt machen? Darauf eingehen? Mit Humor darauf reagieren? Mein Handy einfach gegen die Wand werfen und so tun, als hätte ich die Nachricht nie bekommen?

B.Nice
Hast du was getrunken?

Das war die einzig logische Erklärung für seine 180-Grad-Wendung. Wir hatten bisher über so ziemlich alles gesprochen, außer über Sex.

TheRealC
Haha nein, aber ich bin ehrlich gesagt gerade ein bisschen geil 😆
Mir würden da gerade einige Dinge einfallen, die ich gerne mit dir tun würde, aber wir können auch normal weiterschreiben, wenn du das willst.

Ja, wir sollten unbedingt normal weiterschreiben. Mit der anderen Sache war ich ein wenig überfordert, aber gleichzeitig war ich auch ziemlich neugierig.

B.Nice
Welche Dinge denn?

TheRealC
Zuerst würde ich dir gerne dieses Shirt ausziehen. Ich will deine Brüste sehen, ich will sie anfassen, sie massieren. Dich küssen. Dann deinen Hals. An deinem Ohrläppchen knabbern. Meine Lippen über dein Schlüsselbein gleiten lassen, mich hinunter zu deinen Brustwarzen küssen und sie dann in den Mund nehmen. An ihnen saugen.

War es schlimm, dass mich das jetzt anturnte?

Obwohl C in meinem Kopf nur ein gesichtsloser Fremder war, stellte ich mir vor, wie dieser Fremde genau diese Dinge mit mir machte. Ich biss mir auf die Unterlippe, ließ meine Finger über meinen Hals hinunter zu meinem Dekolleté gleiten und stellte mir vor, es wäre sein Mund.

B.Nice
Ähm, ja, das sind gute Dinge.

LAHM. Lahm, lahm, lahm!

TheRealC
Dann küsse ich mich langsam deinen Bauch hinab, gleite mit der Zunge kurz in deinen Bauchnabel und lecke hinunter bis zum Saum deines Höschens. Ich ziehe es dir vorsichtig aus und hebe eines deiner Beine an, um ganz langsam Küsse auf die Innenseite deines Schenkels zu hauchen.

Ich spürte wie mir alleine bei dem Gedanken daran die Hitze ins Gesicht – und in andere Körperregionen – schoss.

Ich war schon lange nicht mehr so erregt gewesen und konnte kaum glauben, dass dazu nur ein paar geschriebene Worte notwendig gewesen waren.

B.Nice
Und was würdest du dann machen?

Ich war echt nicht gut in solchen Dingen, aber eigentlich war mir das gerade ziemlich egal. Ich wollte einfach nur, dass er weitererzählte, während ich mich selbst genau an den Stellen streichelte, die er beschrieb.

TheRealC
Ich küsse mich nach oben bis zu deiner feuchten Mitte. Ich lasse erst einen, dann zwei Finger in dich gleiten, sauge an dir, bis du fast wahnsinnig wirst vor Lust. Und wenn du kurz vorm Höhepunkt bist, höre ich auf.

B.Nice

Das wäre aber ziemlich gemein.

Ich brauchte eine gefühlte Ewigkeit, um die Nachricht einzutippen, da ich nur die linke Hand zur Verfügung hatte. Die andere hatte sich verselbstständigt und war zwischen meine Beine geglitten, um das pulsierende Nervenbündel dort zu massieren.

Ich befreite mich von meinem Höschen, um besseren Zugang zu erhalten und zog bei dieser Gelegenheit auch gleich mein Shirt aus. Mir war gerade viel zu heiß für Kleidung.

TheRealC
Keine Sorge, ich entschädige dich natürlich dafür ☺
Ich küsse mich wieder deinen Bauch nach oben und presse meinen Mund auf deinen, sodass du dich selbst schmecken kannst. Ich liege zwischen deinen Beinen, und du kannst meinen steinharten Schwanz an deinem Eingang spüren. Ich streiche ein paarmal mit der Spitze darüber und stoße dann fest zu. Mein Rhythmus wird immer schneller. Ich gleite immer wieder in dich hinein ... jedes Mal ein bisschen fester, und wenn ich spüre, dass du kurz vorm Orgasmus bist, lasse ich eine Hand zwischen uns gleiten und massiere deine Klit, bis du zu zucken anfängst ...

Nachdem ich die Nachricht gelesen hatte, legte ich mein Telefon zur Seite und schloss die Augen, um mir genau das vorzustellen, was er gerade beschrieben hatte. Ich ließ zwei Finger in mich gleiten und massierte mit der anderen Hand weiter meine Klit. In mir baute sich diese prickelnde Spannung auf. Ich ließ mein Becken kreisen und passte es den Bewegungen meiner Finger an, beschleunigte meinen Rhythmus. Ich raste unaufhaltsam auf den Höhepunkt zu und als ich ihn endlich erreichte, entwich mein Atem mit einem leisen Stöhnen.

Genau in dieser Sekunde wurde die Tür geöffnet.

Carter starrte mich mit offenem Mund an, als hätte er gerade etwas sagen wollen, aber als wäre es ihm im Hals stecken geblieben.

Da mein Bett genau gegenüber der Tür stand, hatte er ungehinderte Sicht auf meine intimste Stelle und meine Hände, die immer noch auf und in mir waren.

»RAUS HIER!«, schrie ich hysterisch, als ich aus meiner Schockstarre erwacht war, und zog die Decke über meinen nackten Körper.

»Sorry«, murmelte Carter.

Sein Blick huschte noch ein letztes Mal über mich, ehe er sich umdrehte und mich in meinem Elend alleine ließ.

Ich hatte gedacht, der Duschvorfall wäre peinlich gewesen, aber das hier übertraf alles, was ich bisher erlebt hatte. Dieser Moment war sofort auf Platz eins der peinlichsten Augenblicke meines Lebens geschossen – und zwar mit Abstand.

Ich musste ausziehen. Ich musste das College verlassen – am besten sogar das Land. Den Kontinent! Australien sollte ja ganz schön sein. Ich sollte mich am besten sofort auf den Weg zum Flughafen machen. Vielleicht hatte ich ja Glück und wurde von einem Bus überfahren, noch ehe ich dort ankam. Sterben erschien mir im Moment nämlich auch sehr reizvoll.

Ich schlüpfte in eine der Leggings, die über dem Stuhl vor meinem Schreibtisch hing, und zog mein Shirt über. Dann ließ ich mich auf besagten Stuhl fallen, zog die Beine an, umschlang sie mit meinen Armen und legte meinen Kopf auf den Knien ab.

»Scheiße. Scheiße. Scheiße«, murmelte ich in Dauerschleife.

Das konnte doch verdammt noch mal nicht wahr sein! Hätte mich nicht einfach Dawn erwischen können? Das wäre zwar auch unangenehm gewesen, aber ich hätte es überstanden. Wir hätten vielleicht sogar darüber gelacht. Aber Carter? Das war absolut inakzeptabel.

Als es an der Tür klopfte, zuckte ich zusammen, als hätte man auf mich geschossen.

Ich verhielt mich ruhig, gab keinen Mucks von mir und hoffte, dass, wer auch immer vor meiner Tür stand, einfach wieder verschwinden würde. Doch heute war eindeutig nicht mein Glückstag.

Die Tür wurde geöffnet, und Carter kam herein.

»Hey«, sagte er vorsichtig und fuhr sich durch sein dunkles Haar.

»Hau ab!«, fauchte ich und klang dabei wie ein verwundeter Welpe.

»Das muss dir echt nicht peinlich sein, Adams.«

»Halt dein verdammtes Maul!«, schrie ich, sprang auf und verließ fluchtartig den Raum.

Ich wusste zwar nicht, wo ich hin sollte, aber hier konnte ich nicht bleiben. Nicht in seiner Nähe. Nicht nach dem, was er eben gesehen hatte.

Ich rannte die Treppe hinunter und floh durch die Haustür – im Pyjama und barfuß, mitten in der Nacht.

»Warte mal!«, rief Carter, der mir nachgelaufen war. »Wo willst du denn hin?«

»Nach Australien!«, rief ich über meine Schulter ohne stehen zu bleiben.

»Barfuß? Willst du nicht lieber deine Schuhe anziehen? Das wird ein ziemlich langer Fußmarsch.«

»Tja, vielleicht habe ich ja Glück und werde vorher noch überfahren. Sag mir Bescheid, falls du einen Bus siehst, vor den ich mich werfen kann.«

»Sei mal nicht so eine Dramaqueen«, meinte Carter genervt. Er hatte mich fast eingeholt.

»Dramaqueen?«, wiederholte ich ungläubig, blieb abrupt stehen und drehte mich zu ihm um.

Da er nur noch ein paar Schritte hinter mir gewesen war, lief er beinahe in mich hinein.

»Das ist doch wirklich nicht so schlimm. Ich habe dich beim Masturbieren erwischt, na und?«

»Sei still!«, kreischte ich und wollte mich umdrehen, um weiterzulaufen – wohin auch immer –, aber er hielt mich am Oberarm fest und zwang mich stehen zu bleiben.

»Das ist was ganz Natürliches. Jeder macht das. Wenn du dich dann besser fühlst, kann ich mir auf der Stelle vor dir einen runterholen.«

»Danke, ich verzichte. Könntest du mich jetzt bitte loslassen?«, knurrte ich.

»Damit du wieder weglaufen kannst? Das glaube ich nicht. Komm wieder mit rein, du erkältest dich sonst.«

»Und seit wann interessiert dich das?«

»Komm einfach.« Er zog mich mit sich zurück ins Haus, und ich ließ es wehrlos geschehen.

»Nur damit du es weißt, das ist nie passiert. Du wirst alles vergessen, und wenn du irgendjemandem davon erzählen solltest –«

»So ein Arschloch bin ich nun auch wieder nicht«, fiel er mir ins Wort. »Und wenn du dich dann besser fühlst, werde ich so tun, als wäre nie was gewesen. Wir erwähnen den Vorfall nie wieder.«

»Danke«, knurrte ich und ging dann zur Treppe.

»Aber ich kann nicht versprechen, dass ich nicht ab und zu daran denken werde, wenn ich nachts alleine im Bett liege.«

Ich bedachte ihn mit meinem besten Todesblick, aber selbst der konnte das anzügliche Grinsen nicht aus seinem Gesicht wischen.

»Du bist so ein Schwein, Carter.«

»Hey, ich war es nicht, der –«

»Klappe«, zischte ich und hechtete dann die Stufen hoch.

Ich ließ mich mit dem Gesicht voran aufs Bett fallen und schrie in mein Kissen.

Was für ein Albtraum!

Mein Telefon kündigte eine neue Nachricht an, und erst jetzt dachte ich wieder an C. Das war alles seine Schuld! Das wäre nie passiert, wenn er mich nicht so scharf gemacht hätte!

TheRealC
Bist du noch da?

B.Nice
Yup, aber gehe jetzt schlafen.

TheRealC
Oh okay.
Also ich war gerade ziemlich scharf ... ☺ Du auch?

Ich hatte gerade absolut keine Lust auf dieses Gespräch und verzichtete deshalb auf eine Antwort. Nach ein paar Minuten kam noch eine Nachricht.

TheRealC
Hey, wenn es so ist, muss dir das nicht peinlich sein, B.

B.Nice
Ich weiß. Ist es auch nicht. Bin nur müde.
Gute Nacht.

TheRealC
Okay, gute Nacht.

Fünftes Kapitel

Es war schwer, nicht jedes Mal an den „Vorfall" zu denken, wenn ich Carter ansah. Er erwähnte die Geschehnisse zwar mit keinem Wort, aber trotzdem war seitdem etwas anders. Er war … nett zu mir. Nicht nur fasste er meinen Eisvorrat nicht mehr an, er füllte ihn auch mit meiner Lieblingssorte auf. Er zog mich auch nicht mehr so oft auf. Außerdem sah er mich ständig komisch an, wenn er sich unbeobachtet fühlte. Jedes Mal, wenn ich ihn dabei erwischte, lief ich knallrot an, weil ich mir sicher war, dass er mich gedanklich gerade wieder nackt auf dem Bett liegen sah.

Obwohl mir die ständigen Zankereien nicht gerade fehlten, wünschte ich mir, es wäre alles wieder wie vorher. Damit hatte ich umgehen können, auch wenn ich ständig genervt gewesen war.

Auch Dawn und Zack war aufgefallen, dass sich etwas verändert hatte. Zack quittierte unser merkwürdiges Verhalten nur mit abschätzenden Blicken, Dawn war allerdings ein wenig neugieriger.

Sie drängte mich über eine Woche lang, ihr endlich zu sagen, was denn vorgefallen war, bis ich endlich nachgab. Ich hatte lange hin und her überlegt, ob ich mich ihr diesbezüglich anvertrauen konnte, aber da sie sich nicht mit Ausreden abspeisen ließ und es ohnehin nicht mehr peinlicher werden konnte, beschloss ich, ihr alles zu erzählen, sollte sie noch einmal fragen.

Diese Gelegenheit ergab sich genau elf Tage nach dem Vorfall. Ich kam von meiner letzten Vorlesung an diesem Tag nach Hause und fand Dawn im Wohnzimmer vor. Sie saß mit dem Laptop auf dem Schoß auf dem Sofa. Sie sah auf, als ich reinkam, und begrüßte mich lächelnd. Ich überlegte gerade, mich zu ihr zu setzen, als Carter aus der Küche kam. Wieder sah er mich so komisch an, dass in mir sofort der Fluchtinstinkt einsetzte.

»Ich gehe nach oben«, sagte ich an Dawn gewandt, drehte mich um und lief aus dem Wohnzimmer und die Treppe hoch. Dawn folgte mir.

»Erzählst du mir jetzt endlich mal, was los ist?«, fragte sie und setzte sich neben mich aufs Bett.

Ich holte einmal tief Luft, um mich zu wappnen, und begann dann zu erzählen.

Sie hörte mir geduldig zu, während ihre Augen immer größer wurden. Als ich an der Stelle angekommen war, an der Carter ins Zimmer geplatzt war, schlug sie sich die Hand vor den Mund. Ich ignorierte sie und redete weiter.

Eines musste man ihr lassen, sie hatte sich ihr Kichern länger zurückgehalten, als ich ihr zugetraut hätte. Kaum hatte ich zu Ende erzählt, prustete sie los, aber wenigstens hatte sie mich nicht unterbrochen, denn ich wusste nicht, ob ich hätte weitersprechen können, wenn ich unterbrochen worden wäre. Es war auch so schon schwierig und unangenehm genug gewesen.

»Bist du dann fertig?«, fragte ich genervt, als sie eine geschlagene Minute lang durchgelacht hatte.

»Tut mir leid«, kicherte sie. »Aber du musst selbst zugeben, dass das schon ziemlich lustig ist.«

»Du findest das lustig? Das war der peinlichste Moment meines Lebens, Dawn! Versuche einfach mal, dich in meine Lage zu versetzen.«

Sie schüttelte schnell den Kopf. »Nein, danke, lieber nicht. Okay, ich bin jetzt wieder ernst. Sorry.«

»Weißt du, es wäre ja alles halb so schlimm, wenn er sich normal verhalten würde«, ich seufzte. »Aber er behandelt mich, als hätte ich eine tödliche Krankheit und als müsste er deshalb nett zu mir sein.«

»Und wenn du einfach mal mit ihm darüber redest?«, schlug sie vor, woraufhin ich sie ungläubig ansah.

»Dein Ernst?«

»Ja, warum denn nicht? Nein, lass mich ausreden«, sagte sie streng, als ich gerade den Mund öffnete, um ihr einen der tausend Gründe zu nennen, die dagegensprachen. »Es ist nun mal passiert, auch wenn du gerne so tun würdest, als wäre es das nicht. Er hat dich gesehen. Du weißt es und er weiß es, und offensichtlich habt ihr beide es nicht vergessen. Da ist es doch völlig egal, ob du das Thema noch mal ansprichst oder nicht. Klar, es wird sicher nicht angenehm, aber wenn du ihm sagst, dass du nicht willst, dass er sich dir gegenüber anders verhält und das alles für dich nur noch schlimmer macht, hört er vielleicht damit auf und wird wieder normal.«

»Du weißt schon, dass wir hier immer noch von Jesse Carter reden, oder? Wann hat er jemals aufgehört, etwas zu tun, nur weil ich ihn darum gebeten habe?«

»Weißt du, er ist eigentlich ganz nett, wenn man ihn mal besser kennt.«

»Wann hast du ihn denn näher kennengelernt?«

Ich sah sie mit hochgezogener Augenbraue an. Hatte ich irgendetwas verpasst? Dawn konnte Carter doch auch nicht ausstehen, oder?

»Wir wohnen zusammen, schon vergessen? Da kommt mal schon mal ins Gespräch, vorausgesetzt natürlich, man zickt sich nicht ständig gegenseitig an wie ihr beide, aber mich hat er nie so aufgezogen wie dich, deshalb hatte ich auch nie so ein großes Problem mit ihm wie du.«

»Seit wann denn das? Immer, wenn wir über ihn geredet haben, dann –«

»Das war Solidaritätshass«, unterbrach sie mich. »Glaub mir, ich finde es auch alles andere als okay, wie er dich manchmal behandelt, aber zu mir war er eigentlich immer nett. Also vielleicht gibst du ihm einfach die Chance, sich zu beweisen. Was kann denn schlimmstenfalls passieren?«

»Ich weiß nicht. Dass ich vor Scham im Boden versinke?«, erwiderte ich trocken.

»Fass dir einfach ein Herz und rede mit ihm. Vielleicht überrascht er dich ja.«

»Ich denke darüber nach, okay?«

»Okay, aber ich finde, das ist die beste Lösung.«

Sie zog die Beine an und lehnte sich zurück in die Kissen, während ich gedankenversunken ins Leere starrte. Vielleicht sollte ich Dawns Rat einfach annehmen. Schlimmer konnte es ohnehin nicht mehr werden.

»Was ist eigentlich mit C?«, fragte Dawn plötzlich.

»Was soll mit ihm sein?«

»Chattet ihr noch miteinander?«

»Ja, tun wir. Wir haben nicht mehr darüber geredet, und er hat seitdem auch keinen weiteren Versuch mehr gestartet zu ›sexten‹. Aber er verhält sich seitdem auch irgendwie … anders.«

»Inwiefern?«

»Keine Ahnung, ich kann es nicht richtig beschreiben. Er ist irgendwie ein wenig verschlossener, und gleichzeitig habe ich das Gefühl, er durchschaut mich wie kein anderer. Ich weiß nicht so recht, was ich davon halten soll. Ich weiß nur, dass ich ihn endlich kennenlernen möchte. Ich will nicht länger nur mit ihm chatten. Ich will einfach wissen, woran ich bin, bevor ich noch mehr Gefühle in ihn investiere.«

»Noch mehr Gefühle? Sag mal, Bailey, hast du dich etwa in ihn verliebt?«

»Verliebt würde ich jetzt echt nicht sagen, immerhin kenne ich ihn ja gar nicht.«

»Was würdest du dann sagen?«

»Ich bin vielleicht ein klein wenig verknallt in ihn. Ich

meine, ich denke jetzt nicht ununterbrochen an ihn, immerhin habe ich momentan ein viel größeres Problem, das mich beschäftigt, aber ich vermisse ihn, wenn wir mal einen Tag nicht chatten. Ich stelle ihn mir öfter vor. Wie er aussehen könnte. Wie seine Stimme klingen könnte. Ich stelle mir vor, wie unser erstes Treffen ablaufen würde. Wie es wäre, wenn wir uns zum ersten Mal sehen. Würden sofort die Funken sprühen? Würden wir uns küssen?«

»Oh Mann, dich hat's erwischt. Hör mal, ich weiß, dass ich diejenige war, die dir überhaupt erst geraten hat, dich bei StateSingles anzumelden und nach ihm zu suchen, aber ich weiß nicht, ob dir das wirklich so guttut. Vielleicht solltest du ihm ein Ultimatum stellen. Ihr könnt ja schließlich nicht ewig so weitermachen. Also entweder trifft er sich mit dir, oder ihr beendet das.«

»Ich will ihm aber kein Ultimatum stellen! Ich will ihn zu nichts drängen, was er nicht möchte.«

»Aber wie lange willst du das denn noch mitmachen? Ehrlich, Bailey, ich mache mir Sorgen um dich. Ich will nicht, dass du dich in ein Phantom verliebst.«

»Ich weiß, dass du mich nur beschützen möchtest, aber ich kann schon auf mich aufpassen. Es ist meine Entscheidung, und ich entscheide mich eindeutig gegen ein Ultimatum. Und ich will auch nicht mehr darüber reden.«

»Okay, wie du möchtest«, meinte Dawn, dann verfielen wir beide in Schweigen.

Ich wusste, dass sie es nur gut mit mir meinte, aber ich war alt genug, um solche Dinge selbst zu entscheiden.

Plötzlich waren Schritte zu hören, die die Treppe hochkamen. Ein paar Sekunden später klopfte es kurz an der Tür, ehe sie geöffnet wurde und Carter seinen Kopf ins Zimmer streckte.

Sofort beschleunigte sich mein Puls.

»Zack und ich bestellen Pizza. Wollt ihr auch was?«, fragte er.

»Nein, danke«, antwortete ich schnell.

»Für mich auch nicht«, sagte Dawn.

»Wollt ihr euch wenigstens einen Film mit uns angucken?«, fragte Carter, und sofort setzte wieder dieses nervöse Kribbeln in meinem Bauch ein. Genau das hatte ich mit seltsamem Verhalten gemeint. Er hatte noch nie gefragt, ob wir uns zusammen einen Film ansehen wollten, und natürlich hinterfragte ich diese unschuldig wirkende Einladung sofort.

»Ich nicht. Ich wollte noch ein wenig lesen. Aber du kannst dich ihnen ja anschließen«, wandte ich mich an Dawn und ignorierte ihr darauffolgendes Stirnrunzeln.

Ich hatte keine Lust mehr, über C zu reden, und vor allem wollte ich, dass Carter endlich wieder verschwand.

»Schön.« Dawn stand vom Bett auf und warf mir noch einen schnellen Blick zu, ehe sie mein Zimmer verließ.

Ich hörte Carter noch tief seufzen, ehe er die Tür hinter sich und Dawn schloss.

Ich war viel zu spät dran. Ich hatte letzte Nacht noch mit C gechattet und dabei völlig die Zeit vergessen, weshalb ich heute Morgen verschlafen hatte.

Ich hatte mich C endlich anvertraut und ihm erzählt, dass ich während unseres nicht jugendfreien Chats von meinem Mitbewohner erwischt worden war. Er hatte ziemlich cool reagiert und sich deshalb nicht über mich lustig gemacht. C verstand, warum mich dieser Vorfall so sehr beschäftigte, obwohl er immer wieder beteuerte, dass ich mich für nichts schämen musste. Als ich ihm dann berichtete, dass Carter sich seitdem ein wenig seltsam mir gegenüber verhielt, riet er mir – genau wie Dawn –, ich sollte einfach mal mit ihm darüber reden und dass sein verändertes Verhalten ja vielleicht andere Gründe haben könnte.

Während ich mich für die Uni fertig machte und auf dem ganzen Weg dorthin, gingen mir Cs Worte nicht aus dem Kopf. Vielleicht sollte ich auf ihn und Dawn hören, aber alleine bei der Vorstellung, das Thema gegenüber Carter noch einmal ansprechen zu müssen, rann es mir eiskalt den Rücken hinunter.

Ich schüttelte die Gedanken daran ab, als ich den Hörsaal betrat. Er war schon ziemlich voll und ich sah mich ungeduldig nach einem freien Platz um, da Professor McAroy gerade ebenfalls den Raum betrat.

»Adams!«, hörte ich jemanden meinen Namen rufen und stöhnte, als ich Carter entdeckte, der mir zuwinkte. Hatte er mir etwa einen Platz freigehalten? Das wurde ja immer besser!

Da mir keine andere Wahl blieb, setzte ich mich auf den Stuhl neben ihm.

»Hallo«, begrüßte er mich grinsend.

»Hallo«, erwiderte ich, ohne ihn anzusehen.

»Wir sollten reden.«

»Pscht«, machte ich. »Die Vorlesung hat angefangen.«

»Du bist so eine Streberin«, seufzte er, hielt aber dann – zu meiner Überraschung – den Mund, und zwar bis zum Ende der Vorlesung.

Erst als Professor McAroy sich verabschiedete, sprach er mich wieder an.

»Wir sollten reden.«

Ich stellte mich dumm. »Ich wüsste nicht, was wir beide zu bereden hätten.«

Schnell stopfte ich meinen Laptop in die Tasche.

»Doch, das weißt du ganz genau.«

»Ich habe jetzt keine Zeit für irgendwelche Ratespielchen, Carter. Ich muss los.«

Ich schulterte meine Tasche und sah dann zu, dass ich so schnell wie möglich hier rauskam. Carter ließ mich gehen. Wozu hätte er mir auch hier auf dem Campus nachlaufen sollen? Er wusste ganz genau, dass ich ihm nicht ewig aus dem Weg gehen konnte – immerhin wohnten wir im selben Haus. Und genau dort lauerte er mir auf.

Ich saß am Schreibtisch in meinem Zimmer, um eine Hausarbeit fertig zu schreiben, die bald fällig war, als es an der Tür klopfte.

»Ja?«, fragte ich gedankenversunken.

»Hast du kurz Zeit?«

Ich zuckte zusammen, als ich Carters Stimme hörte.

»Ich bin gerade ziemlich beschäftigt.«

»Es dauert nicht lange.« Unaufgefordert setzte er sich auf mein Bett. Er hatte wie so oft einfach nur ein weißes Shirt an, das sich über Brust und Oberarmen spannte und einen schönen Kontrast zu seiner braunen Haut bildete.

»Also schön, spuck schon aus, was du zu sagen hast«, seufzte ich und drehte mich auf meinem Stuhl zu ihm um.

Ich hatte mir eine bequeme Jogginghose angezogen, als ich nach Hause gekommen war, und bereute diese Entscheidung nun. Ich fühlte mich unwohl, ihm im Schlabberlook gegenüberzusitzen, während er so gut aussah.

»Ich will, dass wir Freunde werden«, sagte er. Einfach so, als wäre es das Normalste der Welt.

»Was?«, fragte ich und sah ihn abschätzend an. War das irgendeine Art von Spiel? Wollte er einen neuen Weg finden, um mir auf die Nerven zu gehen?

»Ich will, dass wir Freunde werden«, wiederholte er. »Jetzt mal ehrlich, gehen dir die ständigen Streitereien nicht auch langsam auf den Sack?«

»Ist das dein Ernst?«

»Mein voller Ernst. Vielleicht ist es dir ja nicht aufgefallen, aber in letzter Zeit gebe ich mir echt Mühe, nett zu dir zu sein, aber du gehst mir nur noch mehr aus dem Weg.«

»Ähm, vielleicht weil das seltsam ist? Du bist nicht nett,

Carter. Nichts für ungut, aber du bist eben nicht gerade der nette Kerl von nebenan, und es ist echt verdammt komisch, wenn du so tust als ob.«

Ich zupfte an meiner Hose rum, damit sie nicht ganz so unvorteilhaft aussah.

»Du hast recht, obwohl ich durchaus nett sein kann, aber mir ist klar geworden, dass ich die Sache falsch angegangen bin. Ich hätte von Anfang an Klartext mit dir reden sollen. Weißt du, ich glaube, wir beide haben uns einfach auf dem falschen Fuß erwischt und uns von Anfang an falsch eingeschätzt. Ich bin zu dem Schluss gekommen, dass du vielleicht doch nicht die verklemmte Zicke bist, für die ich dich gehalten habe.«

»Wie nett«, murmelte ich und verschränkte die Arme vor der Brust, woraufhin Carter mich mit einem strengen Blick bedachte.

»Lass mich ausreden, Adams! Du bist keine verklemmte Zicke und ich kein oberflächliches, notgeiles Arschloch. Ja, ich flirte gerne, aber mein Charakter besteht aus so viel mehr. Und vielleicht habe ich bei dir einfach ein wenig über die Stränge geschlagen, weil ich es amüsant gefunden habe, wie intensiv du auf meine blöden Sprüche reagiert hast. Das tut mir leid, und ich verspreche, mich zu bessern, wenn du mir eine Chance gibst.«

Während er sprach, zupfte er, ohne es zu merken, an meinem Schlafshirt rum, das auf meinem Bett lag. Es war genau das Shirt, das ich mir in jener Nacht vom Leib gerissen hatte, als C mich so heiß gemacht und Carter mich erwischt hatte. Dass er genau dieses Kleidungsstück berührte, ließ ein warmes Kribbeln in mir breit werden.

»Ich weiß nicht, was ich dazu sagen soll.«

Das wusste ich wirklich nicht, vor allem, weil ich mir immer noch nicht ganz sicher war, ob er sich nicht einfach einen dummen Scherz mit mir erlaubte, obwohl es ihm ziemlich ernst zu sein schien. Nur hätte ich damit nicht in einer Million Jahre gerechnet.

»Sag einfach, dass du wenigstens versuchst, dich mit mir anzufreunden. Wir müssen ja nicht die besten Kumpels werden, aber es wäre schon mal nicht schlecht, wenn wir normal miteinander reden könnten und uns nicht ständig nur an den Kragen gehen würden. Ich glaube, das würde das Zusammenleben in diesem Haus sehr verbessern.«

Natürlich hatte er damit recht. Seit seinem Einzug war das Haus irgendwie gespalten, und das war echt schade. Vorher hatten Dawn, Zack und ich so ziemlich alles gemeinsam gemacht. Wir hatten zusammen gegessen, ferngesehen und hatten oft stundenlang zusammengesessen, um zu reden. Doch da Zack Carter angeboten hatte, hier einzuziehen, hatte er natürlich ein gewisses Pflichtgefühl ihm gegenüber und wollte wahrscheinlich nicht, dass er sich ausgeschlossen fühlte. Zumindest nahm ich an, dass er deshalb so viel Zeit mit Carter und so wenig mit seiner Schwester und mir verbrachte.

»Und wie stellst du dir das vor?«, wollte ich wissen.

»Also wir müssen nicht jede freie Sekunde miteinander verbringen. Vielleicht sollten wir es langsam angehen lassen. Wir könnten uns ja hin und wieder gemeinsam einen Film ansehen oder mal alle gemeinsam zu Abend essen und uns unterhalten.«

Ich seufzte schwer. Ich war immer noch nicht davon überzeugt, dass das eine gute Idee war, aber einen Versuch war es wert, immerhin hatte ich nichts zu verlieren.

»Schön, ich kann dir aber nicht versprechen, dass ich dich nicht mehr anmaulen werde.«

»Gut, und ich kann dir nicht versprechen, dass ich nicht hin und wieder einen blöden Spruch fallen lasse. Das gehört einfach zu mir«, meinte er zwinkernd.

»Toll. Da wir das jetzt geklärt haben, könntest du mich bitte weiterarbeiten lassen?«

Der Anblick wie er so selbstverständlich auf meinem Bett saß, war langsam zu viel für mich. Ich hatte das Gefühl, dass ich erst wieder richtig atmen konnte, wenn ich alleine war.

»Ja, nur eines noch.«

»Was denn?«, fragte ich ein wenig genervt.

»Hör endlich auf, dich dafür zu schämen, was vor zwei Wochen passiert ist, okay?«

Sofort wurde ich wieder rot.

»Ich weiß nicht, was du meinst«, log ich, obwohl das leise Piepsen, das einmal meine Stimme gewesen war, mich sofort verriet.

»Genau das meine ich. Ich bin ja nicht blöd, ich merke doch, dass du mir seitdem nicht einmal mehr in die Augen sehen kannst, ohne rot zu werden, und das nervt. Wo ist denn das toughe Mädchen, dem es völlig egal ist, was andere über sie denken?«

Vielleicht war es jetzt an der Zeit, Dawns und Cs Rat zu befolgen und einfach offen mit ihm darüber zu reden, damit ich das endlich hinter mir lassen konnte. Es würde zwar das unangenehmste Gespräch meines Lebens werden, aber es war leider nötig.

»Mir ist das eben verdammt peinlich, okay?«, sagte ich ein wenig zu angriffslustig. »Du hast mich nicht nur völlig nackt gesehen, sondern auch …«

Ich stockte. Aussprechen konnte ich es nicht, dafür schämte ich mich dann doch zu sehr.

»Also da gibt es echt nichts, wofür du dich schämen müsstest. Du bist verdammt heiß, Adams.«

Seine Stimme klang plötzlich rauer und tiefer als zuvor. Ich wagte es immer noch nicht, ihn anzusehen, vor allem, weil ich spüren konnte, wie Hitze in meine Wangen schoss.

»Und die andere Sache muss dir erst recht nicht peinlich sein, das war nämlich noch heißer. Wenn ich es mir recht überlege, war das sogar das heißeste, das ich je gesehen habe.« Das war endgültig zu viel für mich.

»Okay, wenn du wirklich willst, dass wir Freunde werden, dann hör auf, mich ständig heiß zu nennen. Das tun Freunde nämlich nicht.«

»Tja, ich aber schon. Also können wir das jetzt endlich hinter uns lassen? Ich hätte es schon längst vergessen, wenn deine roten Wangen mich nicht ständig daran erinnern würden.« Er lächelte mich freundlich an.

Das hatte ich an ihm wohl noch nie gesehen. Es war kein höhnisches oder selbstgefälliges Grinsen, sondern ein echtes, aufrichtiges Lächeln, und es stand ihm verdammt gut.

»Okay.«

»Sehr gut. Vielleicht sollten wir gleich mit diesem Freundschaftsding anfangen. Ich habe Lust auf chinesisches Essen und einen guten Actionfilm. Bist du dabei?«

Ich seufzte und sah von ihm zu meinem Laptop und wieder zurück. Die Hausarbeit war fast fertig und ich hatte ja noch ein paar Tage Zeit, bis ich sie abgeben musste, also würde mir eine kleine Pause sicher nicht schaden. Außerdem hatte ich riesigen Hunger.

»Ja, von mir aus, aber wir fragen Dawn und Zack, ob sie uns Gesellschaft leisten.«

»Hast du etwa Angst davor, mit mir alleine zu sein, Adams?«, fragte er grinsend.

»Du solltest wohl mehr Angst davor haben, Carter«, antwortete ich zwinkernd.

»Ach was«, meinte er und winkte lässig ab. »Ich habe keine Angst vor dir, insgeheim hast du mich nämlich schon total gerne, nur hast du dich bisher noch nicht getraut, dir das einzugestehen.«

»Ja, träum weiter«, lachte ich und stand von meinem Schreibtischstuhl auf. »Und ich suche übrigens den Film aus.«

»Von mir aus, solange es ein Actionfilm oder ein Thriller ist.«

»Mal sehen«, meinte ich übertrieben fröhlich, während ich – gefolgt von Carter – die Treppe hinunterstieg.

Es war erstaunlich einfach, mit Carter befreundet zu sein. Es war unkompliziert – zumindest, solange ich dieses seltsame Kribbeln in meinem Bauch ignorierte, das jedes Mal da war, sobald ich in Jesses Nähe war. Klar, er klopfte immer noch doofe Sprüche, aber mittlerweile war unser Schlagabtausch nicht mehr von feindseliger Natur, sondern diente nur noch zur Unterhaltung. Wir waren zwar nicht von heute auf morgen zu besten Freunden geworden, die plötzlich unzertrennlich waren und das würde wahrscheinlich auch nie passieren, aber wir kamen gut miteinander aus. Außerdem hatte sich die Stimmung im Haus deutlich verbessert. Wir aßen immer öfter gemeinsam zu Abend oder frühstückten zusammen. Wir guckten oft Filme oder Serien, und manchmal spielten Dawn und ich mit den Jungs irgendwelche Videospiele. Wir hatten sogar schon zweimal einen Spieleabend veranstaltet mit richtigen Gesellschaftsspielen, obwohl Carter nun wirklich nicht der Typ dafür war.

Erst jetzt, da ich mich nicht mehr ständig mit ihm in die Haare bekam und ihm nicht mehr aus dem Weg gehen musste, merkte ich, wie verdammt anstrengend das gewesen war. Ich war nun immer viel besser gelaunt und nicht mehr ganz so zickig.

Es waren drei Wochen vergangen, seit wir beschlossen hatten, Freunde zu werden, als Carter den Vorschlag machte, gemeinsam zu kochen. Wir hatten eine Weile darüber diskutiert, welches Gericht wir kochen sollten und uns schließlich für Lasagne entschieden. Besser gesagt hatte Carter uns so lange genervt, bis wir alle nachgegeben hatten. Da weder Dawn noch Zack sehr begabt in der Küche waren und beide nur gejammert hatten, wie wenig Lust sie darauf hatten, machten wir einen Deal. Jesse und ich waren fürs Essen zuständig, Dawn und Zack machten anschließend die Küche wieder sauber und kümmerten sich um den Nachtisch. Das bedeutete, dass Jesse und ich uns in der Küche abrackerten, während die anderen beiden im Wohnzimmer auf ihren faulen Hintern saßen und darauf warteten, sich von uns bedienen zu lassen.

»Die Béchamelsoße ist viel zu flüssig!« Carter beobachtete skeptisch, wie ich die Soße mit dem Kochlöffel umrührte. Ich verdrehte nur die Augen und machte unbeirrt weiter.

»Pass du lieber auf, dass das Fleisch nicht anbrennt.«

»Ja, Chef!«, sagte er in sarkastischem Tonfall und beugte sich wieder über seine Pfanne.

Wir standen so dicht beieinander, dass wir ständig mit den Armen aneinanderstießen, was jedes Mal kleine Blitze durch meinen Körper jagte, die ich allerdings geflissentlich ignorierte.

»Woher hast du das Rezept eigentlich? Aus dem Internet?«, fragte ich, während ich mich weiterhin auf die Soße konzentrierte.

»Nein! Glaubst du, ich vertraue irgendeinem Möchtegernkoch aus dem Internet? Das ist das Rezept meiner Mom. Sie macht die beste Lasagne auf dem gesamten Planeten. Also versaue es nicht, Adams!« Er stieß spielerisch mit der Hüfte gegen meine.

Carter redete nie über seine Familie, weshalb ich sofort hellhörig wurde.

»Ich gebe mein Bestes. Verstehst du dich denn gut mit deiner Mom?«, fragte ich betont beiläufig.

»Ja, sehr. Meine Mom ist die Beste!«

»Und dein Dad?«

Ich spürte, wie er sich neben mir verspannte.

»So viele Fragen, Adams. Was ist denn mit deinen Eltern? Verstehst du dich gut mit ihnen?«

Es war nicht zu überhören, dass die Leichtigkeit in seiner Stimme nur gespielt war und er eindeutig vom Thema ablenken wollte. Vielleicht war das Verhältnis zu seinem Vater ja ein wenig kompliziert und er wollte nicht darüber reden. Ich akzeptierte das und wollte ihn auch zu nichts drängen, deshalb erzählte ich ihm stattdessen von meinen Eltern.

»Ja, wirklich gut. Sie lassen mich immer spüren, dass ich ihr Ein und Alles bin. Das ist wohl das Gute daran, ein Einzelkind zu sein.«

»Stimmt«, gab er mir recht, nachdem er das Fleisch gekostet und noch einmal nachgewürzt hatte. »Allerdings habe ich mir früher immer einen kleinen Bruder gewünscht.«

»Keine kleine Schwester?«

»Gott, nein!«

»Hey!« Ich warf mit einem Geschirrtuch nach ihm. »Was hast du denn gegen Mädchen?«

»Ich habe gar nichts gegen Mädchen, aber ich stelle mir das einfach viel zu stressig vor. Ein Bruder wäre mein Kumpel gewesen. Wir hätten gemeinsam Unsinn anstellen können. Aber auf eine kleine Schwester hätte ich ständig aufpassen müssen, vor allem, wenn sie dann älter wird. Ich wäre ihr wahrscheinlich überallhin gefolgt, bewaffnet mit einem Baseballschläger, um jeden plattzumachen, der ihr zu nahekommt.«

Ich fand es süß, wie groß sein Beschützerinstinkt war, auch wenn es sich nur um eine imaginäre Schwester handelte.

»Warum guckst du so?«, wollte Carter wissen, woraufhin ich schnell wieder wegsah.

»Ich gucke nicht.«

»Doch tust du.«

»Tue ich nicht«, widersprach ich und spürte, wie meine Wangen warm wurden.

Ich hatte ihn tatsächlich angestarrt, aber das würde ich nie und nimmer zugeben. Stattdessen versuchte ich, ihn abzulenken.

»Ist das gut so?«, fragte ich schnell und deutete auf den Kochtopf vor mir.

Carter warf einen Blick hinein, nahm mir den Löffel ab und rührte ein paarmal um.

»Sieht gut aus. Ich bin auch gleich fertig.«

Er fügte der Tomatensoße das angebratene Fleisch hinzu und nahm dann die Auflaufform zur Hand, die er schon vorbereitet hatte. Er gab erst etwas Tomaten- dann Béchamelsoße hinein. Wir legten die Lasagneblätter vorsichtig oben drauf und wiederholten das dann ein paarmal, bis die Auflaufform voll war. Auf die oberste Schicht kam noch eine Handbreit geriebener Käse, ehe wir die Lasagne in den vorgeheizten Ofen schoben.

Jetzt hieß es nur noch warten, also gesellten wir uns zu Dawn und Zack ins Wohnzimmer, die gerade eine folge „Modern Family" guckten.

Drei Folgen später war die Lasagne fertig und zum Verzehr bereit. Wir setzten uns alle an den Tisch, den Dawn und Zack gedeckt hatten, und ich war ein wenig nervös, als Carter sich die erste Gabel in den Mund schob. Ich hoffte nur, sie schmeckte ihm. Etwa eine Sekunde lang war sein Gesichtsausdruck völlig neutral, dann schloss er die Augen und stöhnte genüsslich. »Schmeckt wie zu Hause!«

»Verdammt lecker!«, meinte Dawn, und Zack stimmte ihr sofort zu.

Nun wagte auch ich einen Bissen. Das war echt verdammt gut.

»Darf ich euch daran erinnern, dass ihr alle noch vor wenigen Stunden gejammert habt, weil ihr keine Lasagne wolltet?«, bemerkte Carter und grinste überheblich.

»Jaja, du bist der Beste … bla, bla, bla. Jetzt halt den Mund

und iss einfach«, sagte ich betont genervt und verdrehte die Augen, während ich in Wirklichkeit ein Schmunzeln unterdrücken musste.

Den Rest des Abendessens verbrachten wir schweigend. Jeder war viel zu sehr mit Kauen beschäftigt.

Danach servierten Dawn und Zack das Dessert. Sie hatten uns Muffins aus dem Café um die Ecke geholt.

»Ihr habt wirklich keine Mühen gescheut«, meinte Carter sarkastisch, obwohl ihm der Schokomuffin sehr zu schmecken schien, zumindest hatte er die Hälfte in nicht mal einer Minute verputzt.

»Wir haben euch ja gesagt, dass wir nicht kochen können. Das schließt backen mit ein«, meinte Zack achselzuckend.

»Die sind wirklich lecker. Danke«, wandte ich mich an Dawn und Zack, ehe ich Jesse einen strengen Blick zuwarf.

»Ich wollte übrigens noch mit euch über etwas reden«, sagte dieser plötzlich. »Ich habe ja in drei Tagen Geburtstag. Ich werde einundzwanzig, deshalb wollte ich fragen, ob das für euch in Ordnung ist, wenn ich eine kleine Feier mache.«

»Du meinst hier? Also bei uns zu Hause?«, fragte Dawn und sah genauso begeistert aus, wie ich mich fühlte – nämlich gar nicht.

»Keine Sorge, ich kümmere mich um alles und räume hinterher auch wieder auf. Und es wäre wirklich nur eine kleine Party mit ein paar Freunden und euch natürlich.«

Ich hatte eigentlich gar keine Lust auf eine Party, vor allem nicht bei uns zu Hause. Da konnte ich nicht einfach abhauen. Aber es schien Jesse wirklich wichtig zu sein und so schlimm würde es schon nicht werden. Außerdem wurde man ja nur einmal einundzwanzig.

»Von mir aus«, willigte ich deshalb achselzuckend ein.

»Also, wenn Adams auf meiner Seite ist, habe ich auf jeden Fall gewonnen!« Carter strahlte mich an, schlang dann seinen Arm um meine Schultern und zog mich kurz an sich ran, sodass ich beinahe vom Stuhl gefallen wäre. Was nicht bedeutete, dass ich seine Berührung nicht genossen hätte …

»Klar, warum nicht«, stimmte Zack zu, woraufhin Dawn nur »Okay« murmelte.

Nachdem wir dann alle unsere Muffins aufgegessen hatten, räumten Dawn und Zack den Tisch ab und machten sich daran, den Abwasch zu erledigen. Jesse und ich gingen rüber ins Wohnzimmer und setzten uns auf die Couch, um uns noch eine Folge „Modern Family" anzusehen.

»Danke übrigens, dass du der Party zugestimmt hast«, flüsterte Jesse mir plötzlich zu und schenkte mir ein aufrichtiges Lächeln, das mich beinahe dahinschmelzen ließ.

»Schon okay«, winkte ich ab und trank schnell einen Schluck Wasser, da meine Stimme ein wenig kratzig klang.

»Übertreibe es aber nicht«, fügte ich dann noch hinzu.

»Keine Sorge, ich lade nur ein paar meiner Freunde ein. Und dann lernst du endlich meine besten Kumpel kennen.«

»Toll«, murmelte ich gelangweilt, war aber tatsächlich ein wenig aufgeregt deswegen.

»Du kannst auch jemanden einladen, wenn du willst. Gibt es da jemand Besonderen in deinem Leben?«, fragte er unvermittelt und sah mich mit einem seltsamen Gesichtsausdruck an.

Sofort musste ich an C denken. Wir hatten in letzter Zeit immer weniger miteinander gechattet. Ich hatte den Kopf mit so vielen anderen Dingen voll gehabt, und auch er hatte sich nicht mehr so oft gemeldet. Wahrscheinlich musste er genauso viel für die Uni lernen wie ich. Außerdem hatte ich in den letzten Wochen ziemlich viel Zeit mit Carter verbracht, und neben ihm konnte ich unmöglich mit C chatten. Ich wollte nicht, dass er irgendetwas davon mitbekam. Er würde mich nur damit aufziehen, und außerdem ging ihn das gar nichts an. Trotzdem wollte ich C immer noch dringend kennenlernen. Wir hatten eine echte Verbindung, auch wenn wir uns noch nie gesehen hatten. Und dann würde ich mich vielleicht auch nicht mehr ständig dabei erwischen, wie ich Jesses verfluchten Traumbody anstarrte.

»Ich glaube, es werden auch so schon genug Leute kommen, ohne dass ich jemanden einlade«, wich ich Carters Frage aus. »Ich gehe dann mal hoch in mein Zimmer. Ich habe noch einiges zu erledigen.«

Ohne auf eine Antwort zu warten, stand ich auf und ließ ihn alleine auf dem Sofa sitzen.

Sechstes Kapitel

Als ich an Jesses Geburtstag von der Uni nach Hause kam, fand ich nur Dawn vor, die im Wohnzimmer herumwuselte und alle zerbrechlichen Gegenstände in Sicherheit brachte.

»Hey, wo sind denn die Jungs?«, wollte ich wissen.

»Zack und Jesse holen noch ein Bierfass, weil Jesse denkt, zwei wären nicht genug. Wer soll das denn bitte alles trinken? Wie viele Leute hat er eingeladen?«

Dawn wirkte ziemlich gestresst, weshalb ich zu ihr ging und ihr beruhigend die Schulter drückte.

»Es wird schon nicht so schlimm werden.«

»Hoffentlich. Ich bin kein großer Fan von Partys.«

»Ich weiß.« Ich tätschelte ihr mitfühlend den Rücken.

Dawn war neuen Menschen gegenüber ziemlich schüchtern. Sie brauchte immer eine Weile, um aufzutauen. Das war schon auf der Highschool so gewesen. Wenn man sie erst einmal besser kennengelernt hatte, war sie eine der ehrlichsten und offensten Personen, die ich kannte, doch es dauerte eine Weile, bis sie an diesem Punkt angelangt war. Besonders Jungs gegenüber war sie sehr schüchtern, obwohl sie absolut keinen Grund dazu hatte, denn Männer verehrten Dawn … und das zu Recht. Sie war eine echte Sexbombe, auch wenn ihr das überhaupt nicht bewusst war. In ihren Augen waren ihre Rundungen nicht sexy, sondern machten sie fett, obwohl das totaler Unsinn war. Dawn war komplett schlank, nur hatte sie eine ziemlich üppige Oberweite und einen etwas größeren Hintern, der aber total knackig war und einfach nur heiß aussah. Ich hätte gerne ihre Kurven gehabt. Außerdem war sie bildhübsch. Sie hatte langes, haselnussbraunes Haar und dazu diese hammermäßigen großen grünen Augen mit übertrieben langen, dunklen Wimpern, die Mascara eigentlich überflüssig machten. Sie war das schönste Mädchen, das ich je gesehen hatte, aber egal, wie oft ich ihr das sagte, sie wollte es mir einfach nicht glauben. Das lag wahrscheinlich an ihrem Ex-Freund, dem Arschloch. Sie hatte einiges mitmachen müssen mit diesem Wichser, und wenn ich ihn je in die Finger bekommen würde, würde ich ihn mit bloßen Händen umbringen. Er hatte sie betrogen und dann ihr die Schuld daran gegeben, weil sie viel zu fett sei und er sie deshalb sexuell nicht mehr anziehend fände. Das war natürlich völliger Bullshit, er war einfach ein treuloses Schwein, das nicht dazu in der Lage war, seine Fehler einzugestehen und deshalb immer anderen die Schuld geben musste.

Ich verstand einfach nicht, warum sie diesem Widerling mehr Glauben schenkte als mir oder ihren anderen Freunden.

Obwohl ich wusste, woher ihre Unsicherheit kam, konnte ich sie nicht wirklich nachvollziehen, und genauso wenig konnte ich mich in ihre Lage versetzen. Ich war schon immer ziemlich selbstbewusst und extrovertiert gewesen und wusste daher nicht, wie sie sich fühlen musste. Ich wusste nur, dass größere Menschenansammlungen überhaupt nichts für sie waren.

»Soll ich dir bei irgendwas helfen?«, fragte ich, um sie abzulenken, und deutete auf die dunkelblaue Vase in ihrer Hand, aber Dawn schüttelte den Kopf.

»Nein, danke, geht schon.«

»Okay, dann springe ich schnell unter die Dusche, und danach können wir uns gemeinsam fertig machen.«

Dawn nickte nur kurz und verstaute dann die Vase im Schrank hinter den DVDs.

Nachdem ich geduscht und mir die Haare geföhnt hatte, half ich Dawn, ein Outfit auszuwählen. Wir entschieden uns für ein knielanges, schwarzes, trägerloses Kleid mit herzförmigem Ausschnitt, das ihre Brüste schön in Szene setzte und ihre Hüften sanft umschmeichelte. Es war sexy, aber nicht zu freizügig.

Danach wechselten wir in mein Zimmer, um auch für mich etwas zum Anziehen auszusuchen. Schließlich fiel die Wahl auf ein indigofarbenes, spitzenbesetztes, schulterfreies Kleid mit langen Ärmeln, das kurz über meinen Knien endete. Es betonte meine schmale Taille, und mit den schwarzen, offenen High Heels wirkten meine Beine viel länger, als sie tatsächlich waren. Als ich mich im Spiegel betrachtete, konnte ich nicht umhin, mich zu fragen, was Jesse wohl zu dem Kleid sagen würde. Normalerweise war ich eher leger gekleidet. Ich trug meistens Jeans und dazu irgendein Top und nur selten Kleider. Ob ich ihm wohl gefiel? Obwohl das eigentlich auch völlig egal war. Ich musste nur mir selbst gefallen und sonst niemandem! Punkt. Ich schüttelte leicht den Kopf, um diese Gedanken wieder zu vertreiben.

Dawn und ich gingen ins Badezimmer, um uns die Haare zu machen und Make-up aufzulegen. Während Dawns Haare gelockt waren, hatte ich meine geglättet. Das war ein ziemlich ungewöhnlicher Anblick. Normalerweise fielen sie mir in Wellen über die Schultern oder waren zu einem Pferdeschwanz zusammengebunden.

»Du siehst so schön aus«, schwärmte Dawn, nachdem ich meine braunen Augen noch mit ein bisschen Eyeliner und Mascara betont hatte.

»Und du erst!«, gab ich das Kompliment an sie zurück und meinte es auch so.

Dawn war schon ohne Make-up eine echte Schönheit, aber nun wirkten ihre Augen noch viel größer und intensiver, und ihre Wimpern waren fast schon unverschämt lang.

»Wir sollten dann mal runtergehen, oder?«, meinte Dawn und zupfte nervös an ihren Fingern herum.

Wir hatten von hier oben gehört, dass die ersten Gäste

schon eingetrudelt waren, und einer der Jungs hatte bereits Musik aufgelegt.

»Hast du das Geschenk?«, fragte Dawn.

»In meinem Zimmer. Ich hole es schnell.«

Dawn, Zack und ich hatten Jesse eine neue Lederjacke gekauft, da seine alte schon so abgetragen war und wir nicht gewusst hatten, was wir ihm sonst hätten schenken sollen.

Ich schnappte mir das Päckchen, das ich in meiner Kommode verstaut hatte, und trat zu Dawn hinaus in den Flur.

Gemeinsam stiegen wir die Treppe hinunter und betraten das Wohnzimmer.

Die Jungs hatten wirklich ganze Arbeit geleistet. Sie hatten die Möbel inklusive der Couch an die Wand geschoben und ein paar Stehtische aufgestellt. Dadurch wirkte der Raum noch viel größer. In der Mitte war sogar genug Platz für eine provisorische Tanzfläche.

Außer Carter und Zack waren da noch drei Typen und zwei Mädels, die ich nicht kannte.

Als ich Carter sah, wurde ich plötzlich nervös. Er sah wie immer sehr gut aus. Er trug dunkle Jeans, ein graues Shirt und darüber seine geliebte Lederjacke. Er redete gerade mit den beiden Mädchen, was mir einen seltsamen kleinen Stich in der Brust versetzte, den ich allerdings ignorierte.

In diesem Augenblick sah Carter auf, und unsere Blicke trafen sich. Er runzelte leicht die Stirn, als er mich von oben bis unten musterte, und plötzlich wurde ich schrecklich unsicher. Gefiel ihm, was er sah?

Doch ich ließ mir nichts anmerken, setzte ein breites Lächeln auf und überbrückte die wenigen Meter zwischen uns mit ein paar langen Schritten.

»Happy Birthday«, rief ich übertrieben fröhlich, und einen Moment lang wusste ich nicht, was ich jetzt tun sollte. Ihm die Hand zu schütteln wäre komisch gewesen, also entschied ich mich, einen Arm um seine Schultern zu legen und ihn kurz zu drücken. Schon lagen Jesses Arme um meine Taille und hielten mich ein paar Sekunden lang fest. Sofort war da wieder dieses Kribbeln in mir, das sich von meinem Bauch aus in jedes Körperteil ausbreitete, wie jedes Mal, wenn er mich berührte.

»Danke«, flüsterte er, und sein Mund war so nah, dass sein Atem mein Ohr streifte und mir eine Gänsehaut am ganzen Körper bescherte.

Ich machte mich schnell von ihm los und drückte ihm das Geschenk in die Hände.

»Hier.« Ich räusperte mich schnell, da meine Stimme eigenartig belegt klang. »Das ist von Dawn, Zack und mir.«

Carter rief Zack zu sich, der gerade in die Küche verschwinden wollte. Er machte auf dem Absatz kehrt und gesellte sich zu Carter, Dawn und mir. Erst dann begann Jesse, das Päckchen zu öffnen.

»Die ist toll!«, rief er ehrlich erfreut aus, als die Lederjacke zum Vorschein kam.

Er streifte die Jacke, die er gerade trug, ab, und ich hatte alle Mühe, seine muskulösen Arme nicht anzustarren.

»Sitzt wie angegossen. Danke, Leute!«, sagte Jesse, als er sich die neue Jacke übergezogen hatte.

Sie stand ihm wirklich verdammt gut.

»Sieht heiß aus«, säuselte eines der Mädchen, die ich völlig ausgeblendet hatte.

»Danke. Ach ja, Adams, Dawn, das sind Sue und Brianna«, stellte Carter uns einander vor.

Die beiden sahen wirklich verdammt gut aus. Brianna, diejenige, die Carter das Kompliment gemacht hatte, war groß, schlank und hatte magentafarbenes Haar. Irgendwie erinnerte sie mich an die junge Ariana Grande. Sue hingegen war eine bildhübsche Asiatin mit dunklem, fast schwarzem Haar, das sie zu einem Zopf geflochten hatte, der ihr über die rechte Schulter fiel. Sie hätte locker als Mitglied einer dieser KPOP

Girlbands durchgehen können. Wieder ignorierte ich den kleinen Stich der Eifersucht in meinem Herzen.

Wir murmelten einander Begrüßungen zu und sahen dann alle wieder Carter an.

»Kommt mal mit. Ich muss euch meine Jungs vorstellen«, meinte Carter und nickte zu der Gruppe von drei Jungs, die alle ein Bier in der Hand hielten und sich miteinander unterhielten.

Dawn und ich folgten ihm.

»Jungs, das sind meine Mitbewohnerinnen Bailey und Dawn. Mädels, das sind Logan, Finn und Caleb.«

»Freut mich, euch kennenzulernen«, begrüßte uns Logan, lächelte freundlich und schüttelte uns nacheinander die Hände.

»Hi«, murmelte Caleb und reichte uns ebenfalls die Hand.

»Hallo, Ladys«, sagte Finn mit einem schelmischen Grinsen und legte dann einen Arm um mich. »Du bist also Bailey Adams, die Frau, die unserem Kumpel das Leben so schwer macht.«

Ich sah Carter mit hochgezogener Augenbraue an, aber er zuckte nur mit den Schultern und grinste frech.

»Keine Sorge, ich weiß, was für ein Idiot Jesse ist. Wenn du willst, kannst du mir später ruhig dein Zimmer zeigen und mal so richtig über ihn ablästern«, meinte Finn zwinkernd, was ihm einen Klaps auf den Hinterkopf von Carter einbrachte.

»Reiß dich mal lieber zusammen«, ermahnte er Finn.

»War schön, euch kennenzulernen. Dawn und ich holen uns schnell was zu trinken«, teilte ich ihnen mit.

»Jesses Freunde sind ziemlich attraktiv«, meinte Dawn, als wir außer Hörweite waren, und warf noch einmal einen Blick über ihre Schulter. Ich tat es ihr gleich.

Dawn hatte recht. Sie waren tatsächlich alle drei ziemlich attraktiv.

Logan hatte dunkle Haut, kurzes schwarzes Haar, warme braune Augen und weiche Gesichtszüge, die ihn sehr sympathisch wirken ließen. Finn hatte hellbraunes, kurz geschorenes Haar, helle Augen und Grübchen an den Wangen, die ihn gleichzeitig frech und süß wirken ließen. Caleb war dunkelblond, hatte graue Augen und einen leichten Bartschatten auf seinen Wangen. Man konnte allen dreien ansehen, dass sie regelmäßig Sport trieben.

»Stimmt«, gab ich Dawn recht, als wir die Küche betraten.

»Gefällt dir einer von ihnen besonders?«

Sie zuckte nur mit den Schultern.

»Komm schon, sag es mir«, befahl ich grinsend.

»Dieser Logan sieht nett aus.«

»Tut er. Du könntest ihn später ja mal ansprechen.«

»Nein, du weißt, dass das nicht mein Ding ist. Und wehe du lässt mich heute alleine!«, ermahnte sie mich.

»Keine Sorge«, versicherte ich ihr. »Was willst du trinken? Bier?«

»Nein, lieber etwas Alkoholfreies.«

Ich öffnete den Kühlschrank, holte zwei Limos raus und reichte ihr eine davon. Danach gingen wir zurück ins Wohnzimmer und setzten uns auf die Couch.

Carter und Zack standen zusammen mit Logan, Finn und Caleb an einem der Stehtische, Sue und Brianna standen am Nebentisch und zogen Carter praktisch mit ihren Blicken aus, während sie ständig miteinander tuschelten. Ich konnte diese Mädchen jetzt schon nicht ausstehen. Warum musste Carter sich eigentlich immer mit so abnormal schönen Frauen umgeben, neben denen sich jede andere Frau vollkommen unzulänglich fühlte? Was hatte er nur gegen ganz normale, durchschnittlich aussehende Mädchen?

Als es plötzlich an der Tür klingelte, rannte Carter sofort los, um die Neuankömmlinge rein zu lassen. Er kam mit zwei

Kerlen und einer Gruppe von vier Mädchen zurück, von denen ich zwei vom Sehen kannte.

Es dauerte nicht lange, da kamen schon die nächsten Gäste.

Ich spürte, wie Dawn neben mir immer angespannter wurde. Es war ihr deutlich anzusehen, wie unwohl sie sich fühlte.

»Ich glaube, ich gehe hoch in mein Zimmer«, meinte sie, als noch zwei Kerle ankamen.

Wie viele Freunde hatte Carter eigentlich? Langsam artete diese kleine Geburtstagsfeier in eine richtige Collegeparty aus.

»Jetzt schon? Aber wir haben noch nichts gemacht, außer hier auf dieser Couch zu sitzen und die Leute zu beobachten. Ich finde das hier auch nicht gerade toll, aber wir sollten einfach das Beste daraus machen. Wir könnten zu Logan rübergehen und ein wenig mit ihm quatschen.«

»Ich bin heute echt nicht in Stimmung für so was. Sorry«, Sie biss sich auf die Unterlippe und sah mich entschuldigend an.

»Schon okay«, ich seufzte. »Vielleicht überlegst du es dir ja noch mal anders, dann komm einfach wieder runter.«

»Glaube ich nicht, aber okay«, sagte Dawn und stand auf. »Gute Nacht.«

»Gute Nacht«, erwiderte ich und sah ihr nach, bis sie im Flur verschwunden war.

Da ich nicht wie ein Trottel alleine herumsitzen wollte, stand ich auf und holte mir noch eine Limo aus der Küche, ehe ich mich nach bekannten Gesichtern umsah, zu denen ich mich gesellen konnte.

Ich entdeckte Zack und Logan, die an dem Tisch standen, der mir am nächsten war, und ging zu ihnen rüber.

»Hi«, sagte ich lächelnd.

»Wo ist Dawn?«, fragte Zack sofort.

»Sie ist nach oben gegangen. Sie fühlt sich nicht so gut. Du weißt ja, sie und Partys …«

»Verstehe.«

»Was hat sie denn gegen Partys?«, wollte Logan wissen.

»Sie ist einfach kein besonders großer Fan davon, keiner von uns«, meinte Zack achselzuckend.

»Außer Carter«, fügte ich hinzu.

»Ja«, lachte Logan, »Jesse stand immer schon auf Partys. Ich war auch nie ein Fan davon, aber als einer seiner besten Kumpels lernt man irgendwann, einfach mitzumachen, und wenn man sich erst mal darauf einlässt, ist es gar nicht mehr so schlimm.«

»Mal sehen«, murmelte ich. »Du bist also gut mit Carter befreundet?«

»Ja und das schon eine ganze Weile. Kommt mir vor wie eine Ewigkeit«, meinte er grinsend.

»Aber ihr wirkt beide so unterschiedlich. Ich meine, du bist so … sympathisch.«

Logan lachte laut auf. »Ja, ich habe schon gehört, dass du das gefühlt einzige Mädchen auf dieser Uni bist, das sich nicht von seinem Charme einlullen lässt. Aber glaub mir, wenn man ihn besser kennt, merkt man, dass er gar nicht so ein Arschloch ist, wie er gerne tut. Er ist eigentlich ein lieber Kerl.«

»Ich hoffe, ihr redet gerade nicht über mich«, sagte Carter, der plötzlich neben mir aufgetaucht war.

»Natürlich! Über wen denn sonst? Ich habe Bailey gerade erzählt, was für ein süßes, kleines Kerlchen du doch bist«, meinte Logan grinsend.

»Halt die Klappe. Ich bin nicht süß! Und vor allem bin ich kein kleines Kerlchen!« Carter boxte seinem Kumpel fest gegen den Oberarm.

»Du bist sogar zuckersüß«, stichelte Logan weiter, während er sich den Arm rieb.

»Adams, sag doch diesem Hohlkopf mal, wie ich wirklich

bin«, forderte Carter mich auf und legte einen Arm um mich. »Hältst du mich auch für süß?«

Ich musste schlucken und mich selbst dazu zwingen, das warme Gefühl in meinem Inneren zu ignorieren, das ich bei seiner Berührung empfand.

»Gut. Also, Logan …« Ich machte eine dramatische Pause und sah ihn ernst an. »Jesse Carter ist das süßeste und niedlichste kleine Kerlchen, das ich je gesehen habe.«

Logan streckte lachend seinen Arm mit der Handfläche nach vorne aus, um mit mir einzuschlagen, während Carter mich losließ und mir leicht in die Schulter kniff.

»Seid nicht so gemein zu mir, es ist immerhin mein Geburtstag«, sagte er und drehte sich dann um, als jemand seinen Namen rief.

»Was gibt's?«, rief er zurück und ging in Richtung eines Kerls davon, den ich nicht kannte.

»Ich muss mal schnell verschwinden«, teilte ich Zack und Logan mit, ehe ich in Richtung Badezimmer verschwand.

Ich ging auf die Toilette, und als ich zurückkam, wollte ich mich wieder zu den beiden gesellen, als Caleb sich mir plötzlich in den Weg stellte.

»Hey! Bailey, stimmt's?«, fragte er lächelnd.

»Genau. Und du bist Caleb.«

»Richtig.« Er grinste und nickte dann zu einem der Stehtische. »Wollen wir?«

»Äh, klar.« Ich folgte ihm, bis wir uns, mit dem Tisch zwischen uns, gegenüberstanden.

»Wo ist denn deine Freundin hin?«, fragte er.

»Partys sind nicht so ihr Ding. Sie ist nach oben gegangen.«

»Verstehe. Tolles Haus übrigens.« Er nahm einen Schluck von seinem Bier und ließ seinen Blick demonstrativ durch den Raum gleiten.

»Danke, aber das gehört nicht mir. Die Eltern von Dawn und Zack haben es gemietet.«

»Ja, ich glaube, Jesse hat das mal erwähnt. Viel besser als die Wohnheimzimmer, nicht?«

»Ja, tausendmal besser«, bestätigte ich. »Du wohnst mit Logan und Finn in einer WG, oder?«

»Ja, und mit Ray, dem Kerl, dem die Wohnung gehört. Ich habe Jesses freies Zimmer bekommen, als er ausgezogen ist.«

»Warum ist er eigentlich ausgezogen?«, fragte ich neugierig. Carter hatte mir die Geschichte nie erzählt. Zack wusste Bescheid, aber leider wusste er auch, wie man den Mund hielt.

»Jesse hatte Sex mit Rays Ex-Freundin.«

Obwohl diese Erklärung mir einen Stich versetzte, versuchte ich, mir nichts anmerken zu lassen.

»Das ist ja wieder mal so was von typisch für ihn.«

»Sei nicht zu streng mit ihm. Er wusste nicht, dass sie seine Ex ist, aber sie wusste ganz genau, wer Jesse war. Sie hat sich an ihn rangemacht, um Ray eins auszuwischen, weil er sie betrogen hat.«

»Oh Mann, das ist ja total bescheuert.«

»Allerdings. Sie ist ein rachsüchtiges Biest, aber Ray hat immer noch Gefühle für sie, und als er sie dann aus Jesses Zimmer kommen sah, ist er ausgeflippt und hat ihn hochkant rausgeworfen. Er hatte echt Glück, dass er hier einziehen konnte und ich hatte Glück, dass ich endlich aus diesem Wohnheimzimmer ausziehen konnte.«

»Allerdings.«

»Weißt du, du bist echt verdammt hübsch«, meinte Caleb plötzlich und überrumpelte mich damit ein wenig.

»Ähm, danke.«

»Keine Ursache. Ist nur die Wahrheit.« Er zwinkerte mir verspielt zu. »Und du scheinst mir außerdem echt was Besonderes zu sein. Hättest du vielleicht Lust, mal mit mir auszugehen?«

»Wie bitte?«, fragte ich nach, da ich erst einmal Zeit brauchte, um die Frage zu verarbeiten.

Caleb sah gut aus und schien auch nett zu sein, aber ich kannte ihn kaum. Außerdem war er ein Freund von Carter. Ich wusste nicht, ob es okay war, mit einem seiner Kumpels auszugehen, obwohl ihn das wahrscheinlich nicht wirklich interessieren würde.

»Willst du mit mir ausgehen, Bailey?«, wiederholte er seine Frage.

»Ich weiß nicht so recht. Wir kennen uns ja kaum.«

»Sind Dates nicht dazu da, sich kennenzulernen?«, fragte er mit diesem charmanten Lächeln, das mich automatisch zum Grinsen brachte.

»Ja, du hast recht. Also schön, warum nicht?«

»Nicht so enthusiastisch.«

»Tut mir leid«, murmelte ich und biss mir auf die Unterlippe.

»Schon okay. Ich habe da nur ein ›Ja‹ rausgehört.« Er zwinkerte mir zu, was mich zum Kichern brachte. »Wie wäre es mit übermorgen?«

»Du willst schon übermorgen mit mir ausgehen?«

»Ja!« Er nickte. »Hast du Zeit?«

»Ähm ja, ich denke, schon.«

»Caleb! Beweg deinen Arsch hier rüber!«, rief plötzlich eine Stimme.

Wir drehten uns beide um und erblickten Finn, der ein paar Meter entfernt von uns stand und Caleb zuwinkte.

»Oh Mist, ich habe ganz vergessen, dass ich ihm versprochen habe, eine Partie Bierpong mitzuspielen«, sagte Caleb. »Ist es okay, wenn ich dich übermorgen so gegen sechs Uhr abhole?«

»Klar.«

»Okay, ich freue mich schon. Vielleicht sehen wir uns ja später noch mal.«

Er zwinkerte mir noch einmal zu und folgte dann Finn, der in der Küche verschwand, bestimmt, um ins Jungszimmer zu gehen, wo Carter einen Bierpongtisch aufgebaut hatte.

Der Rest des Abends verlief ziemlich ereignislos. Ich unterhielt mich mit einigen von Carters Freunden und räumte nebenbei ein wenig hinter ihnen her. Irgendwann hatte ich aber keine Lust mehr und ging ins Bett – ausgestattet mit meinen geräuschunterdrückenden Kopfhörern.

Siebtes Kapitel

Wie versprochen holte Caleb mich zwei Tage später um sechs Uhr von zu Hause ab. Er führte mich in ein schickes italienisches Restaurant aus, wo wir uns gut miteinander unterhielten. Caleb war nett, doch irgendetwas an ihm störte mich, auch wenn ich nicht genau sagen konnte, was es war. Ich hatte einfach ein komisches Gefühl bei ihm, weshalb es wahrscheinlich auch kein zweites Date geben würde.

Nach dem Essen fuhr er mich wieder nach Hause.

»Hast du vielleicht noch Lust auf einen kleinen Verdauungsspaziergang?«, fragte er, als wir beide aus seinem Wagen gestiegen waren.

»Ähm, klar. Warum nicht?« Ich hakte mich bei ihm unter, als er mir seinen Arm anbot.

Wir plauderten eine Weile, ehe wir dann einfach schweigend nebeneinander hergingen. Auf dem Rückweg blieb er jedoch plötzlich stehen.

»Bailey, ich kann das nicht!«

»Was ist denn los?«, fragte ich verwirrt.

»Ich kann dich nicht länger belügen.«

»Okay?«, sagte ich gedehnt und hatte keine Ahnung, wovon er eigentlich redete. Inwiefern hatte er mich denn belogen?

»Ich kenne dich, Bailey, und du kennst mich auch.«

Das war eine ziemlich seltsame Aussage.

»Ich fürchte, ich habe keine Ahnung, was du mir damit sagen willst.«

»Ich bin's, Bailey. Ich bin TheRealC.«

Mein Mund klappte auf, und ich sah ihn geschockt an.

»Was?«

»Ich hatte zum ersten Mal die Vermutung, du wärst B.Nice, als du Carter erwähnt hast, war mir aber nicht sicher. Dann hat sich diese Vermutung aber immer mehr bestätigt, als ich ihn über dich ausgefragt habe, und seit heute bin ich mir sicher.«

»Warte mal, du bist also TheRealC?«

»Ja, bin ich. Und es tut mir leid, dass ich dich so damit überfalle. Eigentlich wollte ich dich erst besser kennenlernen und dir zeigen, dass ich nicht so ein Aufreißer bin wie Jesse und die anderen, aber ich konnte nicht länger schweigen. Du bist sogar noch besser, als ich mir vorgestellt habe. Ich kann seit Wochen an nichts anderes mehr denken als an dich.«

»Wow. Ich weiß gerade echt nicht, was ich sagen soll.«

Meine Gedanken überschlugen sich geradezu, aber endlich ergab alles einen Sinn. Jesse und seine Kumpels waren auf dem Campus ziemlich bekannt. Sogar ich hatte schon von ihnen gehört noch ehe ich Carter überhaupt getroffen hatte. Deswegen hatte C sich wahrscheinlich auch so geziert, als ich ihn damals nach einem Treffen gefragt hatte. Vielleicht hatte er Angst gehabt, ich könnte denken, er wäre genauso ein Playboy wie seine Kumpels.

»Ich hoffe, du bist jetzt nicht enttäuscht.« Er vergrub die Hände in seinen Hosentaschen.

»Nein«, beteuerte ich. »Ich bin nur überrascht. Unsere erste Begegnung hatte ich mir ein wenig anders vorgestellt.«

»Ich weiß. Tut mir leid.«

»Nein, schon okay.« Ich schenkte ihm ein kleines Lächeln. »Es war wohl einfach Schicksal, dass wir uns getroffen haben.«

»Ich bin froh, dass du das so siehst.«

Er nahm meine Hand, und wir gingen weiter.

»Ehrlich gesagt, bin ich gerade ein wenig überfordert mit der Situation. Ich weiß nicht, wie ich mich dir gegenüber jetzt verhalten soll«, gestand ich.

»Verhalte dich einfach ganz normal. Wir sind nur zwei Menschen, die einander kennenlernen, obwohl ich das Gefühl habe, dich schon längst zu kennen.«

»Ja«, sagte ich lächelnd, als wir gerade bei mir zu Hause ankamen und vor Calebs Wagen stehen blieben.

»Morgen ist da diese Party, zu der ich gehen muss. Hast du vielleicht Lust, mich zu begleiten?«

»Ich stehe ja eigentlich nicht so auf Partys, wie du weißt, aber –«

»Ja, ich weiß, aber du würdest mir einen riesigen Gefallen damit tun. Außerdem will ich dich unbedingt wiedersehen.«

»Okay, ich komme mit.«

»Toll, danke. Ich hole dich so um acht ab. Ist das okay?«

»Ja, ist es. Und danke für das Date. Es war echt schön.«

»Ja, fand ich auch.« Er hauchte mir einen Kuss auf die Wange. »Ich würde dich gerade so gerne küssen, aber du bist es wert, sich Zeit zu lassen«, hauchte er mir ins Ohr, ehe er in sein Auto stieg und wegfuhr. Erst als ich die Rücklichter seines Wagens nicht mehr sah, merkte ich, dass ich immer noch draußen stand. Caleb war also C. Ich hatte ihn endlich getroffen. Aber anstatt überglücklich zu sein, spürte ich tief in mir drin nichts als Enttäuschung.

»Ich kann immer noch nicht fassen, dass Caleb C ist«, sagte Dawn eine Stunde später, als wir auf ihrem Bett saßen, eine große Schüssel mit Popcorn zwischen uns. Ich hatte ihr alles bis ins kleinste Detail berichtet und war nicht überrascht, dass meine beste Freundin noch aufgeregter war als ich.

Ich stand wahrscheinlich immer noch unter Schock, das war die einzig logische Erklärung, warum ich nicht genauso begeistert war wie Dawn. Caleb war toll. Er sah nicht nur verdammt gut aus, er war auch ausgesprochen nett. Trotzdem hatte ich mir C irgendwie anders vorgestellt. Doch als ich

Dawn gegenüber diesen Gedanken laut aussprach, verdrehte sie nur die Augen.

»Du kannst aber auch mit nichts zufrieden sein, Bailey. Was genau willst du denn noch?«

»Das weiß ich ja selbst nicht«, seufzte ich und fischte ein paar Popcorn aus der Schüssel.

»Ich glaube, du hast irgendwie vergessen, dass C einfach ein ganz normaler Mensch ist. In deiner Fantasie war er wahrscheinlich so was wie ein Superheld, an den kein normaler Mann jemals rankommen kann.«

»Das ist doch Blödsinn.«

»Ehrlich? Ist es das?«

»Schön, vielleicht hast du recht.«

»Natürlich habe ich recht«, sagte Dawn mit dem Mund voller Popcorn. »Vergiss C einfach mal. Lerne stattdessen Caleb kennen, den echten Menschen hinter dem Namen aus dem Internet.«

»Das mache ich doch. Deshalb habe ich ja auch zugestimmt, mit ihm morgen auf eine Party zu gehen, obwohl ich überhaupt keinen Bock darauf habe.«

Eine Studentenparty war wohl der ungeeignetste Ort für ein Date. Da waren immer viel zu viele Leute, der Großteil davon völlig betrunken. Meistens roch es unangenehm, und es war immer total stickig. Außerdem war die Musik ohnehin viel zu laut, um sich wirklich unterhalten zu können.

»Du darfst das nicht mit der Party vergleichen, auf der du mit Cole warst. Dieses Mal bist du mit Caleb da. Ich wette, das macht für dich alles viel interessanter«, redete Dawn mir gut zu.

»Ja, wahrscheinlich.«

»Mann, ich würde so gerne mitkommen und ihn kennenlernen!«

»Du hast ihn doch auf Carters Geburtstagsparty schon kennengelernt.«

»Da wusste ich aber noch nicht, dass er C ist. Außerdem haben wir außer ›Hallo‹ kein Wort miteinander gewechselt.«

»Wenn alles gut läuft, lernst du ihn schon noch früh genug kennen.«

»Ach, das hoffe ich so sehr. Ich wünsche mir, dass du endlich deinen Traumprinzen gefunden hast. Das wäre so romantisch, und außerdem hätte ich dir dabei geholfen, immerhin war es meine Idee, dass du dich bei StateSingles anmeldest.«

»Lass uns mal nichts überstürzen. Wir lassen es langsam angehen.«

»Ja, klar. Wahrscheinlich fallt ihr schon morgen Abend übereinander her wie zwei ausgehungerte Hyänen.«

Ich gab ihr lachend einen Klaps auf die Schulter und schnappte mir die Popcornschüssel, ehe Dawn sie für sich beanspruchen konnte.

»Gute Nacht, Dawn«, verabschiedete ich mich und warf ihr noch ein paar Popcorn zu.

Als ich in meinem Bett war, fand ich nicht in den Schlaf und lag die halbe Nacht wach, weil ich nur an C denken konnte.

Die Party, zu der ich Caleb begleitete, war nicht viel besser als die letzte, auf der ich gewesen war. Eigentlich hatte ich vorgehabt, nüchtern zu bleiben, aber dann hätte ich es keine Stunde hier ausgehalten. Die Musik war grässlich. Ich stand eher auf R&B und Pop, nicht auf diesen Drum-and-Bass-Mist. Außerdem roch es ziemlich stark nach Zigarettenrauch und Gras. Ich hatte auch keine Lust mehr darauf, ständig angerempelt zu werden, weil sich irgendjemand an mir vorbeidrängeln wollte.

Deshalb trank ich nun schon mein zweites Bier, und langsam zeigte es Wirkung.

Caleb und ich hatten uns in eine etwas ruhigere Ecke zurückgezogen, um uns besser unterhalten zu können, doch wir kamen einfach nicht über den Small Talk hinaus. Das war ziemlich frustrierend, vor allem, da C und ich von Anfang an über alles hatten reden können. Aber hinter der Anonymität des Internets war es wohl einfacher, ganz offen über tiefgründige Themen zu sprechen, als wenn man sich wirklich von Angesicht zu Angesicht gegenüberstand, obwohl ich gehofft hatte, dem wäre nicht so. Vielleicht lag es aber auch einfach nur daran, dass wir beide ein wenig nervös waren. Das würde sich mit der Zeit schon legen. Doch je später es wurde, desto schwerer wurde es, sich zu unterhalten, da der Geräuschpegel stetig anstieg.

»Lust zu tanzen?«, fragte Caleb, als der Lärm so laut wurde, dass man beinahe schreien musste, um sich zu verstehen.

Da ich nicht wusste, was wir hier sonst hätten tun sollen, nickte ich, ergriff seine Hand und folgte ihm auf die provisorische Tanzfläche.

Caleb war ein echter Gentleman. Er berührte mich zwar, rückte mir aber nicht zu dicht auf die Pelle.

Das erhoffte Kribbeln im Bauch blieb allerdings aus. Aber noch wollte ich die Hoffnung nicht aufgeben. Vielleicht brauchten wir einfach noch ein bisschen mehr Zeit.

»Willst du noch ein Bier?«, fragte er drei Songs später, und ich nickte dankbar.

Innerhalb von zwei Minuten war er wieder bei mir und drückte mir eine kalte Flasche in die Hand.

»Gehen wir wohin, wo man sich besser unterhalten kann?«, schlug er vor, und wieder nickte ich.

Er nahm lächelnd meine Hand, verschlang seine Finger mit meinen und führte mich durch eine Tür und die Treppe hoch.

Doch auch jetzt fühlte ich immer noch nichts. Ich hätte genauso gut Zacks Hand halten können.

Ich schwankte ein wenig, und hätte Caleb mich nicht festgehalten, wäre ich wahrscheinlich die Stufen runter geplumpst wie ein Sack Kartoffeln. Ich vertrug echt überhaupt keinen Alkohol.

»Hier rein.« Caleb hielt mir die Tür zu einem Schlafzimmer auf.

Ich betrat den kleinen Raum, in dem gerade mal genug Platz für ein Bett und eine Kommode war.

Caleb folgte mir, schloss die Tür hinter sich und setzte sich dann aufs Bett.

»Komm her«, befahl er sanft und klopfte neben sich auf die Matratze.

»Du bist so wunderschön«, raunte er leise, nachdem ich mich neben ihn gesetzt hatte. Er strich mein Haar hinters Ohr und gab mir einen Kuss auf die Wange.

»Danke«, erwiderte ich leise.

»Seit ich dich zum ersten Mal gesehen habe, kann ich an nichts anderes mehr denken, als endlich mit dir alleine zu sein.«

Das war eine seltsame Aussage, immerhin waren wir doch schon öfter alleine gewesen. In seinem Wagen, bei unserem Spaziergang, im Restaurant. Gut, im Restaurant waren auch noch andere Gäste gewesen, aber die zählten ja eigentlich nicht.

Allerdings konnte ich mir nicht länger den Kopf darüber zerbrechen, denn plötzlich war Calebs Mund auf meinem. Er küsste mich, und ich wusste nicht genau, was ich davon halten sollte. Ich hatte mir schon so oft vorgestellt, C zu küssen, aber in meiner Fantasie war das alles ein wenig anders abgelaufen. Erstens war ich dabei nicht beschwipst gewesen, zweitens hatte er mich nicht so überrumpelt, und drittens war er in meiner Vorstellung ein viel besserer Küsser gewesen.

Der Kuss war nicht zärtlich und romantisch, sondern wild und ein wenig grob. Caleb drückte mich hinunter auf die Matratze und legte sich auf mich. Seine Hand legte sich auf meine Brust, und ich konnte seine Erektion an meiner intimsten

Stelle fühlen, da er sie fest gegen mich presste und sich an mir rieb.

Ich brach den Kuss ab, aber Caleb schien sich nicht daran zu stören, sondern begann stattdessen einfach meinen Hals abzulecken.

»Caleb«, sagte ich, aber er ignorierte mich. »Caleb, geh von mir runter!«

Ich versuchte, ihn von mir runterzuschieben, aber er war einfach zu schwer.

»Caleb! Lass mich in Ruhe!«, rief ich jetzt lauter und ein wenig hysterisch.

Dann geschah alles rasend schnell. Gerade hatte Caleb noch auf mir gelegen und seinen Schwanz an mir gerieben, und in der nächsten Sekunde lag ich alleine im Bett, während er von einer großen, muskulösen Gestalt an die Wand gepresst wurde.

»Jesse?«, fragte ich verwirrt.

»Geh runter und warte im Wagen auf mich, Bailey«, befahl er und klang dabei so wütend, wie ich ihn noch nie zuvor erlebt hatte.

»Komm mal wieder runter, Mann!«, sagte Caleb und hob abwehrend die Hände, stöhnte dann aber laut auf, als Jesse ihn am Kragen packte und er dabei unsanft mit dem Kopf gegen die Wand knallte.

»Was machst du da?«, fragte ich leicht panisch, als mir endlich klar wurde, was hier gerade geschehen war.

»Geh. Runter. Zum. Wagen«, knurrte er.

»Damit du was tun kannst? Deinem Freund den Schädel einschlagen? Komm mit mir mit!« Ich zog Carter am Arm, der sich allerdings keinen Millimeter vom Fleck rührte und mich nicht einmal ansah.

»Hör auf die Kleine«, meinte Caleb.

»Du halt dein verdammtes Maul!«

»Bitte, Jesse, komm mit mir mit«, flehte ich, da ich ernsthaft Angst hatte, er könnte Caleb etwas antun. Caleb war mir dabei ziemlich egal. Ich war mehr als nur enttäuscht von ihm. Ich hätte nie gedacht, dass C so ein Idiot sein könnte, da hatte ich mich allerdings geirrt. Doch ich wollte nicht, dass Carter seinetwegen im Knast landete.

»Ich werde ihm schon nichts tun, ich will nur ein ernstes Wort mit meinem Kumpel reden«, zischte Carter durch zusammengebissene Zähne. »Ich komme gleich nach. Versprochen.«

Er hatte mich zwar immer noch nicht angesehen, aber ich musste ihm nicht erst in die Augen sehen, um zu wissen, dass er nicht auf mich hören würde. Also nahm ich seufzend den Schlüssel, den Carter mir nun hinhielt, und ließ die beiden alleine. Ohne mich noch einmal umzudrehen lief ich die Treppe hinunter, verließ das Haus und hielt nach Carters Wagen Ausschau. Als ich ihn entdeckt hatte, schloss ich ihn auf, setzte mich auf den Beifahrersitz und wartete. Fünfzehn Minuten lang.

Dann sah ich Jesse aus dem Haus kommen. Trotz der Dunkelheit konnte ich seine immer noch finstere Miene erkennen.

Als er sich neben mich ins Auto setzte, sah ich, dass seine Fingerknöchel blutig waren.

»Oh mein Gott, hast du dich verletzt?« Entsetzt griff ich nach seiner Hand, um mir seine Verletzung genauer ansehen zu können.

»Alles in Ordnung«, knurrte er und entzog mir seine Hand.

»Lebt er noch?«

»Ja, er lebt noch. Ich habe ihm eine verpasst. Seine Nase blutet ganz schön heftig, aber ansonsten geht es ihm gut.«

»Das hättest du nicht tun sollen.«

Er drehte sich blitzschnell auf seinem Sitz zu mir um und sah mich so wütend an, dass ich ganz klein wurde.

»Du hättest nicht mit ihm ausgehen sollen! Ich hätte nie gedacht, dass du so dumm bist.«

»Was kann ich denn dafür, dass dein Freund ein verdammtes Arschloch ist, das nicht weiß, was Nein bedeutet?«

Tränen stiegen mir in die Augen. Ich war wirklich dumm gewesen. Ich hatte bei Caleb von Anfang an ein komisches Gefühl gehabt, und das hatte wohl nicht nur daran gelegen, dass er C war. Es war immer noch unbegreiflich für mich, dass ich mich so in ihm hatte täuschen können. Was wäre gewesen, wenn Carter nicht plötzlich hereingekommen wäre? Caleb hatte meine Einwände ignoriert. Wäre er vielleicht aufs Ganze gegangen, egal ob ich gewollt hätte oder nicht?

»Scheiße, hat er dir wehgetan, B? Bin ich zu spät gekommen?«

Die Angst stand Carter ins Gesicht geschrieben.

»Nein, du bist gerade rechtzeitig gekommen. Er hat nur –« Ich geriet ins Stocken. »Warte mal. Wie hast du mich gerade genannt?«

»Bailey. Das ist doch dein Name, oder? Also geht es dir gut? Er hat dich nicht …«

»Er hat mich nicht vergewaltigt, wenn du das meinst. Er hat mich geküsst und mich ein wenig begrapscht. Aber jetzt noch mal zurück, du hast mich nicht Bailey genannt, sondern B.«

»Nein, habe ich nicht«, behauptete er, startete den Motor und fuhr los.

»Doch, hast du. Hat Caleb dir … was hat er dir erzählt?«

»Können wir bitte morgen darüber reden? Wenn ich nur an diesen Wichser denke, fängt mein Blut vor Wut an zu kochen.«

»Nein, ich will jetzt darüber reden. Was hat er dir erzählt. Weißt du, wie wir uns kennengelernt haben? Und woher wusstest du, in welchem Zimmer wir waren? Was hast du überhaupt hier gemacht?« Die Fragen sprudelten nur so aus mir raus.

»Ein Kumpel von mir wohnt hier. Er hat mich eingeladen. Dann habe ich Caleb und dich gesehen, als ihr gerade die Treppe hochgegangen seid. Ich habe mir Sorgen gemacht, deshalb bin ich euch gefolgt. Und ja, ich weiß, wie ihr euch kennengelernt habt, und zwar auf meiner Geburtstagsparty. Und wie ich eben erfahren durfte, warst du gestern mit ihm aus, und heute hast du ihn auf diese verdammte Party begleitet. Du hasst Partys, Bailey!«

»Keine Sorge, so schnell bringt mich keiner mehr auf so eine beschissene Verbindungsparty.«

Angesichts seiner miesen Verfassung unterließ ich es, ihm eine Standpauke zu halten, weil er mir nachspioniert hatte, aber vor allem, weil ich ihm deshalb sogar sehr dankbar war. Aber eine Sache konnte ich nicht auf sich beruhen lassen.

»Jesse, Caleb und ich kannten uns schon vor deiner Geburtstagsparty und ich glaube, das weißt du auch.«

»Nein, Bailey, glaub mir, ihr kanntet euch nicht vorher.«

»Ich weiß das ja wohl besser als du.«

»Nein, du weißt gar nichts, B. Überhaupt nichts.«

»Da! Du hast mich schon wieder B genannt. Willst du mir sagen, dass das nur Zufall ist?«

»Nein, das will ich ganz und gar nicht sagen.«

Langsam ging mir dieses Gespräch ganz schön auf den Wecker. Caleb hatte Jesse offenbar erzählt, dass wir miteinander gechattet hatten. Warum wollte er das jetzt nicht zugeben?

»Also hat Caleb dir erzählt, dass wir miteinander gechattet haben? Seit wann weißt du es?«

»Dieser Idiot hat mir gar nichts erzählt.«

»Woher weißt du es dann? Hast du in sein Handy geguckt? Warte mal! Du hast doch nicht auf mein Handy geguckt oder?«

»Können wir das bitte morgen besprechen?«, fragte er müde, als er gerade in unsere Straße einbog.

»Ist das ein Geständnis? Hast du mein Telefon genommen und mir hinterherspioniert?«

»Natürlich nicht«, entgegnete er genervt, fuhr den Wagen in unsere Auffahrt und stellte ihn ab.

Ohne noch irgendetwas zu diesem Thema zu sagen, stieg er einfach aus. Ich tat es ihm gleich und folgte ihm dann ins Haus und die Treppe hoch. Er verschwand schnurstracks in seinem Zimmer, aber ehe er die Tür hinter sich zuwerfen konnte, war ich schon in den Raum geschlüpft.

»Herrgott, Adams!«, rief er und stöhnte genervt. »Kannst du mich nicht einfach in Ruhe lassen? Ich bin gerade so was von sauer auf ihn und auf dich, und ich möchte mich erst einmal ein wenig abregen, ehe ich mit dir rede.«

»Warum bist du denn sauer auf mich? Ich habe doch gar nichts getan!«

»Doch! Du hättest es besser wissen müssen!«

»Ich konnte doch nicht ahnen, dass Caleb so ein Arschloch ist.«

»Das meine ich doch gar nicht.«

»Was meinst du denn dann?« Auch ich schrie mittlerweile, weil mich dieser Mann so frustrierte und ich völlig verwirrt war.

»Du hättest wissen müssen, dass er es nicht ist.«

»Dass er *was* nicht ist?«

Ich verstand nur Bahnhof. Hatte Jesse vielleicht getrunken? Oder vielleicht schlimmeres?

Oh Mann, war ich zu einem Kerl ins Auto gestiegen, der betrunken oder high war?

»Dass er nicht C ist. Verdammt noch mal, der hat doch überhaupt nichts mit mir gemeinsam! Wie konntest du nur auf ihn hereinfallen?«

»Er … er ist nicht C?«, fragte ich und in meinem Hirn begann es zu rattern. Unterbewusst war mir bereits klar, was er mir gerade sagen wollte, doch mein Kopf war noch nicht bereit, das zu verarbeiten.

»Natürlich nicht«, rief Carter aufgebracht.

Carter. Mit C. Mir war nie in den Sinn gekommen, dass dieser Buchstabe sich auch auf einen Nachnamen beziehen könnte.

»Wie hast du das gemeint, dass ihr beide nichts gemeinsam habt? Was hat das damit zu tun, dass er nicht C ist?«, fragte ich und wich einen Schritt zurück, da ich Angst vor seiner Antwort hatte.

»Denk doch mal nach, B. Du weißt es doch schon längst.«

»Hör auf, mich so zu nennen!«, rief ich ein wenig hysterisch. »Und beantworte einfach meine Frage! Ich will, dass du es aussprichst!«

Und gleichzeitig wollte ich das nicht. Es würde meine ganze verdammte Welt auf den Kopf stellen.

Er atmete tief durch, ehe er antwortete. »Ich bin TheRealC.«

Ich lachte auf. Es war ein verrücktes Lachen, das so überhaupt nicht zu mir passte.

»Nein, bist du nicht.«

»Du weißt, dass es wahr ist.«

»Einen Scheiß weiß ich!«, schrie ich und verließ fluchtartig sein Zimmer. Carter lief mir hinterher.

»Du wolltest mit mir reden, also lauf jetzt nicht weg!«

»Du kannst mich mal, Carter! Du weißt seit Wochen, wer ich bin und hast es nicht für nötig gehalten, mich einzuweihen? Hast dich wahrscheinlich hinter meinem Rücken mit deinen Kumpels über mich totgelacht. Und ich dachte, Caleb wäre das Arschloch aus eurer kleinen Männerclique.«

»Das ist nicht wahr, Bailey!«

»Was ist denn hier los?«, fragte Dawn, die Augen reibend aus ihrem Zimmer kam.

»Kannst du mich fahren?«, fragte ich sie.

»Wohin denn?«

»Sage ich dir im Auto.«

»Okay.«

»Lass uns bitte darüber reden, Bailey«, bat Jesse.

»Ich habe dir nichts mehr zu sagen.«

Ich kehrte ihm den Rücken zu und lief hinunter und dann nach draußen. Dawn war eine Minute später bei mir.

»Wo soll's hingehen?«, fragte sie.

»Ich weiß, es ist viel verlangt, aber kannst du mich zu meinen Eltern fahren?«

»Du willst jetzt nach Jacksonville? Es ist schon nach Mitternacht.«

»Ich weiß. Du hast recht. Tut mir leid. Ich nehme einfach ein Taxi.« Die zweistündige Autofahrt mitten in der Nacht war wirklich zu viel verlangt.

»Ach, Quatsch. Wenn du nach Hause willst, fahre ich dich natürlich. Dafür sind beste Freunde doch da.«

»Danke, Dawn. Aber das musst du wirklich nicht machen.«

»Doch muss ich. Willst du mir jetzt vielleicht erzählen, was passiert ist?«

»Ja, sobald wir von hier verschwunden sind.«

Dawn hatte für mich noch schnell ein paar Klamotten in eine Tasche geworfen, während ich im Auto auf sie gewartet hatte. Ich konnte auf keinen Fall zurück in dieses Haus, in dem Jesse war, und mir anhören, was er zu sagen hatte. Ich wollte einfach nur noch weg. Weg von Jesse, weg von dieser Stadt, einfach weg von allem. Wie hatte es nur so weit kommen können? Noch vor ein paar Monaten war alles perfekt gewesen. Ich hatte liebevolle Eltern, tolle Freunde, schrieb nur gute Noten. Bevor ich Jesse kennengelernt hatte, war mein Leben frei von Dramen gewesen. Selbst die Trennung von Jake war ziemlich undramatisch verlaufen. Ich hatte nie mit derartigen Emotionen zu kämpfen gehabt, wie ich sie in diesem Moment verspürte. Emotionen, die nur Jesse Carter in mir hervorrufen konnte. Eine Mischung aus Zorn, Verwirrung, Scham und Frustration. Und noch einem anderen Gefühl ganz tief in mir drin, das ich lieber unerforscht ließ. Das alles war einfach zu viel für mich. Ich konnte mich ihm und der Situation einfach noch nicht stellen. Deshalb blieb mir nichts anderes übrig, als so schnell wie möglich zu fliehen. Ich brauchte erst mal Zeit für mich, um zu verarbeiten, dass Jesse TheRealC war.

Als Dawn und ich endlich losfuhren, erzählte ich ihr die ganze Geschichte. Dawns Stimmung änderte sich von geschockt zu wütend, dann verwirrt, ungläubig und schließlich wieder zu geschockt.

»Ich kann es nicht fassen. Caleb ist nicht C, sondern ein mieses Schwein, das dich sexuell genötigt hat, und Jesse, dein Erzfeind/Kumpel/Retter ist in Wahrheit C? Kein Wunder, dass du nach Hause zu deinen Eltern willst. Mir ist das alles schon zu viel, und mich betrifft das nicht einmal.«

Als mein Handy plötzlich diesen bekannten Piepton von sich gab, zuckte ich zusammen.

»Ist er es? Ist es C?«, fragte Dawn aufgeregt.

»Du meinst wohl Carter«, knurrte ich und zog mein Telefon aus der Hosentasche. Mein Herz zog sich zusammen, als ich das blaue Nachrichtensymbol aufleuchten sah. Am liebsten hätte ich die Nachricht einfach ignoriert, aber meine Neugier siegte wie immer.

TheRealC

B, ich muss dir etwas sagen.
Ich weiß, wer du bist.
Du bist Bailey Adams, das wohl komplizierteste Mädchen, das ich je kennengelernt habe.
Du bist unglaublich stur und dickköpfig.

Du liebst Eiscreme und hasst es, sie zu teilen, fast genauso sehr, wie du Kaffee hasst.
Du bist eine kleine Diktatorin, wenn es um den Haushalt geht, und ich musste auf grausame Weise lernen, dass man sich unter allen Umständen an den Putzplan zu halten hat.
Du kannst ein ganz schöner Kontrollfreak sein und deine Mitmenschen damit echt auf die Palme bringen.
Du stellst liebend gerne Regeln auf, die du dann selbst wieder brichst.
Du verträgst überhaupt keinen Alkohol, aber wenigstens wirst du entspannter, wenn du betrunken bist.
Du bist anstrengend, zickig und nervig. Außerdem bist du unglaublich klug, schlagfertig und selbstbewusst. Keine Frau hat es je geschafft mich so herauszufordern wie du. Keine Frau hat mich je so wütend gemacht wie du. Mit keiner Frau bin ich lieber befreundet als mit dir. Du machst das Leben so viel spannender, Adams.
Außerdem liebst du *Game of Thrones* fast so sehr wie ich, was ein riesiger Pluspunkt für dich ist.
Ich weiß, dass ich scheiße gebaut habe. Ich weiß, dass ich dir das schon vor langer Zeit hätte sagen sollen. Ich hätte dir sagen müssen, wer ich bin, aber ich hatte Angst, dich dann zu verlieren, B.
Es tut mir leid. Ich hoffe, du verzeihst mir.

Tränen traten mir in die Augen und ich wischte sie wütend weg.

»Was hat er geschrieben?«, fragte Dawn neugierig, aber ich schüttelte nur den Kopf. Ich konnte gerade nicht sprechen, sondern musste alles zuerst verarbeiten.

Ich ließ Dawn mein Telefon in den Schoß fallen, die daraufhin rechts ranfuhr, um die Nachricht lesen zu können.

»Das ist so süß«, flüsterte sie, gab mir das Handy zurück

und wischte sich eine Träne aus dem Augenwinkel. »Du weißt, dass das praktisch eine Liebeserklärung ist, oder? Das ist ja so romantisch!«

»Das ist keine Liebeserklärung, Dawn. Du liest eindeutig zu viele Liebesromane. Das ist eine Freundschaftserklärung und eine ziemlich miese Entschuldigung.«

»Warum weinst du dann?«

»Genau deshalb! Wir waren Freunde, Dawn! Und er hat mich hintergangen. Er hat mich angelogen.«

»Ich weiß, aber es tut ihm ehrlich leid.«

»Das ändert nichts.«

»Natürlich. Es ändert alles. Jesse ist C. Also wenn das nicht Schicksal ist, dann weiß ich auch nicht. Der Typ, mit dem du wochenlang gechattet hast, in den du dich verknallt hast, war die ganze Zeit über nur ein paar Schritte von dir entfernt. Ihr habt die ganze Zeit unter einem Dach gelebt und –«

»Hör auf!«, sagte ich scharf. »Das war kein Schicksal, er hat mich einfach nur verarscht, Dawn. Er …«

Und da kam mir plötzlich ein Gedanke, der meine Wut ins Unermessliche steigerte.

»Dieser verdammte Mistkerl!«, rief ich, woraufhin Dawn erschrocken zusammenzuckte. »Bei diesem „sexting" wusste er bereits, wer ich war. Ich habe ihm davor erzählt, dass ich Streit mit meinem Mitbewohner hatte und habe aus Versehen Carters Namen erwähnt. Erst dann hat er mit diesem Scheiß angefangen und mich ganz wuschig gemacht. Vorher haben wir nie über Sex geredet. Das hat er mit Absicht gemacht. Und dann ist er auch noch einfach in mein Zimmer geplatzt. Ich bringe ihn um!«

Achtes Kapitel

Meine Eltern lebten in einem kleinen weißen Vorstadthaus, mit einem gut gepflegten Vorgarten. Es nur zu sehen, bewirkte, dass ich mich sofort besser fühlte. Ich war zu Hause.

Dawn und ich schritten den schmalen gepflasterten Weg entlang und blieben dann vor der Haustür stehen.

»Sollen wir klingeln?«, fragte Dawn, aber ich schüttelte den Kopf und fischte einen Schlüsselbund aus meiner Tasche.

»Ich will meine Eltern nicht mitten in der Nacht aufwecken. Wir schleichen uns einfach rein.«

Ich schloss die Tür mit meinem Ersatzschlüssel auf und schaltete die Taschenlampe auf meinem Handy ein, da es im Haus stockfinster war. Obwohl ich mich hier auch blind zurechtgefunden hätte, wollte ich nicht riskieren, über irgendetwas zu stolpern und meine Eltern zu wecken.

Dawn und ich schlüpften aus unseren Schuhen und schlichen auf Zehenspitzen die Holztreppe hoch in den ersten Stock und in mein Zimmer. Es sah noch genauso aus, wie ich es verlassen hatte – nur ein wenig ordentlicher. Im Regal an der Wand standen meine Bücher und ein paar alte DVDs, die Kommode rechts daneben war voller bunter Sticker, die ich früher total cool gefunden hatte und die mich heute nur noch schmunzeln ließen. Auf dem Nachttisch stand ein gerahmtes Bild von meinen Eltern und mir, und über dem Bett hing eine Collage voller Fotos von Freunden und Familie.

Der Anblick all dieser Erinnerungen zauberte mir trotz meiner verletzten Gefühle ein Lächeln ins Gesicht.

»Ich habe uns Pyjamas eingepackt«, sagte Dawn und stellte die kleine schwarze Reisetasche auf meinem Bett ab.

Wir zogen uns um und krochen dann gemeinsam in mein gemütliches Bett, das Mom zum Glück erst vor Kurzem frisch bezogen zu haben schien. Es dauerte keine fünf Minuten, da war ich auch schon eingeschlafen.

Als ich am nächsten Morgen aufwachte, konnte ich meine Eltern unten sprechen hören, auch wenn ich die genauen Worte nicht verstand. Um Dawn nicht zu wecken, kletterte ich so vorsichtig wie möglich aus dem Bett und schlich dann leise aus dem Zimmer hinunter in die Küche, in der Mom gerade Frühstück machte.

»Bailey!«, rief meine Mutter überrascht, aber sichtlich erfreut.

»Hi, Mom« Ich eilte auf sie zu und umarmte sie fest.

Mir war gar nicht klar gewesen, wie sehr ich sie vermisst hatte.

»Was machst du denn hier?«, hörte ich meinen Dad hinter mir fragen, der gerade aus dem Wohnzimmer in die Küche gekommen war.

»Hallo, Dad!« Ich umarmte auch ihn zur Begrüßung. »Ich wollte euch einfach sehen.«

»Wann bist du denn gekommen?«, wollte Mom wissen.

»Keine Ahnung, ich glaube es war etwa zwei Uhr morgens.«

»Warum hast du uns denn nicht geweckt?«

»Ich wollte euch schlafen lassen, außerdem war ich hundemüde und wollte nur noch in mein Bett.«

»Was ist denn passiert?«, fragte Dad, nachdem er sich auf einem der Stühle am Küchentisch niedergelassen hatte. Er sah mich so eindringlich an, dass ich das Gefühl hatte er könne direkt in meinen Kopf sehen.

»Ich will nicht darüber reden. Noch nicht. Ist das okay?«

»Natürlich, Schatz. Du bist so weit, wenn du so weit bist, und dann sind wir da«, sagte Mom und gab mir einen Kuss auf die Stirn.

Das war nur einer der vielen Gründe, warum ich meine Eltern so sehr liebte. Sie drängten mich nie zu irgendetwas.

»Willst du Rühreier oder lieber Pfannkuchen?«, fragte meine Mutter, und ich war ihr für den Themenwechsel dankbar.

»Rühreier und Toast, bitte. Dawn ist übrigens auch hier, aber sie schläft noch«, teilte ich ihnen mit, während ich mich auf den Stuhl neben Dad setzte.

»Wie schön«, sagte Mom erfreut. »Ich habe Dawn schon viel zu lange nicht mehr gesehen.«

Meine Mutter hatte gerade den Tisch fertig gedeckt, als Dawn verschlafen in die Küche kam.

Sie begrüßte meine Eltern überschwänglich, und dann genossen wir gemeinsam ein ausgiebiges Frühstück, währenddessen wir Mom und Dad auf den neusten Stand brachten, was die Uni betraf.

Danach verabschiedete sich Dawn und fuhr nach Hause, da sie noch an einem Essay arbeiten musste, das am nächsten Tag fällig war. Mein Dad bot mir an, mich am Abend zurück nach Raleigh zu fahren, weshalb ich den Tag mit ihm und Mom verbringen konnte. Wir redeten über meine Kurse, sahen fern und spielten Karten. Ich hatte diese Auszeit bei meiner Familie wirklich gebraucht. Sie hatte mir geholfen abzuschalten und wieder einen klaren Kopf zu bekommen. Trotzdem fiel es mir schwer, wieder nach Hause zu fahren. Da ich keine Lust hatte, zu reden, hörten Dad und ich Musik. Ich genoss es, einfach nur neben ihm im Wagen zu sitzen, sein Aftershave zu riechen, David Bowie zu hören und aus dem Fenster zu gucken. Als sein Lieblingssong „Heroes“ erklang, sangen wir beide laut mit und lächelten uns immer wieder gegenseitig an. In solchen Momenten war ich einfach nur glücklich, und alle Sorgen waren vergessen. Allerdings nur so lange, bis wir zu Hause ankamen und ich mich von meinem Vater verabschieden und mich wieder der Realität stellen musste.

Ich bedankte mich bei ihm, umarmte ihn zum Abschied, gab ihm einen Kuss auf die Wange und atmete tief durch, ehe ich ausstieg und das Haus betrat.

Es war völlig still. Ich schlich auf Zehenspitzen hoch in mein Zimmer und schloss leise die Tür hinter mir. Ich ließ mich auf mein Bett fallen und atmete erleichtert aus, als hätte ich gerade erfolgreich ein Minenfeld überquert. Doch die Erleichterung hielt nicht lange an, da plötzlich jemand an meiner Tür klopfte. Ich stöhnte leise auf und hoffte inständig, es möge Dawn sein. Ich war noch nicht bereit, mit Carter zu reden.

»Ja?«, brummte ich.

Die Tür ging auf, und zu meiner Überraschung kam Zack herein.

»Hey, können wir reden?«

»Äh, klar.«

Zack zog den Schreibtischstuhl näher an mein Bett und nahm darauf Platz.

»Du musst Jesse verzeihen«, sagte er geradeheraus und überrumpelte mich damit völlig.

»Nein, muss ich nicht«, widersprach ich nach ein paar Sekunden und verschränkte trotzig die Arme vor der Brust.

»Doch, musst du. Er hat es nicht böse gemeint, Bailey.«

»Woher weißt du eigentlich davon? Hat er es dir erzählt? Würde mich nicht wundern, anscheinend erzählt er es ja sowieso jedem.«

»Erstens bin ich nicht jeder. Ich bin sein Freund und deiner auch. Zweitens hat er es nicht jedem erzählt und drittens ja, ich weiß es von ihm.«

»Sagte ich doch.« Ich lachte bitter auf.

»Er hat es mir nur erzählt, weil ich ihn dazu gedrängt habe. Außerdem konnte ich mir ein paar Dinge selbst zusammenreimen. Euer Streit lief nicht gerade ruhig ab. Und ich denke, er hat einfach jemanden zum Reden gebraucht. Es geht ihm echt beschissen und es tut ihm verdammt leid. Und nur damit du Bescheid weißt, er hat es nicht einfach so seinen Kumpels erzählt. Als er gemerkt hat, dass du diejenige bist, mit der er seit Wochen chattet, musste er es einfach seinem besten Freund anvertrauen. Das kannst du bestimmt nachvollziehen, immerhin hast du es Dawn ja auch erzählt.«

Ich wollte etwas sagen, aber er hob den Finger und gebot mir zu schweigen.

»Lass mich bitte ausreden«, bat er, also blieb ich stumm. »Jesse hat Logan am nächsten Tag angerufen und der war alleine zu Hause, also hat er Jesse gesagt, er könne vorbeikommen. Jesse hat gerade angefangen, ihm alles zu erzählen, da sind plötzlich Finn und Caleb reingekommen. Sie haben ein paar Gesprächsfetzen aufgeschnappt und wollten dann natürlich die ganze Geschichte hören. Jesse hat sich nichts dabei gedacht, immerhin sind die drei seine besten Freunde. Er hätte nie damit gerechnet, dass Caleb das gegen ihn beziehungsweise gegen dich verwenden könnte. Er hat ihnen natürlich nicht im Detail erzählt, worüber ihr beide gechattet habt – mir übrigens auch nicht – es war also ziemlich mutig von Caleb, sich als C auszugeben, da seine Lüge sofort aufgeflogen wäre, wenn du ein wenig nachgebohrt hättest. Aber Jesse kennt Caleb gut genug, um zu wissen, dass er dich nur ins Bett kriegen wollte, und sich als C auszugeben schien ihm wohl der leichteste Weg zu sein. Finn und Logan haben ihn übrigens rausgeschmissen. Anscheinend zieht Caleb öfter so miese Nummern ab, aber mit dir ist er eindeutig zu weit gegangen, und keiner von den Jungs will noch etwas mit ihm zu tun haben. Ist ja auch egal, ich wollte dir eigentlich nur sagen, dass es Jesse gerade echt beschissen geht. B war seine beste Freundin. Er konnte ihr alles anvertrauen, mit ihr über alles reden. Er hatte einfach eine Scheißangst, sie zu verlieren. Kannst du das nicht ein wenig nachvollziehen? Schon klar, es war der falsche

Weg, aber er hatte die richtigen Absichten. Er wollte dir nie wehtun, Bailey.«

»Das weiß ich doch«, seufzte ich und war immer noch erstaunt über Zacks Monolog. Er war eher der ruhige Typ, der nicht viele unnötige Worte sprach, also wenn er so einen Vortrag hielt wie diesen gerade, konnte man sicher sein, dass es ihm wichtig war.

»Er hätte es mir trotzdem sagen müssen. Hat er …« Ich räusperte mich. »Hat er dir erzählt, was er gemacht hat, nachdem er erfahren hat, dass ich B.Nice bin?«

»Was meinst du? Was hat er denn gemacht?«

»Er hat dir also nicht erzählt, worüber wir so geschrieben haben und wobei er mich erwischt hat?«

Zack runzelte die Stirn. »Wobei hat er dich denn erwischt?«

»Nicht so wichtig. Auf jeden Fall hat er eine richtige Arschlochaktion abgezogen, und er hat mich belogen. Ich stehe jetzt da wie der letzte Volltrottel.«

»Geht es dir darum? Um deinen verletzten Stolz?«

»Nein, es geht mir um alles. Ich habe es nicht verdient, so behandelt zu werden.«

»Nein, hast du nicht. Aber du musst seine Unsicherheit verstehen. Du warst nie besonders gut auf ihn zu sprechen. Wenn er dir noch am selben Tag erzählt hätte, wer er ist, hättest du dich dann mit ihm angefreundet?«

»Vielleicht.«

»Wirklich, Bailey?«

»Ich weiß es nicht, aber ich finde es verdammt schade, dass wir das nie herausfinden werden, weil er nicht genug Eier in der Hose hatte, es mir einfach zu sagen und mich stattdessen wochenlang belogen hat!«

Ich wollte Zack nicht anschreien. Er konnte nichts für meine Wut, aber sie musste nun mal raus.

Plötzlich klopfte es wieder an meiner Tür, die gleich danach geöffnet wurde.

»Du brauchst deine Wut nicht an Zack auszulassen. Wenn du jemanden anbrüllen willst, dann mich.«

»Hast du ihn etwa geschickt?«, fragte ich aufgebracht und funkelte Carter böse an, während er unsicher an meinem Türrahmen lehnte.

»Nein, natürlich nicht. Ich kann meine Kämpfe alleine austragen. Ich wusste nicht einmal, dass du wieder zu Hause bist.«

»Du müsstest es besser wissen, Bailey«, sagte Zack, womit er vollkommen recht hatte. Zack würde sich nie auf so etwas einlassen. Er war nur zu mir gekommen, weil es ihm selbst ein großes Anliegen war.

»Ich lasse euch beide dann mal alleine«, murmelte er, stand auf und schloss die Tür hinter sich.

Sekundenlang sagte keiner von uns beiden ein Wort. Die Luft war zum Schneiden dick. Am liebsten wäre ich aus dem Zimmer geflohen, aber irgendeine unsichtbare Macht ließ mich regungslos auf meinem Bett verharren.

»Es tut mir leid, Bailey.« Seine Worte waren mehr ein Flüstern, aber nach der Stille hallten sie laut wie Sirenen in meinem Kopf. Unsicher setzte er sich auf den Stuhl, auf dem eben noch Zack gesessen hatte.

»Du brauchst es dir gar nicht erst gemütlich zu machen. Ich will nicht mit dir reden. Ich will dich gerade nicht einmal ansehen.«

»Gib mir bitte nur fünf Minuten, um dir alles zu erklären.«

»Ich gebe dir zwei.« Ich verschränkte die Arme vor der Brust.

»Ich war völlig geschockt, als ich gecheckt habe, dass du B bist. Ich habe mir vorher zwar schon öfter gedacht, dass sie verdammt viel Ähnlichkeit mit dir hat, weil sie auch eine gestörte Beziehung zu Eiscreme hat und Kaffee hasst und … na, du weißt schon, solche Sachen eben. Aber ich wäre nie auf die Idee gekommen, dass ihr dieselbe Person sein könntet. Doch dann hast du von unserem Streit erzählt und meinen Namen genannt, und dann wusste ich es. Also zumindest war ich mir ziemlich sicher.«

»Und von all den Dingen, die du dann hättest tun können, entscheidest du dich dafür, mir diese erotischen Nachrichten zu schicken und mich dann auch noch zu blamieren?«, fragte ich zornig.

»Ich wollte dich doch nicht blamieren. Ich konnte doch nicht wissen, dass du dich dabei selbst …« Als er meinen warnenden Blick sah, hielt er inne und schluckte.

»Okay«, seufzte er. »Ich gebe zu, dass das scheiße von mir war. Ich war in diesem Moment einfach überfordert von all den … Gefühlen. Der Gedanke daran, dass das Mädchen, mit dem ich seit Wochen chatte, gleich nebenan ist, war einfach zu viel für mich. Ich wusste nicht, was ich tun soll. Und dann hatte ich plötzlich dieses Bild von dir im Kopf, wie du in deinem Bett liegst, und es wollte einfach nicht mehr weggehen. Ich habe mich gefragt, was du wohl gerade machst … und was du dabei anhast … und dann dachte ich, ich könnte dich doch einfach fragen. Ehrlich gesagt hatte ich damit gerechnet, dass du mich sofort in meine Schranken verweisen würdest, stattdessen bist du darauf eingestiegen. Das hat mir dann den Rest gegeben. Ich hätte nie gedacht, dass du bei so etwas mitmachen würdest, und ich wollte mich vergewissern, dass du es wirklich bist. Also bin ich rübergegangen, und dann habe ich dich gesehen, und glaub mir, ich bin in diesem Moment, als ich dich breitbeinig in deinem Bett liegen sah, fast gestorben. Am liebsten hätte ich mich sofort auf dich gestürzt, aber das hätte ich wohl nicht überlebt.«

»Allerdings«, knurrte ich leise und spürte, wie meine Wangen heiß wurden.

»Ich weiß, dass ich das nicht hätte tun sollen, aber in diesem Moment hat mein Schwanz das Denken übernommen, und der ist ein ziemlicher Idiot. Aber es ist nun mal passiert, und wenn ich es dir danach gesagt hätte … Sorry B, aber du warst danach nicht gerade bester Laune. Du hättest mich eigenhändig kastriert. Also habe ich versucht, mein Verhalten dir gegenüber zu ändern und mich mit dir anzufreunden. Ich dachte, wenn wir erst einmal Freunde wären, würdest du die Tatsache, dass ich C bin, leichter verkraften und mich nicht umbringen. Außerdem wollte ich B nicht verlieren. Ich weiß, das war ziemlich egoistisch von mir, aber ich war noch nicht bereit, B und C aufzugeben. Ich weiß, dass es ein Fehler war. Ich hätte dich sofort aufklären müssen, dann wäre das mit Caleb nie passiert. Ich hätte nie gedacht, dass er zu so etwas fähig ist. Klar, er ist ein Arschloch, das Frauen nicht respektiert, aber ich hätte mir nicht im Traum vorstellen können, dass er so etwas macht. Es tut mir so leid. Wer weiß, was passiert wäre, wenn ich dich nicht gesehen und euch nicht nachgegangen wäre. Alleine beim Gedanken daran wird mir schlecht.« Er ballte seine Hände zu Fäusten, und ich merkte, wie die Wut auf Caleb wieder in ihm hochkroch.

»Das, was Caleb getan hat, war nicht deine Schuld, sondern alleine seine. Ich hatte dem Date mit ihm zugestimmt noch ehe er behauptet hat, er sei C. Wahrscheinlich hätte ich auch dem zweiten Date zugestimmt, und es wäre so oder so passiert, egal ob er sich als dich ausgegeben hätte oder nicht. Deshalb bin ich auch nicht wütend auf dich.« Langsam war ich es leid über Caleb zu reden. Hier ging es um Jesse und mich. »Ich bin wütend, weil du mich angelogen hast.« Ich blickte ihm nun direkt in die Augen. »Du hast Spielchen mit mir gespielt, Jesse.«

Diesmal war es meine Stimme, die nur noch ein Flüstern war. Jesse starrte mich an und ich merkte, wie es in seinem Kopf zu rattern begann.

»Ich weiß«, gab er zu und senkte den Blick, »Und ich kann

dir gar nicht sagen, wie leid mir das tut. Ich würde alles rückgängig machen, wenn ich könnte, nur kann ich das leider nicht. Glaubst du, du kannst mir irgendwann verzeihen?«

»Ich weiß es nicht. Ich brauche Zeit und Abstand von dir. Dich nur anzusehen macht mich im Augenblick so wütend, dass ich aus der Haut fahren könnte.«

»Ich verstehe. Wenn deine Wut auf mich ein wenig abgeflaut ist, können wir dann noch mal darüber reden?«

»Vielleicht.«

»Okay. Ich lasse dich dann mal in Ruhe.«

Er stand auf und warf mir noch einen bekümmerten Blick zu, ehe er die Tür hinter sich schloss und mich alleine ließ. Es war echt nicht leicht, sauer auf ihn zu sein, wenn er so traurig aussah, aber ich war nicht bereit, ihm zu verzeihen – zumindest noch nicht.

Drei Tage waren seit dem Gespräch mit Jesse vergangen und er war meiner Bitte gefolgt und hatte mich in Ruhe gelassen. Wir waren uns nur einmal kurz im Flur über den Weg gelaufen, aber er hatte mir lediglich zugenickt und war dann in seinem Zimmer verschwunden. Und natürlich hatten wir uns im Wirtschaftskurs gesehen, aber er hatte sich einen Platz weit weg von mir gesucht und mich nicht einmal mehr angesehen. Es fühlte sich nicht richtig an, von ihm ignoriert zu werden. Noch vor wenigen Monaten war das mein größter Traum gewesen, aber jetzt … fehlte er mir. Natürlich war das meine eigene Entscheidung gewesen und ich könnte diese Funkstille jederzeit beenden, aber dazu war ich noch nicht bereit. Außerdem wollte ich ihn noch ein wenig länger für seine Fehler büßen lassen. Und natürlich war ich auch immer noch wütend auf ihn.

Als ich am Nachmittag nach Hause kam, wunderte es mich nicht, dass ich Jesse nirgendwo vorfand, wobei ich mich fragte, was er nach der Uni wohl immer so trieb.

Am Abend lag ich lange wach und ertappte mich dabei, wie ich bei jedem kleinsten Geräusch zusammenzuckte und die Ohren spitzte. Es war schon nach Mitternacht, wo steckte er denn so lange?

Erst als ich mitten in der Nacht aufwachte, wusste ich, dass ich überhaupt geschlafen hatte. Ein Geräusch hatte mich geweckt. Ich öffnete die Augen und schrie auf, als ich eine dunkle Gestalt sah, die gerade gegen meinen Schreibtisch stolperte und dabei ein Buch auf den Boden fegte.

»Pscht«, machte die Gestalt und mein Herzschlag normalisierte sich wieder, als ich die Stimme erkannte.

»Jesse?«

»Hassu jemand anderen erwartet?«, lallte er.

»Bist du betrunken?«

»Das will ich doch stark hoffen.«

Er stolperte vorwärts und fluchte, als er sich den Fuß an meinem Bett anstieß.

»Was machst du da?«, fragte ich leise.

»Wonach sieht es denn aus?«

»Ich habe keine Ahnung«, seufzte ich und schnappte erschrocken nach Luft, als er sich plötzlich neben mich aufs Bett plumpsen ließ.

»Was soll das werden?«, wollte ich wissen, als er zu mir unter die Decke kroch, seinen Arm um meine Taille schlang und seinen Kopf auf meine Brust legte. Mein ganzer Körper verkrampfte sich.

»Schick mich bitte nicht weg. Heute ist ein richtiger Scheißtag. Ich brauche dich gerade, B.«

Er klang so verzweifelt. Was war bloß passiert?

»Was ist denn los?«, fragte ich sanft und merkte, wie ich mich langsam entspannte.

»Heute vor fünf Jahren ist mein … mein …«

Und da schoss es mir in den Kopf. »Oh nein. Ist heute der Todestag deines Dads?«

»Ja. Obwohl … wahrscheinlich nicht mehr. Ist es schon nach Mitternacht?«

»Ja«, sagte ich. »Es tut mir so leid, Jesse.«

»Mir auch. Ich vermisse ihn schrecklich.«

»Ich weiß«, murmelte ich und wurde plötzlich durchgeschüttelt. Eine Sekunde lang wusste ich nicht, was hier gerade passierte, ehe mir bewusst wurde, dass Jesse weinte. Ein Schluchzer drang aus seiner Kehle, und in diesem Moment brach mein Herz.

»Schsch, ich bin für dich da. Lass es einfach raus.« Meine Stimme klang brüchig, doch das war mir egal. Ich streichelte Jesse beruhigend über den Kopf. Eine Träne kullerte meine Wange hinunter und ich fing sie mit der Zunge auf.

»Danke«, krächzte Jesse eine Weile später, als er sich wieder ein wenig gefangen hatte.

»Ist doch selbstverständlich.«

»Nein, ist es nicht. Ich war ein Arschloch. Du hasst mich und das zurecht. Und trotzdem tröstest du mich. Du bist eine Heilige.«

»Ich hasse dich nicht, Jesse. Ich bin nur sauer auf dich, aber nicht für immer.«

»Versprochen?«

»Versprochen.« Ich musste lächeln.

»Du bist übrigens das beste Kopfkissen überhaupt. Kann ich dich behalten?«, murmelte er und grub sein Gesicht in meine Brüste. Eigentlich hätte ich ihm dafür in den Hintern treten müssen, aber ich wusste, dass das nichts Sexuelles war. Er brauchte gerade einfach meine Nähe und meinen Trost, deshalb lachte ich nur und massierte weiter seine Kopfhaut.

»Das ist so gut«, raunte er, und kurz darauf begann er leise zu schnarchen.

Sein Haar fühlte sich weich an, und obwohl er bereits eingeschlafen war, konnte ich nicht aufhören, ihn zu berühren. Es hatte etwas Beruhigendes, seine Wärme und sein Gewicht auf mir zu spüren. Ich fühlte mich geborgen. Und obwohl mein Körper vom Kopf bis zu den Zehen kribbelte, fiel es mir erstaunlich leicht, einzuschlafen.

Als am nächsten Morgen mein Wecker klingelte, war ich alleine. Ich stand auf und lauschte an Jesses Zimmertür, hörte allerdings keinen Mucks. In der Küche war er auch nicht, also hatte er wahrscheinlich schon das Haus verlassen.

Den ganzen Tag über konnte ich nur an ihn denken. Ich wollte ihm etwas Gutes tun, um ihn von seiner Trauer abzulenken, deshalb beschloss ich, heute sein Leibgericht zu kochen: Lasagne.

Es war schwer, auf jemanden sauer zu sein, der sich noch vor wenigen Stunden an deiner Brust ausgeheult hatte, deshalb war es wohl an der Zeit, ihm einfach zu vergeben und die Sache ruhen zu lassen.

Die Lasagne sollte also auch eine Art Friedensangebot werden, weshalb ich mir besonders viel Mühe bei der Zubereitung gab. Und da ich genug Zeit hatte, während die Lasagne im Ofen war, backte ich obendrein noch Muffins mit Schokostückchen, da ich wusste, dass er die am liebsten hatte.

Eigentlich kam Jesse donnerstags immer so gegen fünf nach Hause, aber heute ließ er sich bis sieben Uhr Zeit.

»Was riecht hier so?«, fragte er, als er die Küche betrat und blieb dann abrupt stehen, als er mich sah.

»Hi«, sagte ich und lächelte ihn aufmunternd an. Doch anstatt diese Geste zu erwidern, spannte sich sein ganzer Körper an. Er warf mir einen kurzen Blick zu, ehe er wortlos an mir vorbei zum Kühlschrank ging und eine Flasche Wasser herausnahm.

»Ich habe Lasagne gemacht. Und es gibt Muffins«, teilte ich ihm betont fröhlich mit.

»Kein Hunger«, murmelte er und schloss die Kühlschranktür.

»Komm schon! Ich habe ewig in der Küche gestanden und dein Lieblingsessen gemacht, da kannst du wohl einen kleinen Happen davon essen. Außerdem hast du immer Hunger.« Ich zwinkerte ihm zu, doch das schien ihn völlig kalt zu lassen.

»Ich sagte, ich habe keinen Hunger«, wiederholte er nun etwas lauter, kehrte mir den Rücken zu und marschierte einfach aus der Küche.

Langsam wurde ich nicht nur frustriert, sondern auch ein wenig sauer.

»Was ist denn dein Problem?«, rief ich, während ich ihm hinterherlief.

»Lass mich einfach in Ruhe, Adams! Du kannst dir dein Mitleid sparen.«

»Das ist doch kein Mitleid!«

»Wie auch immer«, meinte er nur und stapfte die Treppe hoch, ohne mich auch nur anzusehen.

Ich blieb mitten im Flur stehen und sah ihm seufzend hinterher.

Was war bloß mit ihm los? Gerade noch lag er schluchzend auf meiner Brust und ließ sich von mir trösten, und im nächsten Moment machte er völlig dicht.

Da ging mir plötzlich ein Licht auf. Aber nicht mit mir!

Ich ging zurück in die Küche, lud eine große Portion Lasagne auf einen Teller, schnappte mir einen Muffin und ging mit beidem hoch zu Jesses Zimmer. Ich trat ein, ohne vorher anzuklopfen. Er stöhnte genervt auf.

»Adams, ich sagte, du sollst mich in Ruhe lassen«, murrte Jesse, der mit dem Rücken ans Kopfende gelehnt auf seinem Bett saß und auf den Fernseher starrte, der gegenüber an der Wand befestigt war.

»Nein«, sagte ich nur, trat neben ihn und stellte den Teller sowie den Muffin auf seinem Nachtschränkchen ab.

»Was meinst du mit „Nein“?«

»Das ist doch wohl wirklich nicht so schwer zu verstehen.« Ich setzte mich neben ihn aufs Bett.

»Was soll das werden?«

»Auch wenn ich dich gerade am liebsten auf den Mond schießen würde, weil du so ein Sturkopf bist, bleibe ich hier und bin für dich da.«

»Das will ich aber nicht. Und es geht mir gut. Nur weil ich sturzbesoffen einen kleinen … Gefühlsausbruch hatte …«

»Schon klar, du hast vor mir geweint und schämst dich jetzt dafür. Du weißt nicht, wie du mit der Situation umgehen sollst und benimmst dich deshalb wie ein Idiot, weil das am leichtesten ist. Glaub mir, das kenne ich. Aber da spiele ich nicht mit.«

»Du weißt immer alles besser, was? Aber dieses Mal irrst du dich. Also hau endlich ab, Adams.«

»Nope. Du kannst mich nicht verjagen.«

Ich nahm die Fernbedienung, die neben ihm lag und schaltete den Fernseher auf stumm, ehe ich mich zu Jesse umdrehte und ihm in die Augen sah.

»Du hast deinen Dad verloren, Jesse«, sagte ich sanft und legte meine Hand auf seine. »Ich kann mir gar nicht vorstellen, wie schlimm das für dich sein muss. Es ist okay, dass du deshalb immer noch traurig bist, vor allem an einem Tag wie gestern. Du darfst ihn vermissen. Du darfst um ihn weinen. Auch wenn dreißig Jahre vergangen sind, darfst du noch um ihn trauern. Und wage es nicht, dich deshalb noch einmal zu schämen, vor allem nicht vor mir! Weißt du noch, was ich C mal gesagt habe? Echte Männer können auch mal Emotionen zulassen, das macht sie nur noch stärker. Und das meinte ich vollkommen ernst. Könntest du also bitte aufhören, dich wie ein Idiot zu benehmen und einfach die dämliche Lasagne essen, die ich extra für dich gemacht habe? Und zwar nicht aus Mitleid, sondern weil du mir trotz allem nicht egal bist und ich dir einfach etwas Gutes tun wollte. Das machen Freunde eben, wenn es dem anderen schlecht geht.«

»Okay«, brummte er nur, schnappte sich den Teller und die Gabel und nahm einen Bissen.

»Danke«, fügte er leise hinzu, als er hinuntergeschluckt hatte. »Die ist echt lecker.«

»Ich weiß. Gerne geschehen.« Ich schenkte ihm ein aufrichtiges Lächeln.

»Willst du darüber reden? Über deinen Dad, meine ich«, fragte ich nach einer Weile. »Ich würde gerne hören, was für ein Mensch er war. Du musst natürlich nicht, wenn du nicht willst –«

»Doch, das würde ich gerne. Es gibt nicht allzu viele Gelegenheiten, über ihn zu reden.«

»Mit mir kannst du immer darüber sprechen, wenn du das Bedürfnis danach hast.«

»Danke.« Er drückte kurz meine Hand. »Weißt du, mein Dad war einer dieser Männer, der es als größte Schande empfand, einen Handwerker zu engagieren. Seiner Meinung nach musste ein richtiger Mann in der Lage sein, solche Dinge selbst zu reparieren – sehr zum Leidwesen meiner Mom.« Er begann zu lachen.

»Warum?«

»Sagen wir so, mein Dad war handwerklich nicht wirklich begabt. Ehrlich gesagt hat er es meistens nur noch schlimmer gemacht. Meine Mom musste unzählige Male heimlich einen Handwerker kommen lassen, der die Schäden meines Dads wieder berichtigte. Ein paarmal hat er sie erwischt, und dann gab es immer einen Riesenkrach. Die beiden haben sich von ganzem Herzen geliebt und fast nie gestritten – nur wenn es um dieses Thema ging. Dad wollte einfach nicht einsehen, dass er kein Talent in solchen Dingen hatte. Das hat Mom wahnsinnig gemacht, was ich ihr echt nicht verübeln kann. Er hat mehr als einmal die Küche oder das Badezimmer überflutet, den Fernseher geschrottet, den Müllschlucker kaputt gemacht oder irgendwas in Brand gesetzt.«

»Klingt ja übel!« Ich stimmte in sein Lachen ein.

»War es auch. Aber dann gab es einen Lichtblick – mich«, meinte er zwinkernd.

»Was sonst.« Ich verdrehte die Augen, lächelte aber.

»Als ich elf oder zwölf war, hat Dad angefangen, mich bei seinen kleinen Reparaturen miteinzubeziehen, um es mir beizubringen. Ich merkte schnell, dass ich ein echtes Händchen für so was hatte. Das entging auch meiner Mom nicht, also machten wir einen Deal. Ich reparierte heimlich alles, was kaputt war, und dafür erhöhte sie mein Taschengeld um zwanzig Dollar. Also konnten wir Dad weiterhin in dem Glauben lassen, er wäre ein richtiger Heimwerker, Mom ersparte sich viel Frust und Streit mit ihm – und vor allem kaputte Haushaltsgeräte oder überflutete Räume –, und ich bekam mehr Geld. Wir hatten also alle gewonnen.«

Ich blieb bis kurz vor Mitternacht bei Jesse und lauschte seinen Geschichten über seinen Dad. Er hatte wohl schon lange nicht mehr über ihn geredet und es war offensichtlich, dass er das mal wieder gebraucht hatte.

Es war schön, diese Seite von ihm kennenzulernen. Ich hatte Jesse noch nie so leidenschaftlich über etwas sprechen hören, ohne seine Emotionen zu verbergen. Mit jedem Wort schwang die Liebe mit, die er für seinen Vater empfand, und auch die Trauer über seinen Verlust.

Ich wünschte, ich könnte ihm den Schmerz nehmen. Das war natürlich nicht möglich, doch ich war froh, wenigstens für ihn da sein zu können. Mit jeder Geschichte, die er erzählte, wurde mir ein bisschen wärmer ums Herz.

»Danke, Bailey. Für alles. Und tut mir leid, dass ich so ein Idiot war«, sagte er, als wir beide beschlossen hatten, dass es Zeit zum Schlafen wurde.

»Kein Problem«, meinte ich lächelnd.

Ich empfand in diesem Moment so viel Zuneigung für ihn, dass ich nicht recht wusste, wie ich damit umgehen sollte.

»Gute Nacht«, wisperte Jesse und warf mir einen Blick zu, den ich nicht richtig deuten konnte, der jedoch mein Herz einen Hüpfer in meiner Brust machen ließ.

»Gute Nacht«, erwiderte ich ebenso leise, drehte mich um und ließ ihn alleine in seinem Zimmer zurück, obwohl ich am liebsten die ganze Nacht bei ihm geblieben wäre.

Neuntes Kapitel

Langsam kehrte wieder Normalität bei uns ein. Die Wut auf Jesse war verraucht, und wir waren wieder Freunde geworden. Leider war diese Tatsache nicht unbemerkt geblieben.

Als Jesse bei uns eingezogen war, hatten mich ständig irgendwelche Mädchen genervt, die seine Telefonnummer haben wollten. Einmal hatte ich den Fehler gemacht, sie rauszurücken, um Jesse zu ärgern. Das hatte ihm gar nicht gefallen. Als ich mich danach strikt geweigert hatte, seine Handynummer weiterzugeben, ließen sich die Mädels etwas anderes einfallen. Sie wollten sich mit mir anfreunden, damit sie bei uns zu Hause abhängen und so Jesse näherkommen konnten. Ich hatte mich nie darauf eingelassen. Irgendwann hatten sie endlich kapiert, dass Jesse und ich uns nicht ausstehen konnten und sie nicht über mich an ihn rankommen würden, und hatten mich schließlich in Ruhe gelassen. Nur war unsere Freundschaft mittlerweile auch nach außen gedrungen, da wir auch in der Uni öfter gemeinsam abhingen. Wir saßen im Wirtschaftskurs immer nebeneinander, liefen zusammen über den Campus, gingen hin und wieder gemeinsam ins Café. Ich musste zugeben, dass ich mich in seiner Nähe mehr als wohlfühlte und die Zeit mit ihm sehr genoss – mehr, als wahrscheinlich gut für mich war.

Ich kam gerade aus meinem letzten Kurs für heute, als ich jemanden meinen Namen rufen hörte. Ich stöhnte leise auf und beschleunigte meine Schritte, ohne mich umzudrehen. Nur noch ein paar Meter, dann war ich bei meinem Wagen und konnte mich aus dem Staub machen.

»Bailey! Warte mal!« Die Stimme kam näher, also blieb

mir wohl nichts anderes übrig, als stehen zu bleiben und mich umzudrehen.

»Oh, hey, Mona«, sagte ich übertrieben fröhlich.

»Hast du mich denn nicht rufen hören?«, fragte sie und warf ihr blondes Haar über die Schulter. Sie wartete meine Antwort gar nicht erst ab, sondern redete gleich weiter. »Ich habe dich in letzter Zeit öfter mit Jesse Carter gesehen. Läuft da was zwischen euch?«

Mona und ich hatten mehrere Kurse zusammen, darunter auch den Wirtschaftskurs. Sie war eines der Mädchen, die mich ständig wegen Jesse genervt hatten. Eigentlich war sie ja ein nettes Mädchen, soweit ich das beurteilen konnte – immerhin kannten wir uns nicht besonders gut – aber ich hatte es satt, ständig wegen Jesse belästigt zu werden.

»Nein, wir sind nur Freunde«, stellte ich klar und merkte, dass meine eigenen Worte mir einen Stich im Herzen versetzten.

»Oh okay. Also ist er noch zu haben?«

»Yup«, seufzte ich.

»Könntest du vielleicht –«

»Ich gebe dir seine Telefonnummer nicht, Mona«, unterbrach ich sie. »Wenn du etwas von ihm willst, dann musst du ihn selbst ansprechen. Ich mische mich da nicht ein.«

»Aber du könntest doch ein gutes Wort bei ihm einlegen. Sag ihm, er soll mich mal anrufen. Du kannst ihm gerne ein Foto von mir zeigen.«

»Mona«, seufzte ich und versuchte, nicht ganz so genervt auszusehen, wie ich mich fühlte.

»Bitte«, flehte sie. »Ich verlange doch nicht viel. Ich bitte dich nur darum, mit ihm zu reden und ihm meine Handynummer zu geben.«

»Okay, aber ich verspreche nichts. Ich gebe ihm deine Nummer, aber ob er anruft oder nicht liegt dann bei ihm.«

»Danke, danke, danke!«, rief sie glücklich und umarmte

mich kurz. »Du bist die Beste. Ich schicke dir dann das Foto, das du ihm zeigen kannst.«

Sie winkte mir zu und hopste dann fröhlich davon. Ich schüttelte nur den Kopf und stieg in meinen Wagen.

Als ich zu Hause ankam, saß Jesse im Wohnzimmer und sah fern.

»Hey«, begrüßte ich ihn und warf meine Tasche auf den Tisch, ehe ich mich neben ihn auf die Couch plumpsen ließ.

»Hey«, gab er zurück und hielt mir eine Tüte Chips unter die Nase. Ich griff dankbar zu.

»Ich habe vorhin Mona getroffen.«

»Welche Mona?«

»Mona Armstrong. Sie ist mit uns im Wirtschaftskurs.«

»Ja, genauso wie zweihundert andere Leute. Glaubst du, ich kenne die alle persönlich?«

Ich verdrehte genervt die Augen.

»Du weißt schon, die kleine, hübsche Blondine, die dich ständig so anschmachtet.«

Jesse überlegte ein paar Sekunden. »Oh, du meinst die mit den riesigen Brüsten?«

»Genau die«, bestätigte ich und unterdrückte ein Schnauben.

»Aha. Und was wollte sie?«

»Sie hat mich gebeten, für sie ein gutes Wort bei dir einzulegen.«

»Warum? Will sie sich bei mir bewerben?«, fragte er sarkastisch.

»Ja, als dein Betthäschen. Sie ist schon seit einer Ewigkeit scharf auf dich. Sie meinte, ich soll dir ihre Telefonnummer geben, damit du sie mal anrufen kannst.«

Jesse drehte sich mit dem Oberkörper zu mir, damit er mir in die Augen sehen konnte.

»Versuchst du etwa gerade, mich zu verkuppeln, Adams?«

»Nein, ich halte nur ein Versprechen. Du wirst sie sowieso nicht anrufen.«

»Ach, und warum nicht?«

»Weil ich dich kenne. Du hasst es, wenn irgendwelche Mädchen deine Nummer haben und dich dann ständig belästigen.«

»Ich kann meine Nummer ja unterdrücken.«

»Schön, wie du willst. Dann ruf sie an.«

»Du klingst sauer«, stellte er grinsend fest.

»Ich bin nicht sauer. Nur genervt.«

»Und was nervt dich, Bailey? Dass ich ein anderes Mädchen anrufen will?«

»Warum ein *anderes* Mädchen?«

»Na, ein anderes als dich.«

»Wieso sollte ich wollen, dass du mich anrufst?«

Ich sah ihn mit hochgezogener Augenbraue und vor der Brust verschränkten Armen herausfordernd an.

»Du weißt, was ich meine. Du preist mir diese Mona nicht gerade an und wir wissen beide, warum das so ist.«

»Ach und warum ist das so?«

»Weil du eifersüchtig bist.«

Ich stieß ein lautes, ungläubiges Lachen aus. »Warum sollte ich bitte eifersüchtig sein? Ist ja nicht so, als ob ich in dich verknallt wäre oder so.«

»Jaja, rede dir das nur weiter ein.« Er zwinkerte mir zu und richtete dann seine Aufmerksamkeit wieder auf den Fernseher.

Ich ignorierte mein Herz, das in meiner Brust wild zu klopfen begonnen hatte.

»Du bist so ein Idiot, Carter. Ich wollte dir eigentlich nur einen Gefallen tun, weil Mona ziemlich anhänglich sein kann und ich weiß, dass du auf so was gar nicht stehst, aber meinetwegen kannst du es gerne mit ihr versuchen.« Ich zog mein Handy aus der Hosentasche und öffnete das Bild, das sie mir geschickt hatte. Auf dem Foto war nicht viel von ihrem Gesicht zu erkennen. Im Vordergrund standen ihre riesigen Brüste, die in einem schwarzen Spitzen-BH steckten.

»Hier.« Ich hielt ihm mein Telefon unter die Nase. »Sie hat mich gebeten, dir das zu zeigen. Ich gebe dir auch gleich ihre Nummer, dann kannst du sie anrufen und ihre Dinger mal live bestaunen.«

Jesse sah sich das Foto nur ungefähr eine Sekunde lang an, ehe er den Blick wieder abwandte.

»Nee, lass mal. Sie ist nicht mein Typ.«

»Nicht dein Typ? Seit wann das denn? Sie ist blond, hübsch, hat große Brüste und ist offensichtlich mehr als willig. Ich dachte, das ist genau dein Typ.«

»Ich habe eben keinen Bock auf sie.«

Erleichterung durchströmte mich, doch aus irgendeinem Grund bedrängte ich ihn weiter.

»Und warum nicht? Ruf sie doch einfach mal an und triff dich mit ihr.«

»Herrgott, Adams, lass es einfach gut sein«, fuhr er mich an, was mir ein Grinsen ins Gesicht zauberte.

»Verstehe. Du bist derjenige, der keine *anderen* Mädchen will.« Ich lächelte selbstgefällig. Es gefiel mir, ihn ein wenig zu ärgern und es ihm mit gleicher Münze heimzuzahlen.

»Was soll das denn heißen?«, fragte er und sah mich mit zusammengezogenen Brauen an.

»Wenn hier wer auf jemanden steht, dann du auf mich. Das ist doch offensichtlich.«

»Ja, träum weiter, Adams.«

»Nein, ist schon okay, ehrlich. Du kannst ruhig zu deinen Gefühlen stehen. Ich meine, ich verstehe dich ja. Ich bin witzig und klug und superheiß.«

Jetzt konnte ich seine Beweggründe, mich ständig aufzuziehen, ein wenig nachvollziehen. Es machte Spaß, die eingebildete Tussi zu mimen und ihn damit zu ärgern.

»Du bist offensichtlich auf den Kopf gefallen«, brummte er. »Glaub mir Adams, ich stehe so was von überhaupt gar nicht auf dich. Ich will Mona nur nicht anrufen, weil ich morgen zufällig ein Date habe.«

»Tatsächlich?«

»Ja, tatsächlich. Ich weiß, das ist jetzt sicher schwer zu verkraften, aber keine Sorge, du kommst schon über mich hinweg.«

Tja, auf der anderen Seite zu stehen, machte nicht so viel Spaß, aber da ich mir sicher war, dass er kein Date hatte, konnte ich genauso gut ebenfalls lügen.

»Oh, wie niedlich, aber du musst dir um mich keine Sorgen machen, denn ich habe zufällig auch ein Date.«

»Hast du, ja?«, fragte er und sah mich belustigt an.

»Ja, habe ich«, behauptete ich fest.

»Schön, warum machen wir dann kein Doppeldate daraus? So was machen Freunde doch gelegentlich, oder?«

Verdammter Mist! Er bluffte doch, oder?

»Klar, warum nicht.«

»Schön, also morgen Abend?«

»Perfekt.«

Nein, das war gar nicht perfekt. Es war alles andere als perfekt. Wie sollte ich so schnell ein Date klarmachen?

Wie hatte es nur so weit kommen können? Ich hätte es besser wissen müssen und mich nicht auf seine Spielchen einlassen dürfen. Normalerweise stand ich über solchen Dingen, aber offenbar hatte mein Hirn ein paar Minuten lang aufgehört zu arbeiten. Leider gab es jetzt kein Zurück mehr. Er würde mich ewig damit aufziehen, und lieber würde ich sterben, als mir das anhören zu müssen.

Nur mit Dawns Hilfe war es mir gelungen, so kurzfristig ein Date klarzumachen. Der Kerl hieß Ryan. Dawn kannte ihn vom Literaturkurs, und die beiden verstanden sich ganz gut miteinander. Offenbar waren wir uns schon ein oder zweimal begegnet, aber ich konnte mich partout nicht daran erinnern.

Dawn hatte mir seine Nummer gegeben, und er hatte einer Verabredung mit mir sofort zugestimmt. Wir hatten vereinbart, uns direkt im Restaurant zu treffen, genauso wie Jesse und sein Date. Es war uns einfacher erschienen, gemeinsam zu fahren, immerhin lebten wir im selben Haus.

»Na, schon aufgeregt?«, fragte Jesse, als wir nebeneinander in seinem Wagen saßen. Er klang belustigt, als würde er mir immer noch nicht glauben, dass ich wirklich ein Date hatte.

»Bist du denn aufgeregt?«

»Warum sollte ich? Ich bin Jesse Carter, die Ladys fressen mir aus der Hand.«

»Du bist ein Trottel, weiter nichts«, meinte ich augenrollend.

Jesse und ich kamen als Erste im Restaurant an. Eine Kellnerin brachte uns zu einem Tisch, den Carter vorher reserviert hatte, und wir nahmen nebeneinander Platz, damit unsere Dates uns gegenübersitzen konnten.

Amanda, Jesses Date, kam zuerst. Sie war groß, hatte die Figur eines Models und langes, hellbraunes Haar. Sie war hübsch und wirkte nett. Ich konnte sie trotzdem nicht leiden. Etwa fünf Minuten später kam Ryan. Dawn hatte mir ein Foto von ihm gezeigt, aber in Wirklichkeit sah er noch viel besser aus. Er hatte kurz geschorenes dunkles Haar, einen tollen Body und ein sehr attraktives Gesicht mit unglaublich intensiven grünen Augen. Er schüttelte Jesse und Amanda zur Begrüßung die Hand und gab mir einen Kuss auf die Wange.

Aus dem Augenwinkel bekam ich mit, wie Jesse Ryan abschätzig musterte.

Während wir die Speisekarten studierten, führten wir ein bisschen Small Talk.

»Ich bin auf einer Farm in Kentucky aufgewachsen«, erzählte Ryan gerade, als der Kellner uns die Getränke brachte.

»Du siehst gar nicht aus wie ein Farmer«, fiel Amanda ihm ins Wort.

»Äh, ja, ich dachte, für unser Date lasse ich Latzhose, Gummistiefel und Strohhut lieber zu Hause«, meinte Ryan, was mich zum Lachen brachte.

»Und woher kommst du?«, gab Ryan die Frage, die ich ihm gerade gestellt hatte, an mich zurück.

»Bailey ist aus Jacksonville«, sagte Jesse, ehe ich überhaupt die Chance hatte, zu antworten. Ryan ließ sich davon aber nicht beirren.

»Ah, cool. Und hast du Geschwister?«

»Nein, sie ist Einzelkind.«

Wieder hatte Jesse für mich geantwortet.

»Ja, genau. Und du? Hast du Geschwister?«, fragte ich an Ryan gewandt, nachdem ich Jesse einen bösen Blick von der Seite zugeworfen hatte.

»Ja, eine ältere Schwester und einen kleinen Bruder.«

»Und wie ist es, mit Geschwistern aufzuwachsen? Ich habe mich schon öfter gefragt, wie das wohl gewesen wäre.«

»Ich dachte, es gefällt dir, Einzelkind zu sein?«, meinte Jesse, und langsam wurde ich wütend.

»Tut es auch. Trotzdem habe ich mich das hin und wieder mal gefragt«, erwiderte ich zähneknirschend.

»Das wäre nichts für dich gewesen. Dann hättest du deine Eiscreme ja mit jemandem teilen müssen.«

Ich wollte gerade zu einer bissigen Antwort ansetzen, als der Kellner mit unserem Essen kam.

»Wir müssen später übrigens noch einen kleinen Zwischenstopp machen, bevor wir nach Hause fahren«, meinte Jesse plötzlich, ehe er sich ein großes Stück seines Steaks abschnitt und in den Mund schob.

»Wo müssen wir denn hin?«, fragte ich verwirrt.

»Ich muss mir Ohrenstöpsel besorgen. Langsam wird dein Schnarchen echt unerträglich.«

Ich sah Jesse ungläubig an. »Ich schnarche nicht!«

»Sag das mal meinen Ohren. Echt jetzt«, fügte er an Ryan gewandt hinzu, »Bailey klingt nachts wie ein Düsenjet kurz vorm Abheben. Ihr Schnarchen ist im ganzen Haus zu hören.«

Ich trat Jesse unter dem Tisch gegen das Schienbein, was ihn aufkeuchen ließ.

»Er macht nur Witze! So ist er eben, unser guter Jesse, er kann nichts richtig ernst nehmen. Außer es geht ums Saubermachen. Da wird er geradezu fanatisch«, sagte ich, da es das Erste war, was mir einfiel. Jesses verärgerten Blick ignorierte ich. »Jesse hat nämlich einen kleinen Putzfimmel, müsst ihr wissen. Zu Hause nennen wir ihn meistens nur unsere kleine Putzfee.«

Und so ging es den ganzen Abend weiter. Wir ließen keine Gelegenheit aus, um uns gegenseitig schlechtzumachen. Das war wohl das schlimmste Doppeldate aller Zeiten. Kein Wunder, dass Amanda und Ryan auf das Dessert verzichten wollten. Wir gingen gemeinsam zum Parkplatz, wo wir uns voneinander verabschiedeten.

»Also, das war sehr … interessant«, meinte Ryan.

»Ja, ich weiß. Tut mir leid. Mein Mitbewohner kann manchmal ein ziemlicher Idiot sein. Es war trotzdem schön, dich kennenzulernen.« Ich sah über seine Schulter hinweg zu Jesse, der uns eindeutig beobachtete.

Ryan wollte gerade etwas sagen, aber ich fuhr ihm ins Wort.

»Also, danke, es war wirklich schön«, sagte ich laut und presste dann meine Lippen auf seinen Mund.

Ich hatte ihn völlig überrumpelt, und er brauchte ein paar Sekunden, ehe er den Kuss erwiderte.

Ich öffnete meine Augen einen Spaltbreit und stellte zufrieden fest, dass Jesse uns missmutig beobachtete. Allerdings nicht lange, denn gleich darauf lagen auch seine Lippen auf

Amandas. Ich intensivierte den Kuss und presste mich enger an Ryan. Jesse legte daraufhin beide Hände auf Amandas Hintern. Es artete in eine Art Wettbewerb aus, und die ganze Zeit über sahen Jesse und ich uns dabei an. Das war wohl das Schrägste, das ich je erlebt hatte.

»Okay, das war … sehr aufschlussreich«, meinte Ryan, als er sich nach einer Weile von mir gelöst hatte. Dann nahm er plötzlich meine Hand und zog mich ein Stück von den anderen beiden weg, die den Kuss nun ebenfalls unterbrochen hatten.

»Weißt du, ich werde nicht gerne ausgenutzt«, flüsterte Ryan und lenkte so meine gesamte Aufmerksamkeit auf sich.

»Was meinst du?«

»Komm schon, Bailey, es sieht doch ein Blinder, dass ihr beide aufeinander steht.«

»Was? Wer?«, fragte ich verwirrt, was ihm ein Lachen entlockte.

»Na du und Jesse. Ich hätte dich gerne näher kennengelernt, aber ich habe keine Lust auf eines dieser Liebesdreiecke. Oder Vierecke, in diesem Fall.«

»Ich weiß nicht, was du meinst.« Ich verschränkte abwehrend die Arme vor der Brust, spürte aber, wie mir das Blut in die Wangen schoss.

»Keine Ahnung, was da genau zwischen euch läuft, aber auf jeden Fall ist da irgendwas, und das solltet ihr besser klären.«

»Da gibt es nichts zu klären. Wir sind nur Freunde.«

»Okay, wie du meinst. Ich gehe dann mal. Mach's gut«, verabschiedete er sich, aber ich griff schnell nach seiner Hand, um ihn am Gehen zu hindern.

»Warte. Es tut mir leid. Dieses Date war eine absolute Katastrophe. Ich stehe nicht auf Jesse, ehrlich nicht. Er liebt es nur, mich aufzuziehen und ich bin leider so blöd und steige jedes Mal wieder darauf ein und lasse mich auf sein Niveau herab. Das hast du nicht verdient, du bist wirklich ein netter Kerl.«

»Ist schon in Ordnung. Es war ziemlich amüsant, euren Wortgefechten zu lauschen, auch wenn ich mir unser Date ein wenig anders vorgestellt habe. Ich muss dann wirklich los.«

Er gab mir einen Kuss auf die Wange und ging dann zu seinem Wagen. Jesse hatte sich ebenfalls von Amanda verabschiedet, und schweigend gingen wir zu seinem Auto. Allerdings hielt ich es nicht lange aus, den Mund zu halten.

»Ich schnarche nicht nur, ich habe auch ein Faible für Kuscheltiere, von dem ich jedem einen Namen gegeben habe? Ehrlich, Carter?«, brach es aus mir heraus, kaum dass er den Wagen gestartet hatte.

»Also ich fand das ziemlich witzig«, erwiderte er grinsend.

»Wie heißt noch gleich mein Lieblingsplüschkätzchen?«, fragte ich und verschränkte die Arme vor der Brust.

Jesse prustete los. »Schnurrsula.«

»Ja, echt lustig«, brummte ich grimmig.

»Hey, du hast mich einen kleinen Tollpatsch genannt und behauptet, dass ich ständig durch die Gegend stolpere und Dinge fallen lasse. Das ist auch nicht besser. Das untergräbt meine Männlichkeit.«

»Selbst schuld, immerhin hast du damit angefangen. Außerdem war das doch alles harmlos. Ich hätte noch viel schlimmere Dinge erzählen können«, behauptete ich und rutschte ein wenig auf meinem Sitz herum, um es mir bequemer zu machen.

»Wie zum Beispiel?«

Ich überlegte ein paar Sekunden, ehe ich antwortete. »Keine Ahnung, zum Beispiel, dass du einen Micropenis hast. Das wäre gar nicht so weit hergeholt.« Ich grinste schelmisch.

»Baby, du hast meinen Schwanz schon gesehen. Wir wissen beide, dass er alles andere als mickrig ist.«

Da hatte er zwar recht, aber lieber hätte ich mir die Zunge abgebissen, als das zuzugeben.

»Er ist bestenfalls mittelmäßig, und das sage ich nur, um dich in deinem männlichen Stolz nicht zu kränken.«

»Du bist ja so witzig, B«, sagte er, und wie jedes Mal, wenn er mich so nannte, zuckte ich leicht zusammen.

Wir hatten seit unserem Streit nicht mehr über B.Nice und TheRealC gesprochen und einfach so getan, als hätte es sie nie gegeben. Das war leichter. Bailey und Jesse konnten einfach nur Freunde sein, die einander gerne mal auf die Nerven gingen. Bei B und C wurde die Sache schon etwas komplizierter, da die beiden mehr verband. Es gab Momente, in denen ich C deutlich in Jesse erkannte, und jedes Mal, wenn das passierte, machte mein Herz einen kleinen Sprung in meiner Brust. Immerhin war ich in C verknallt gewesen und diese Gefühle konnten sich nicht einfach so in Luft auflösen. Oft wünschte ich mir, irgendjemand anderes wäre C. Irgendein netter Kerl, mit dem es nicht kompliziert war.

Gott, ich vermisste ihn, aber ich durfte nicht zulassen, dass Jesse und C eins wurden, denn das hätte mich ganz bestimmt mein Herz und wahrscheinlich auch meinen Verstand gekostet. Ich konnte mir nichts Schlimmeres vorstellen, als in Jesse Carter verliebt zu sein, also musste ich C vergessen, und zwar für immer. Ich durfte ihn nur als Carter sehen, den Idioten, der mich ständig auf die Palme brachte. Das war allerdings schwerer, wenn er mich B nannte.

»Alles okay?«, fragte er nach ein paar Minuten, da ich nichts mehr gesagt hatte.

»Ja, alles bestens. Ich bin nur müde und ein wenig sauer auf dich. Du hast mir das Date mit Ryan verbockt.«

»Ach komm schon, wir wissen doch beide, dass du gar nicht an ihm interessiert bist – auch wenn du ihn vorhin fast verschlungen hast.«

»Ich bin sehr wohl an ihm interessiert. Er ist nett und sieht unglaublich gut aus.«

»Na ja, er sieht eher mittelmäßig aus. Aber weißt du, wer wirklich verdammt gut aussah? Amanda.«

Ich lachte. »Ja, wenn man auf den Typ ›billige Barbiepuppe‹ steht.«

»Du kannst ganz schön fies sein. Spricht da die Eifersucht aus dir?«

»Worauf sollte ich denn bitte eifersüchtig sein? Glaubst du, ich bin scharf darauf, das Gesicht von dir abgeleckt zu bekommen? Ehrlich, das sah aus als würden zwei Hundewelpen übereinander herfallen.«

»Du träumst doch davon, von mir geküsst zu werden.«

»Da küsse ich dann doch lieber einen echten Hund.«

»Natürlich. Aber keine Angst, ich lasse die Finger von dir. Ich weiß ja, wie das sonst enden würde.«

»Ach, und wie?«

»Meine Küsse machen leicht süchtig. Du würdest danach nie wieder einen anderen küssen wollen, und das kann ich dir nicht antun. Ich will nicht, dass du mir für den Rest deines Lebens hinterherschmachtest.«

»Ja, genau«, schnaubte ich und stieg aus dem Wagen, da wir gerade zu Hause angekommen waren. »Du hast nur Angst, dass du nicht mehr genug von mir bekommen könntest.«

»Pah! Ich habe gerade gesehen, wie du küsst, und glaub mir, das ist keine Erfahrung, die ich gerne machen will. Es wundert mich, dass du ihm nichts abgebissen hast.«

»Pass lieber auf, dass ich dir nichts abbeiße.«

»Ist das eine Drohung oder ein Versprechen?«, fragte er und wackelte anzüglich mit den Augenbrauen, während wir die Stufen zu unserem Haus hochgingen.

»Wenn ich das richtig verstehe, dann stehst du also drauf, wenn dir jemand in den Penis beißt? Da wäre ich an deiner

Stelle lieber vorsichtig. Wie wir festgestellt haben, kannst du es dir nicht leisten, auch nur einen einzigen Zentimeter zu verlieren.«

Jesse lachte laut auf und öffnete dann die Haustür. Ich folgte ihm hinein in den Flur, wo wir unsere Jacken und Schuhe auszogen.

»Interessant, dass dir mein Schwanz anscheinend nicht mehr aus dem Kopf geht.« Er grinste selbstgefällig.

»Ich habe einfach Mitleid mit dir. Und mit deiner zukünftigen Freundin. Klug von Amanda, dass sie nicht mehr mit hierhergekommen ist, auch wenn das ein ziemlicher Schlag für dein Ego gewesen sein muss. Ich kenne dich doch. Ein Date, das nicht mit Sex endet, ist für dich ein misslungenes Date. Aber sie hat sich dadurch einiges an Enttäuschung erspart.«

»Nur zur Info, Amanda hat mich um ein zweites Date gebeten. Ich habe anscheinend gar keinen so schlechten Eindruck hinterlassen«, meinte er zwinkernd.

»Oh, die Arme. Sie muss ganz schön verzweifelt sein.« Ich versuchte, mir nicht anmerken zu lassen, dass ich ganz und gar nicht begeistert von der Vorstellung war, dass die beiden noch mal miteinander ausgehen könnten.

»Wie ist denn euer Doppeldate gelaufen?«, fragte Dawn, die gerade die Treppe herunterkam.

»Ich geh dann mal in mein Zimmer, damit ihr Ladys in Ruhe tratschen könnt«, sagte Jesse.

Ich schüttelte nur den Kopf und ging mit Dawn gemeinsam ins Wohnzimmer.

»Also?«, fragte sie, nachdem wir auf dem Sofa Platz genommen hatten.

»Es war ziemlich mies«, informierte ich sie. »Jesse und ich haben mehr Zeit damit verbracht, uns gegenseitig schlecht zu machen, als mit unseren Dates zu reden.«

»Ich hab doch gleich gesagt, dass das eine schlechte Idee ist. Du hättest dich nicht auf sein Spielchen einlassen dürfen.«

»Ich weiß, ich weiß.« Ich rieb mir die Schläfen. »Manchmal ist es echt verdammt anstrengend, mit ihm befreundet zu sein. Bei dir ist er nicht so. Dich veralbert er nicht ständig.«

Dawn biss sich auf die Unterlippe, sagte aber nichts.

»Was?«, fragte ich.

»Na ja, eure Freundschaft ist eben … anders.«

»Was hat dieser komische Unterton zu bedeuten?«

»Reiß mir jetzt bloß nicht den Kopf ab.«

Oh-oh. Das konnte nichts Gutes bedeuten. Sie würde gleich etwas sagen, was ich auf gar keinen Fall hören wollte.

»Spuck es schon aus, Dawn«, forderte ich sie gereizt auf.

»Kennst du den Spruch ›Was sich liebt, das neckt sich‹?«

»Nicht dein Ernst, oder?«

»Tut mir leid, aber manchmal kommt es so rüber, als würdet ihr beide nur auf den richtigen Moment warten, um euch endlich gegenseitig an die Wäsche zu gehen.«

»Das ist absolut lächerlich. Ich stehe nicht auf Carter.«

»Du hast Gefühle für C«, murmelte sie so leise, dass ich sie beinahe nicht gehört hätte – aber nur beinahe.

»Ich hatte Gefühle für jemanden, den ich nicht kannte. Jesse war beim Chatten ein völlig anderer Mensch.«

»Nein, das glaube ich nicht. Er hat nur eine Seite von sich gezeigt, die er sonst nicht offen zeigen kann.«

»Ist doch völlig egal. Wir sind nur Freunde und mehr wird auch nie aus uns werden. Warum muss mir heute jeder damit auf die Nerven gehen?«

»Warum denn jeder?«

»Ryan hat auch so was in diese Richtung behauptet, was echt verrückt ist, immerhin kennt er uns gar nicht.«

»Also, wenn sogar einem Fremden auffällt, dass da mehr zwischen euch ist, glaubst du nicht, dass da dann vielleicht etwas dran sein könnte?«

Langsam wurde ich echt sauer.

»Nein, das glaube ich nicht, weil es nun mal nicht so ist. Ich weiß ja wohl besser, was ich fühle. Könntest du mich also bitte endlich mit diesem Schwachsinn in Ruhe lassen?«, rief ich aufgebracht, stand auf und rannte hoch in mein Zimmer.

Ich knallte wütend die Tür hinter mir zu und ließ mich auf mein Bett fallen.

Dawn war doch verrückt. Genauso wie Ryan. Die hatten keine Ahnung, was ich empfand.

Konnte ich Jesse gut leiden? Klar, zumindest meistens, wir waren ja auch Freunde.

Fand ich ihn attraktiv? Auf jeden Fall, aber er sah nun mal gut aus, da würde mir jeder recht geben, der Augen im Kopf hatte. Das hieß noch lange nicht, dass ich deshalb scharf auf ihn war. Ich fand viele Männer attraktiv, ohne dabei das Bedürfnis zu haben, sie zu besteigen.

Machte mein Herz manchmal komische Dinge in seiner Nähe? Vielleicht, aber nur in den Momenten, in denen ich C in ihm erkannte. Das hatte absolut nichts zu bedeuten, außer, dass ich meinen anonymen Chatpartner vermisste, mit dem ich offen über alles hatte reden können.

Hatte ich mich schon einmal gefragt, wie es wohl wäre, ihn zu küssen? Wäre möglich, aber das war reine Neugier. Ich hatte schon öfter das Gerücht gehört, Jesse wäre ein exzellenter Küsser und Liebhaber. Natürlich fragte ich mich da hin und wieder, ob daran etwas Wahres war oder nicht.

War ich vielleicht ein klein wenig eifersüchtig auf Mona oder Amanda gewesen? Nein! Auf gar keinen Fall! Warum auch? Klar, ich hatte nicht unbedingt gewollt, dass er Mona anrief, und ich fand es auch nicht gut, dass er vielleicht noch mal mit Amanda ausgehen würde, aber nur, weil er mir wichtig war und ich wusste, dass keine der beiden die Richtige für ihn war.

Er glaubte zwar nicht an die Liebe, aber ich war mir sicher, dass er nur noch nicht die richtige Frau gefunden hatte und sich seine Einstellung sofort ändern würde, sobald er die Eine treffen würde.

Zusammenfassung: Jesse Carter war mein Freund, nicht mehr und nicht weniger, und daran würde sich auch nie etwas ändern.

Zehntes Kapitel

Es war fast ein Uhr morgens, als ich endlich nach Hause kam. Das Duschen musste ich wohl auf morgen früh verschieben, heute war ich einfach zu erledigt. Ich wollte nur noch in mein Bett fallen.

Brandon, mein Projektpartner, und ich mussten für den Marketingkurs eine Werbekampagne für ein Männerparfüm erstellen.

Ich hatte zwar schon gehört, dass er ein richtiger Drillsergeant sein konnte, aber ich hatte nicht damit gerechnet, dass er wirklich so schlimm war. Das war nun schon die zweite Nacht hintereinander, in der ich seinetwegen kaum Schlaf abbekommen hatte. Er gab keine Ruhe, bis nicht alles absolut perfekt war. Wie hielt der Kerl das bloß aus? Aber zum Glück waren wir beinahe fertig. Morgen mussten wir nur noch den Feinschliff erledigen. Das würde nicht lange dauern. Um spätestens sechs Uhr würde ich zu Hause sein und gemütlich vor dem Fernseher faulenzen. Eine Frau musste eben Prioritäten setzen. Und übermorgen war dann schon Thanksgiving. Ich würde ein paar Tage mit meiner Familie verbringen und mit reichlich Truthahn und Kürbiskuchen für die vergangenen Nächte belohnt werden.

Ich hatte mich gerade hingelegt, da hörte ich es plötzlich. Ein leises Stöhnen, das stetig lauter wurde. Dann kam ein anderes Geräusch dazu. Es hörte sich an, als würde ein großer Gegenstand immer wieder gegen die Wand krachen. Ein Bett zum Beispiel. Ich kannte diese Geräusche, hatte sie aber schon eine Weile nicht mehr gehört.

Jesse hatte gerade Sex.

Das sollte mir nichts ausmachen, warum also schnürte sich plötzlich mein Hals zu, und warum wurde meine Brust so eng?

Ich presste mir ein Kissen ans Ohr, aber die Geräusche waren immer noch da, nur ein wenig gedämpfter. Was war eigentlich mit dieser Tussi los? Ihr Stöhnen war so was von fake. Sie klang wie eine billige Pornodarstellerin. Plötzlich erklang ein tieferes, leiseres Stöhnen, was mir schließlich den Rest gab.

Ich hatte nicht wissen wollen, wie Jesses Stöhnen klang. Wie verdammt sexy es war. So sexy, dass man sich wünschte, man hätte ihm selbst diesen Laut entlockt.

Ich konnte mir das nicht länger anhören. Ich holte meine Kopfhörer und schloss sie an meinem Smartphone an. Die Musik half.

Obwohl ich ziemlich aufgewühlt, wütend und verwirrt war, übermannte mich die Müdigkeit fast sofort, und ich glitt in einen tiefen, traumlosen Schlaf.

Als ich am nächsten Morgen die Küche betrat, wurde mir übel. Amanda saß – nur mit einem von Jesses Shirts bekleidet – auf seinem Schoß und kicherte. Er selbst trug lediglich Boxershorts, und ich konnte kaum meinen Blick von seinem durchtrainierten Oberkörper abwenden.

»Morgen«, brummte ich und konzentrierte mich darauf, Tee zu machen.

»Guten Morgen«, erwiderte Amanda fröhlich. »Ich hoffe, wir haben dich letzte Nacht nicht geweckt. Ich kann manchmal ganz schön laut werden.«

Am liebsten hätte ich ihr das Maul gestopft, um ihr dämliches Kichern nicht mehr hören zu müssen.

»Keine Sorge, Adams hat sich selbst die halbe Nacht mit Brandon vergnügt«, sagte Jesse.

Woher wusste er denn von Brandon? Ich hatte ihm nichts

davon erzählt. Oder doch und ich hatte es bloß vergessen? Und warum klang er so sauer?

»Ehrlich gesagt«, ich drehte mich zu den beiden um, »hat es mich schon ein wenig gestört. Ich musste deshalb mit Kopfhörern schlafen, und das kann ich eigentlich gar nicht leiden.«

»Das tut mir aber leid«, meinte Jesse, und es war ihm deutlich anzuhören, dass es ihm alles andere als leidtat. »Ich bin davon ausgegangen, dass du bei Brandon übernachtest, sonst wären wir natürlich leiser gewesen – oder auch nicht.«

Amanda gab wieder dieses gackernde Kichern von sich, das mir Kopfschmerzen bereitete, aber ich ignorierte sie und sah Jesse stattdessen verwirrt an.

»Warum hätte ich bei Brandon übernachten sollen?«

»Dann bist du also eine, die danach sofort abhaut und nicht über Nacht bleibt? Ich hätte dich eher als Kuschlerin eingeschätzt«, sagte Jesse mit zusammengebissenen Zähnen und gab Amanda einen Schubs, damit diese aufstand. Ich war so verwirrt, dass ich nicht wusste, was ich darauf antworten sollte.

»Du solltest langsam gehen. Leg das Shirt einfach auf mein Bett, wenn du dich umgezogen hast«, meinte er an Amanda gewandt.

Diese zog daraufhin eine Schnute und stapfte gekränkt davon, als er sie nicht weiter beachtete.

»Was redest du da eigentlich?«, wollte ich wissen, sobald sie weg war.

»Tu doch nicht so unschuldig, Adams. Dawn hat mir alles erzählt.«

Jetzt war ich wirklich verwirrt. »Was hat Dawn dir erzählt?«

»Dass du schon ewig hinter Brandon her bist und du ihn dir jetzt endlich geschnappt hast. Er soll dich ja vorgestern die ganze Nacht hart rangenommen haben. Genauso wie letzte Nacht, schätze ich.«

Ich lachte auf, obwohl ich alles andere als amüsiert war. Ich würde Dawn umbringen.

»Nur zur Info, Brandon ist nicht mein Lover, sondern mein Projektpartner. Wir sind im selben Marketingkurs, und jedes Mal, wenn wir Projekte in Partnerarbeit machen müssen, reißen sich alle um ihn, weil er immer eine Eins kriegt. Dieses Mal hatte ich Glück und habe ihn endlich als meinen Partner an Land ziehen können. Und ja, er hat mich die ganze Nacht hart rangenommen, aber nicht im Bett, sondern bei unserem Projekt. Ich könnte mich nackt ausziehen und an einer Stange für ihn tanzen, und er würde nicht mal mit der Wimper zucken. Brandon ist nämlich stockschwul.«

Jesse starrte mich mit offenem Mund an.

»Deinem überraschten Gesichtsausdruck nach, hat Dawn dieses Detail wohl ausgelassen«, bemerkte ich, nahm meine Teetasse und ließ ihn alleine in der Küche zurück. Auf der Treppe kam mir Amanda entgegen. Sie war nun wieder vollständig bekleidet, sagte aber kein Wort, sondern lief die Stufen hinunter und verließ das Haus. Ich hatte kaum mein Zimmer betreten, da kam mir Jesse hinterher.

»Fuck, ich wusste nicht, dass er schwul ist. So wie Dawn es gesagt hat, dachte ich wirklich, ihr beide …« Er hielt inne und fuhr sich mit der Hand durchs Haar.

»Spielt doch keine Rolle, oder?«

»Natürlich spielt es eine Rolle. Ich dachte, du hättest Sex mit irgendeinem Arschloch. Das war der einzige Grund, warum ich Amanda –« Er brach ab und wich meinem Blick aus.

»Was?«, fragte ich leise.

»Nichts. Vergiss es einfach.«

»Warte mal, habe ich das gerade richtig verstanden?« Ich machte einen Schritt auf ihn zu.

»Wolltest du gerade sagen, dass du nur mit Amanda geschlafen hast, weil du dachtest, ich hätte Sex mit Brandon?«

Er sagte nichts, sondern erwiderte nur trotzig meinen Blick, was Antwort genug war.

»Warum solltest du das tun?«

Er gab mir wieder keine Antwort, und da wurde es mir plötzlich klar.

»Fuck, du warst eifersüchtig!«, rief ich und wurde nun richtig wütend.

»Bullshit«, entgegnete er laut.

»Doch, warst du. Du warst eifersüchtig und wolltest es mir heimzahlen. Willst du mich eigentlich verarschen, Jesse?«

»Warum wirst du denn plötzlich so wütend?«

»Weil du ein Arschloch bist!«, brüllte ich ihn an und stieß ihm fest gegen die Brust, sodass er ein paar Schritte rückwärts stolperte.

»Geh«, befahl ich nun ein wenig leiser.

»Bailey –«, begann er, aber ich hob eine Hand, um ihn zum Schweigen zu bringen.

»Geh jetzt bitte, Jesse. Ich muss mich umziehen und dann zu einer Vorlesung.«

Er blieb ein paar Sekunden lang stehen und sah mich an, ehe er sich schließlich seufzend umdrehte und mich alleine ließ.

Brandon und ich waren früher fertig geworden als gedacht. Wir würden für unser Projekt hundertprozentig eine Eins bekommen. Das heiterte mich allerdings nicht wirklich auf.

Eigentlich hatte ich noch bis morgen warten wollen, um zu meinen Eltern zu fahren, aber ich hielt es einfach nicht länger in diesem Haus aus, deshalb beschloss ich, mich heute noch auf den Weg zu machen.

Ich war gerade dabei, meine Reisetasche zu packen, als es an der Tür klopfte und Dawn ihren Kopf reinsteckte.

»Ach, hier bist du. Ich habe unten auf dich gewartet. Ich dachte, wir machen heute einen kleinen Filmabend.«

»Daraus wird nichts. Ich fahre heute noch zu meinen Eltern.«

»Was? Warum denn?«, fragte sie und kam ein paar Schritte auf sie zu.

Ich atmete ein paarmal tief durch, um sie nicht anzuschnauzen, da ich auch auf sie wütend war. »Warum hast du Jesse erzählt, ich würde mit Brandon schlafen?«, fragte ich geradeheraus, woraufhin Dawn sofort ertappt zusammenzuckte.

»Ich habe mit keinem Wort gesagt, dass ihr beide –«

»Tu doch nicht so«, fiel ich ihr ins Wort. »Du hast ihm gesagt, ich wäre schon ewig hinter Brandon her und dass er mich die ganze Nacht lang hart rangenommen hätte.«

»Das ist doch auch die Wahrheit«, meinte sie achselzuckend.

»Du hast ganz genau gewusst, wie sich das anhört. Warum wolltest du, dass er denkt, ich hätte was mit irgendeinem Kerl laufen?«

Dawn seufzte, schob die Reisetasche ein wenig zur Seite und setzte sich aufs Bett. »Ich dachte, wenn er eifersüchtig wird, merkt er vielleicht, dass da mehr zwischen euch ist. Ich wollte euch nur einen kleinen Schubs geben.«

»Tja, du hast ihn direkt in Amandas Arme geschubst.«

»Was?«, fragte sie bestürzt.

»Du hattest recht. Er war eifersüchtig. Und weißt du, was er getan hat? Er hat Amanda angerufen, sie mit hierher genommen und sie letzte Nacht lautstark gevögelt, sodass ich alles mitbekommen habe.«

Dawn biss sich auf die Unterlippe und sah mich schuldbewusst an. »Es tut mir so leid. Das wollte ich nicht.«

»Ist doch auch egal. Er kann schlafen, mit wem er will, das kümmert mich nicht.«

»Und warum läufst du dann weg?«, fragte meine beste Freundin sanft und griff nach meiner Hand.

»Weil … keine Ahnung. Weil Jesse ein Idiot ist. Wenn er eifersüchtig war, warum ist er dann nicht zu mir gekommen und hat mit mir darüber geredet? Ich hätte ihn aufklären können und dann …«

»Und dann was?«

»Ich weiß es nicht«, seufzte ich und setzte mich neben sie aufs Bett.

»Warum kannst du nicht einfach zugeben, dass er dir nicht egal ist?«

»Natürlich ist er mir nicht egal«, sagte ich sofort, was Dawn nur die Augen verdrehen ließ.

»Du weißt, was ich meine.«

»Ich weiß. Und er ist mir wirklich nicht egal. Aber ich bin auch nicht verliebt in ihn. Ich bin einfach nur … keine Ahnung … ich denke, ich bin in C verliebt.«

»Du weißt schon, dass Jesse und C ein und dieselbe Person sind oder?«, fragte Dawn und sah mich an, als würde sie sich Sorgen um meinen Geisteszustand machen.

»Du verstehst das nicht. Klar, rein technisch gesehen sind sie dieselbe Person, aber so einfach ist das nicht. C war einfach nur ein einfühlsamer, tiefgründiger, intelligenter Mensch, mit dem ich über alles reden konnte. Jesse ist … mehr. Natürlich hat er auch diese Seiten, aber er ist auch arrogant und nervtötend und frisst mir ständig mein Eis weg. Er ist ein Aufreißer, der von einer Frau zur nächsten springt. So einen Kerl wollte ich nie haben.«

»Man kann sich eben nicht aussuchen, in wen man sich verliebt. Und vielleicht war es ja Schicksal, dass ihr beide euch durch StateSingles neu kennenlernen konntet. Vielleicht seid ihr ja füreinander bestimmt und konntet es vorher nur nie sehen.«

»Hör doch mal auf mit diesem Schicksalsscheiß! Weißt du,

was das war? Ein schlechter Scherz des Universums, weiter nichts. Und es ist völlig egal, was ich vielleicht für ihn empfinde oder auch nicht, denn heute hat er mir wieder einmal gezeigt, wer er wirklich ist. Anstatt mit mir zu reden, hat er sich auf die nächstbeste Frau gestürzt, nur um mir eins auszuwischen. Mit so einem Kerl kann und will ich sowieso nicht zusammen sein.«

»Das ist nur meine Schuld!« Dawn ließ den Kopf hängen. »Ich hätte mich nicht einmischen dürfen. Hätte ich nichts gesagt, dann –«

»Dann wäre jetzt auch nichts anders. Jesse und ich ... das würde nie funktionieren. Ich finde es zwar nicht toll, was du gemacht hast, aber ich bin dir deswegen nicht böse. Nicht mehr.«

»Es tut mir trotzdem leid.« Sie lehnte ihren Kopf an meine Schulter.

»Ich weiß.« Ich tätschelte ihr dunkles Haar.

»Ich sollte jetzt fertig packen und dann losfahren«, sagte ich nach ein paar Sekunden und stand auf.

»Okay. Genieße die Feiertage mit deiner Familie. Wir sehen uns spätestens am Montag.«

»Ja, danke, du auch.«

Wir umarmten uns kurz, wünschten uns „Happy Thanksgiving“ und verabschiedeten uns.

Ich stopfte noch ein paar Kleidungsstücke in die Reisetasche und ging dann hinunter zum Wagen.

Während der Fahrt drehte ich das Radio laut auf, damit ich nicht zu viel nachdenken musste. Ich wollte nicht mehr, dass Jesse mir ständig im Kopf herumspukte.

Als ich bei meinen Eltern ankam, war es bereits dunkel und ich hatte ein kleines Déjà-vu. Vor nicht allzu langer Zeit war ich ebenfalls in der Dunkelheit hierhergefahren, um vor Jesse zu fliehen. Seitdem hatte sich so viel verändert, und doch schien alles noch genauso wie vorher zu sein.

»Bailey! Was machst du denn hier? Wir haben erst morgen mit dir gerechnet«, fragte Mom, als sie mir die Haustür öffnete. Dieses Mal hatte ich beschlossen, zu klingeln und nicht einfach in ihr Haus einzubrechen, obwohl man es kaum Einbruch nennen konnte, wenn man einen Schlüssel besaß.

»Ich hab euch vermisst«, sagte ich und umarmte sie.

Es gab auf der Welt nichts Besseres als die Umarmung einer Mutter. Nirgendwo sonst fühlte man sich geborgener oder geliebter.

»Wir haben dich auch vermisst, Schätzchen. Komm erst mal rein. Es ist eiskalt draußen.« Sie trat zur Seite, um mich ins Haus zu lassen.

»Wo ist Dad?«, fragte ich, während ich mir die Schuhe abstreifte.

»Er sitzt im Wohnzimmer und sieht fern.«

Als ich meinen Vater in seinem alten, braunen Fernsehsessel sitzen sah, musste ich automatisch lächeln. Immer wenn ich an ihn dachte, stellte ich ihn mir genau so vor.

»Süße, was machst du denn schon hier?«, fragte er überrascht, aber auch erfreut.

»Sie hat uns vermisst«, erklärte Mom grinsend, aber ich ignorierte sie und umarmte stattdessen meinen Vater.

»Willst du eine Tasse Tee?«, fragte Mom.

»Ja, bitte«, antwortete ich und sofort verschwand sie in der angrenzenden Küche.

»Alles in Ordnung?«, fragte Dad überflüssigerweise.

Es gab wohl niemanden auf der Welt, der mich so gut durchschaute wie er – nicht einmal Mom. Er fragte mich nur, ob alles okay war, wenn er wusste, dass es nicht so war.

»Nicht wirklich«, seufzte ich, da es keinen Sinn hatte, zu lügen.

»Willst du darüber reden?«

»Heute nicht.« Ich schenkte ihm ein müdes Lächeln. »Danke, Dad.«

»Wofür?«, fragte er.

»Dass du mich so gut kennst.«

Er erwiderte mein Lächeln und konzentrierte sich dann wieder auf den Fernseher.

Zu Hause schlief es sich doch am besten. Es hatte etwas ungemein Beruhigendes, in meinem alten Zimmer umgeben von all meinen alten Sachen in meinem alten Bett zu schlafen, mit dem Wissen, dass meine Eltern gleich nebenan lagen und im Notfall sofort zur Stelle wären, um mich vor allen Übeln zu beschützen. Manchmal vermisste ich die beiden mehr, als ich in diesem Alter wahrscheinlich sollte, aber hey, ich liebte meine Eltern, und dafür schämte ich mich nicht.

Als ich am nächsten Morgen die Küche betrat und mir sofort der herrliche Duft von heißer Schokolade in die Nase stieg, liebte ich sie gleich noch ein bisschen mehr.

»Guten Morgen, Schatz. Happy Thanksgiving«, begrüßte mich Mom fröhlich und drückte mir gleich eine Tasse mit köstlichem Kakao in die Hand. Dad saß bereits am kleinen Küchentisch und las die Zeitung, während er an einem Stück gebratenem Speck knabberte. Ich setzte mich zu ihm und er gab mir den mittleren Teil der Zeitung. Nach einer Weile tauschten wir. So hatten wir es immer gemacht, als ich noch hier gewohnt hatte.

»Wann kommen denn Grandma und Grandpa?«, fragte ich.

»Sie sollten bald hier auftauchen«, antwortete Mom. »Du kennst ja deine Großmutter. Sie lässt es sich nicht entgehen, sich an den Essensvorbereitungen zu beteiligen.«

»Du wirkst gestresst, Mom«, sagte ich lachend.

»Du weißt doch, wie deine Mutter ist. Sie hat es nicht gerne, wenn ihr die Kontrolle in ihrer eigenen Küche entrissen wird«, meinte Dad schmunzelnd und stand auf, um seiner Frau einen Kuss zu geben.

»Es stört mich nicht, wenn meine Mutter mir in der Küche hilft. Es stört mich nur, wenn sie alles, was ich mache, kritisiert und meint, sie wüsste es besser.«

Ich für meinen Teil liebte es, gemeinsam mit Mom und Grandma in der Küche zu stehen und den beiden beim Diskutieren zuzusehen. Mom verwandelte sich dann innerhalb kürzester Zeit von meiner Mutter zu Grandmas Tochter, was ich höchst amüsant fand.

»Das Problem ist, dass ihr beide euch einfach viel zu sehr ähnelt«, sagte Dad, was ihm einen bösen Blick von meiner Mutter bescherte.

»Nimm das sofort zurück, Dave!«

»Ich meine ja nur«, murmelte er schmunzelnd.

Ich ließ die beiden alleine, um zu duschen.

Während das heiße Wasser auf mich herunterprasselte, fiel mir auf, dass ich den ganzen Morgen noch nicht an Jesse gedacht hatte. Hier gab es nichts, was mich an ihn erinnerte, und ich merkte, wie gut es tat, dass mein Hirn und mein Herz einfach mal verschnaufen konnten.

Als ich wieder runterkam, saß mein Dad vor dem Fernseher, und meine Mom hantierte schon fleißig in der Küche herum.

»Soldat Adams meldet sich zum Dienst!« Ich salutierte vor ihr. »Was soll ich tun?«

»Du Scherzkeks«, meinte Mom lachend und warf ein Geschirrtuch nach mir. »Du könntest schon mal die Kartoffeln schälen.«

»Die alle?«, fragte ich und sah stirnrunzelnd auf den Berg aus Kartoffeln. »Wer soll denn die alle essen?«

»Wir sind immerhin acht Leute, da brauchen wir genug.«

»Mom, ich fürchte, du wirst langsam alt. Wir sind nur fünf. Du, Dad, Grandma, Gramps und ich.«

»Und die Bakers«, fügte Mom abwesend hinzu und wischte sich über die Stirn.

»Was?« Schlagartig war meine gute Laune wie weggeblasen.

»Das habe ich dir doch erzählt.«

»Nein, bestimmt nicht. Ich könnte mich daran erinnern, wenn du mir erzählt hättest, dass du meinen Ex-Freund zum Thanksgiving-Dinner eingeladen hast«, rief ich anklagend.

»Warum regst du dich denn so auf? Das mit Jacob und dir ist doch schon lange vorbei, außerdem dachte ich, ihr wärt Freunde.«

»Mom«, jammerte ich und fühlte mich sofort wieder wie ein Teenager.

Ja, Jake und ich hatten gesagt, wir würden Freunde bleiben, aber das sagte man eben so. Unser einziger Kontakt bestand aus ein paar Nachrichten im Jahr und zwar an unseren Geburtstagen, an Weihnachten und Silvester. Wir hatten uns seit unserer Trennung nur ein einziges Mal gesehen, und das war auf der Beerdigung seiner Großmutter, Loretta, gewesen. Ich hatte ihm mein Beileid bekundet und ihn kurz in den Arm genommen. Danach hatte wir eine gefühlte Ewigkeit nur dagestanden und herumgestammelt, weil wir beide keine Ahnung gehabt hatten, wie wir uns jetzt, da wir kein Paar mehr waren, gegenüber verhalten sollten.

»Es tut mir leid, wenn das ein Problem für dich ist, Schatz. Ich dachte, es würde dir nichts ausmachen.« Mom sah mich entschuldigend an.

»Du hättest mich vorher fragen können«, erwiderte ich und klang wie ein trotziges Kind.

»Das war ehrlich gesagt ziemlich spontan. Ich habe Miranda im Supermarkt getroffen, und wir haben uns kurz unterhalten. Es ist das erste Thanksgiving seit dem Tod ihrer Mutter und sie hat so traurig ausgesehen. Wie du weißt, hat Loretta sich jedes Jahr um das Essen gekümmert, da Miranda in der Küche leider eine absolute Katastrophe ist. Ich dachte, es wäre eine nette Geste, sie zu uns einzuladen, damit sie wenigstens gutes Essen bekommen. Außerdem lenkt es sie hoffentlich ein wenig von ihrer Trauer ab.«

Wie könnte ich da jetzt noch wütend sein? Mom hatte natürlich recht. Ich wusste, wie hart Lorettas Tod die Familie getroffen hatte. Ich war auch völlig geschockt gewesen. Loretta war eine coole Frau gewesen. Sie hatte immer das ausgesprochen, was sie gedacht hatte und kein Blatt vor den Mund genommen. Obwohl ich ein sehr großes Vokabular an Schimpfwörtern besaß, hatte diese Frau mir noch einige beigebracht, die ich noch nie zuvor gehört hatte. Sie war bis zum Schluss topfit gewesen. Deshalb war es so ein Schock gewesen, als sie eines Morgens einfach nicht mehr aufgewacht war. Ihr Herz hatte plötzlich einfach aufgehört zu schlagen, aber wenigstens hatte sie nicht leiden müssen, sondern war friedlich im Schlaf gestorben.

Ich atmete tief durch. Ich durfte nicht so egoistisch sein. Einen Abend mit meinem Ex-Freund würde ich schon überstehen.

»Oh, das müssen meine Eltern sein. Öffnest du ihnen bitte die Tür, Schatz?«, sagte Mom, als es klingelte.

»Da ist ja meine Lieblingsenkeltochter!« Meine Grandma schloss mich zur Begrüßung in die Arme, und ihr kurzes graues Haar kitzelte mich an der Nase.

»Du hast ja auch nur die eine«, erinnerte ich sie lachend, ehe ich auch meinen Großvater begrüßte.

»Hi, Gramps!« Ich umarmte ihn kurz.

»Hi, Kleines. Wo ist denn dein Vater?«

»Sitzt im Wohnzimmer und sieht fern.«

»Sehr gut. Dann werde ich ihm mal Gesellschaft leisten.«

»Wie immer«, murmelte Grandma und verdrehte die Augen.

»Die Frauen müssen die ganze Arbeit machen, während die Männer auf ihren faulen Hintern sitzen.«

»Die wären doch sowieso nur im Weg«, meinte ich und unterdrückte ein Lachen.

»Ja, da hast du wohl recht.«

Sie begrüßte kurz meinen Dad und ging dann in die Küche, um Mom zu helfen. Ich schloss mich ihnen an und machte weiter damit, Kartoffeln zu schälen.

Es dauerte keine fünf Minuten, da hatten sich die beiden schon in den Haaren.

»Du brauchst viel mehr Zwiebeln für die Füllung«, sagte Grandma kritisch, was Mom einen tiefen Seufzer entlockte.

»Ich mache diese Füllung seit zwanzig Jahren, ich denke, ich weiß, wie viele Zwiebeln ich brauche.«

»Schön, wie du willst. Dann schneide ich eben die Äpfel, außer, du traust mir diese Aufgabe nicht zu.«

»Mom«, stöhnte meine Mutter und klang genauso, wie ich noch vor ein paar Minuten geklungen hatte. Sie atmete einmal tief durch.

»Danke, das wäre sehr nett«, zischte sie dann durch zusammengebissene Zähne und begann, wild auf den Knoblauch einzuhacken.

Elftes Kapitel

Der ganze Stress in der Küche hatte sich echt gelohnt. Alleine beim Anblick des leckeren Essens lief mir schon das Wasser im Mund zusammen, ganz zu schweigen von dem köstlichen Duft, der das ganze Haus erfüllte.

Als es dann endlich an der Tür klingelte und meine Mutter loseilte, um unsere Gäste zu begrüßen, wurde ich leicht nervös. Zuerst kam Miranda ins Wohnzimmer, gefolgt von ihrem Mann Leonard. Ich begrüßte beide mit einer herzlichen Umarmung, ehe mein Blick den von Jacob traf.

Er sah so gut aus wie eh und je. Mit seinem Look hätte er perfekt auf die Strände Kaliforniens gepasst. Er sah aus wie der typische Surferboy. Er hatte kinnlange blonde Locken, blaue Augen und ein unglaublich schönes Gesicht.

»Hi, Bay-Bay«, sagte er lächelnd und umarmte mich kurz.

»Hi, Jake«, erwiderte ich leise.

»Nicht so schüchtern! Setzt euch!«, forderte Mom unsere Gäste auf, wofür ich ihr mehr als dankbar war, da so kein unangenehmes Schweigen zwischen Jacob und mir entstehen konnte.

Wir nahmen alle an dem großen Esstisch Platz, der einen Teil des Wohnzimmers in Anspruch nahm. Mom setzte mich zwischen Grandma und Jake, wofür ich ihr einen giftigen Blick zuwarf, den sie allerdings gar nicht bemerkte.

»Erzähl mal, Bailey, wie läuft es denn so an der Uni?«, fragte Miranda freundlich, während Dad den Truthahn tranchierte.

»Es läuft ganz gut. Es ist zwar viel Arbeit, aber ich komme zurecht«, antwortete ich.

»Es läuft ganz gut? Du hast etwa hundert Kurse belegt und schaffst es trotzdem irgendwie, nur gute Noten zu schreiben. Ich würde sagen, das ist mehr als nur ganz gut, Liebling«, sagte Mom mit unverhohlenem Stolz in der Stimme, und mir wurde ganz warm ums Herz.

»So viele Kurse sind es nun auch wieder nicht«, murmelte ich ein wenig verlegen.

»Du warst ja immer schon so ein schlaues Mädchen. Ich wusste, dass du die Uni mit links schaffen wirst«, meinte Miranda.

»Noch habe ich sie nicht geschafft. Ich habe noch gut eineinhalb Jahre vor mir«, warf ich ein, aber Miranda winkte diese Tatsache einfach ab.

»Das ist ja nicht mehr allzu lange. Wenn du es so weit geschafft hast, schaffst du den Rest auch noch.«

»Und wie läuft es bei dir, Jake?«, fragte Mom, und es entstand in etwa derselbe Dialog wie vorhin zwischen Miranda und mir, was mich zum Schmunzeln brachte.

Auch Jake musste grinsen.

Dann war es einige Minuten lang still, da jeder so damit beschäftigt war, sich Essen in den Mund zu schieben.

»Habt ihr das mit den Andersons schon gehört?«, fragte Mom nach einer Weile und bezog sich damit auf ein Ehepaar mittleren Alters, das in unserer Nachbarschaft lebte.

»Oh ja, die beiden lassen sich scheiden«, antwortete Miranda.

»Er soll sie ja betrogen haben«, flüsterte Mom, als hätte sie Angst, die Andersons könnten sie hören.

»Zu meiner Zeit hat man sich wegen eines kleinen Ausrutschers nicht gleich scheiden lassen«, meinte Gramps und lud sich noch ein wenig Kartoffelbrei auf seinen Teller.

»Stimmt, eine Scheidung wäre nicht nötig gewesen, ich hätte dich nämlich umgebracht«, konterte Grandma, woraufhin Gramps sich an seinem Essen verschluckte, während der Rest von uns versuchte, ein Lachen zu unterdrücken.

Mein Großvater sah Hilfe suchend zu meinem Dad, der nur mit den Schultern zuckte als wollte er sagen: »Tut mir leid, aber das hast du dir selbst eingebrockt.«

»Also für mich ist das auf jeden Fall keine große Überraschung«, warf Leonard ein. »Die Andersons haben auf mich noch nie wie ein besonders glückliches Paar gewirkt.«

Dadurch zettelte er eine Diskussion mit Grandma, Mom und Miranda an, die ihm alle sagten, dass Fremdgehen keine Lösung, sondern einfach nur feige sei. Leonard musste etwa dreimal wiederholen, dass er mit seiner Aussage keinesfalls Mr. Andersons Verhalten rechtfertigen wollte und er das genauso wie die Frauen sah, ehe sie endlich wieder von ihm abließen. Ich beobachtete währenddessen Gramps, der keinen Ton mehr von sich gab und sich stattdessen nur aufs Essen konzentrierte, wahrscheinlich aus Angst, mit einer falschen Bemerkung wieder Grandmas Zorn auf sich zu ziehen.

»Was nun wohl aus der kleinen Bäckerei wird, die die Andersons miteinander betrieben haben?«, fragte mein Dad nach einer Weile, was ihm einen dankbaren Blick von Leonard bescherte, da die Frauen nun ein anderes Thema hatten, über das sie diskutieren konnten.

Zu meiner Überraschung stellte ich fest, dass ich das Dinner sehr genoss. Es war gar nicht so schlimm, wie ich befürchtet hatte. Ich freute mich, dass Jakes Eltern mich immer noch ganz normal behandelten, genauso wie meine Eltern Jake. Und obwohl die Männer heute immer genau das Falsche zu sagen schienen, war die Stimmung trotzdem sehr ausgelassen. Jake und ich wechselten immer wieder belustigte Blicke, und ich war froh, dass es zwischen uns nicht unangenehm war.

Als wir mit dem Essen fertig waren und den Tisch abgeräumt hatten, brachte meine Mom Scotch und Wein. Alle waren gut gelaunt, und je mehr Alkohol floss, desto prächtiger schienen sie sich zu amüsieren.

»Sieh mal, was ich gefunden habe«, meinte Jake und zeigte mir eine fast volle Flasche Wein, die er hinter seinem Rücken versteckt hatte. »Glaubst du, es fällt deiner Mom auf, wenn sie weg ist?«

Ich warf einen Blick auf meine Mutter, die eindeutig schon ein wenig beschwipst war, zumindest deuteten ihre geröteten Wangen und ihr ständiges Gekicher darauf hin.

Ich schüttelte lachend den Kopf.

»Nein, ich glaube, nicht.«

»Sehr gut. Komm mit!« Er nahm meine Hand und zog mich hinter sich her die Treppe hoch und in mein Zimmer.

»Was machen wir hier?« Ich sah ihn mit hochgezogener Augenbraue fragend an.

»Ich dachte, das wäre offensichtlich.« Jake hielt grinsend die Weinflasche hoch. »Da wir beide noch nicht einundzwanzig sind, müssen wir wohl oder übel heimlich trinken.«

»Meine Eltern wissen, dass ich hin und wieder Alkohol trinke. Und deine wissen das doch ganz bestimmt auch.«

»Klar, aber es ist doch viel aufregender, wenn wir es heimlich tun«, meinte er zwinkernd und nahm einen Schluck, ehe er mir die Flasche reichte.

»Na schön«, gab ich nach und trank ebenfalls daraus.

»Und wie geht's dir so?«, fragte Jake, nachdem wir uns beide im Schneidersitz auf den Boden gesetzt hatten.

»Ganz gut. Wie geht's dir?«

»Auch alles gut. Hast du eigentlich einen neuen Freund?«

»Jake«, seufzte ich.

»Was denn? Man wird doch wohl noch fragen dürfen. Ich will einfach nur wissen, was so in deinem Leben los ist.«

»Ich habe keinen Freund. Und du?«

»Ich habe auch keinen Freund.«

»Ha-ha. Sehr witzig.« Ich boxte ihm spielerisch gegen die Schulter. »Du weißt, was ich meine.«

»Ich bin auch immer noch Single.« Er nahm mir wieder die Flasche ab. »Aber du hast doch wohl Dates, oder?«

»Ich hatte ein paar, ja.«

»Und da war keiner dabei, mit dem du dir mehr vorstellen könntest?«

»Nein, nicht wirklich.« Ich zuckte mit den Schultern.

»Also gibt es keinen besonderen Kerl in deinem Leben?«

Ich wollte gerade zu einer Antwort ansetzen, brach aber ab, da mir Jesse plötzlich in den Sinn kam.

»Also doch«, sagte Jake. »Also, wer ist der Kerl?«

»Da ist kein Kerl.«

»Oh, also eine Frau?«

»Nein, auch keine Frau.« Ich verdrehte die Augen.

»Schade«, meinte er, woraufhin ich ihm nur die Zunge rausstreckte.

»Reden wir nicht mehr über mein Liebesleben. Das ist zu frustrierend. Wie geht es eigentlich Danny?«

Daniel, oder Danny, wie ihn alle nannten, war Jacobs bester Freund. Sie gingen auf dieselbe Uni und teilten sich sogar ein Wohnheimzimmer. Ich hatte ihn von Anfang an gemocht. Er war zwar ein etwas schräger Vogel, aber gerade das machte ihn so liebenswert.

»Dem geht es gut und sein Liebesleben ist alles andere als frustrierend.«

»Er ist also immer noch mit Sky zusammen?«, fragte ich lachend, da ich mich nur zu gut an die Geschichten erinnern konnte, die Jake mir damals, als wir noch ein Paar gewesen waren, immer erzählt hatte.

»Oh ja. Man sollte meinen, nach so langer Zeit hätten die beiden es langsam satt, ständig und überall übereinander herzufallen, aber falsch gedacht. Mittlerweile machen sie sich nicht einmal mehr die Mühe, mich aus dem Zimmer zu werfen. Mitten in der Nacht fangen sie einfach an zu vögeln, obwohl ich nur einen Meter entfernt von ihnen schlafe.«

»Oh Mann, ist ja echt ätzend.« Ich versuchte, Mitgefühl zu zeigen, brach dann aber in lautes Gelächter aus.

»Jaja, lach nur über mein Leid.« Er warf eine Socke nach mir, die neben ihm auf dem Boden gelegen hatte.

Warum hatte ich mir eigentlich solche Sorgen gemacht? Jake war ein toller Kerl. Es war immer schon einfach gewesen, sich mit ihm zu unterhalten. Das hatte sich offenbar nicht geändert.

»Wir sollten mal wieder runtergehen«, schlug ich nach einer Weile vor, als wir die Flasche fast leer getrunken hatten, und erhob mich schwerfällig.

Jake tat es mir nach und stützte mich, als ich ins Wanken geriet.

»Manche Dinge ändern sich nie«, meinte er lachend.

»Was meinst du?«

»Du verträgst immer noch überhaupt keinen Alkohol.«

»Tja, wenigstens ist es billig, wenn ich mich betrinken will. Zwei oder drei Flaschen Bier und ich bin voll.«

»Ja, wirklich praktisch.« Er machte einen Schritt auf mich zu.

Seine Hände lagen immer noch auf meiner Hüfte.

»Jake«, flüsterte ich, da sein Gesicht plötzlich ziemlich nah vor meinem war, aber er sagte nichts, sondern sah mich nur an. Und dann küsste er mich plötzlich.

Keine Ahnung, ob es am Alkohol lag, daran, dass ich immer noch wütend auf Jesse war oder dass Jakes Küsse einfach so vertraut waren, aber ich wies ihn nicht zurück, sondern erwiderte den Kuss.

Er zog mich enger an sich, und ich legte meine Hände um seinen Hals.

Ich konnte seine Erektion fühlen, die sich fest gegen meinen Bauch drückte. Plötzlich legte er eine Hand auf meinen

Hintern und die andere glitt unter mein Kleid und zwischen meine Beine.

Ich war schon so lange nicht mehr da unten berührt worden, dass ich augenblicklich feucht wurde. Jake zog mein Höschen zur Seite und begann mich mit geschickten Fingern zu massieren. Er wusste ganz genau, wie er mich verrückt machen konnte, immerhin hatte er jahrelange Übung darin.

Keuchend presste ich mich gegen seine Handfläche und ließ mein Becken kreisen. Jake löste seine Lippen von mir, schob mich ein paar Schritte rückwärts und drückte mich hinunter aufs Bett, sodass ich genau an der Kante saß. Dann ging er vor mir auf die Knie, drückte meine Beine auseinander und legte seinen Mund auf meine intimste Stelle.

Ich wusste, dass das, was wir hier gerade machten, falsch war. Ich hätte ihn aufhalten müssen, aber es fühlte sich einfach zu gut an. Mit jedem Schlag seiner Zunge brachte er mich dem Orgasmus näher. Als er dann auch noch zwei Finger in mich gleiten ließ, war es völlig um mich geschehen. Ich krallte mich in seinen Haaren fest, warf den Kopf in den Nacken und stöhnte laut auf, als ich zitternd an seinem Mund kam. Als der Orgasmus vorbei war, sank ich rücklings auf die Matratze und legte einen Arm über meine Augen.

»Fuck, das habe ich so sehr vermisst«, hauchte Jake mit rauer Stimme.

Ich hörte, wie er den Reißverschluss seiner Hose öffnete, und dann lag er auch schon auf mir und begann, meinen Hals zu küssen. Jetzt, da ich befriedigt war und mich nicht mehr in diesem Nebel der Lust befand, konnte ich endlich wieder klar denken, was bedeutete, dass ich das hier ganz schnell beenden musste.

»Jake, stopp!«

Er hörte augenblicklich auf, mich zu küssen.

»Was ist los?«

»Geh bitte runter von mir«, bat ich, was er auch sofort tat.

Ich hievte mich hoch, stand auf und zog mein Kleid wieder runter.

»Habe ich was falsch gemacht?«, fragte Jake und sah mich leicht irritiert an.

»Es tut mir leid, aber ich kann nicht mit dir schlafen.«

»Oh, wow. Okay.« Er stand nun ebenfalls auf und machte seine Hose wieder zu. »Hätte dir das nicht früher einfallen können?«

»Jake«, sagte ich sanft und griff nach seinen Händen.

»Du willst mich also nicht? Denn vor ein paar Minuten sah das noch ein wenig anders aus.«

»Es liegt nicht an dir. Es ist nur ...«

»Also gibt es doch einen anderen?« Er ließ meine Hände los und machte einen Schritt rückwärts – weg von mir.

»Es ist kompliziert.«

»Na, das sagt doch schon alles.«

Er fuhr sich mit der Hand durch seine blonden Locken und schloss für ein paar Sekunden die Augen.

»Liebst du ihn?«, fragte er plötzlich.

»Nein, ich –«

»Was dann?«, unterbrach er mich. »Geht es nur um Sex?«

»Wir schlafen nicht miteinander«, stellte ich klar und verschränkte die Arme vor der Brust.

»Du empfindest nichts für ihn, schläfst aber auch nicht mit ihm. Hilf mir mal auf die Sprünge, ich sehe da nämlich kein Problem.«

»Ich sagte nicht, dass ich nichts für ihn empfinde. Ich weiß nur eben nicht so genau, was.«

»Doch, offensichtlich weißt du das, du willst es vielleicht nur nicht zugeben.«

Er seufzte schwer und kam dann wieder auf mich zu.

»Sag mir, dass du gerade nichts empfunden hast«, forderte er mich auf, nahm mein Gesicht in beide Hände und sah mich eindringlich an.

»Ich empfinde nämlich noch etwas für dich«, eröffnete er mir leise, als ich nichts erwiderte. »Ich habe nie aufgehört, dich zu lieben, Bay-Bay.«

»Jake.« Augen füllten sich mit Tränen. »Es tut mir so leid.«

Er ließ seine Hände so schnell sinken, als hätte er sich an mir verbrannt.

»Du empfindest also gar nichts mehr für mich?«

»Du wirst mir immer wichtig sein, Jacob. Du warst meine erste große Liebe.«

»Danach habe ich dich nicht gefragt. Liebst du mich noch, Bailey?«

»Nein«, antwortete ich kaum hörbar.

»Okay, und was war das dann gerade eben? Wolltest du noch einen letzten Orgasmus als Abschiedsgeschenk?«

»Nein, das war doch nicht geplant. Du hast damit angefangen –«

»Ja, und du hast mitgemacht, Bailey!«, rief er aufgebracht. »Du hast meinen Kuss erwidert, hast zugelassen, dass ich dich zum Orgasmus lecke.«

»Ich weiß, das hätte ich nicht tun sollen.« Die Tränen flossen nun in Strömen meine Wangen hinunter.

»Nein, hättest du nicht.«

»Ich wusste doch nicht, dass du so für mich empfindest. Wir haben beide was getrunken. Ich habe den Kuss aus Gewohnheit erwidert. Ich dachte, das wäre bei dir genau dasselbe.«

»Du machst es gerade echt nicht besser.«

»Ich weiß. Tut mir leid. Ich weiß nur nicht, was ich sagen soll, außer dass es mir leidtut. Ich wollte deine Gefühle nicht verletzen.«

»Schon okay. Ist ja nicht das erste Mal.«

»Wenn du von unserer Trennung sprichst, dann ist das echt unfair. Du hast mir zugestimmt –«

»Ja, weil es so einfacher war. Ich wusste, dass du so oder so mit mir Schluss machen würdest. Ich wollte nicht, dass du dich schuldig fühlst, deshalb habe ich gesagt, dass es für mich okay wäre und ich selbst schon darüber nachgedacht hätte. In Wahrheit hast du mich damit völlig überrumpelt. Ich habe danach gelitten wie ein Hund. Verdammt, ich leide immer noch, weil ich dich so sehr vermisse, dass es wehtut. Ich habe diesem Essen nur zugestimmt, weil ich gehofft habe, wir würden uns wieder annähern, aber das war offensichtlich ein Fehler.«

»Es tut mir leid, Jake«, schluchzte ich.

»Ja, das sagtest du schon. Ich sollte gehen.«

»Nein, warte. Ich will nicht, dass wir so auseinandergehen.«

»Du hast mein Herz gebrochen, Bailey. Ich kann nicht einfach so tun, als wäre nichts gewesen.«

»Ich weiß. Komm bitte her und nimm mich in den Arm.«

Er sah mich an, als hätte ich den Verstand verloren.

»Was soll das?«, fragte er, aber aus seinem Tonfall hörte ich heraus, dass er bereits nachgab.

»Ich brauche gerade ganz dringend eine Umarmung von dir, und ich glaube, die könntest du auch gebrauchen.«

Ich streckte die Arme nach ihm aus und wartete ab. Jacob sah mich ein paar Sekunden lang an, ehe er seufzte und mich dann in seine Arme schloss. Keine Ahnung, wie lange wir so dastanden und uns einfach nur festhielten, aber es fühlte sich an wie eine Ewigkeit und trotzdem viel zu kurz. Es tat mir in der Seele weh, ihm das Herz gebrochen zu haben, aber ich konnte nun mal nichts für meine Gefühle.

»Irgendwann wirst du über mich hinwegkommen und mir verzeihen. Du wirst ein tolles Mädchen kennenlernen, die dich auch wirklich verdient hat, und dann wirst du mir dafür danken, dass ich dich habe gehen lassen«, flüsterte ich, ehe ich mich aus der Umarmung löste.

»Mach's gut, Bailey«, erwiderte er nur und ließ mich dann

alleine in meinem Zimmer zurück. Ich wartete ein paar Minuten und schlich dann zur Treppe, wo ich mich auf den Boden kauerte und lauschte. Erst als ich hörte, dass Jake und seine Eltern sich verabschiedeten und dann das Haus verließen, traute ich mich, wieder runter zu den anderen zu gehen, die immer noch am Tisch saßen.

»Schätzchen, was ist denn passiert?«, fragte Mom, der mein verquollenes Gesicht als Erste auffiel.

Ich schüttelte nur den Kopf, setzte mich auf meinen Stuhl und nahm mir noch ein Stück Kürbiskuchen.

»Es geht um Jake, nicht wahr?«, fragte sie, woraufhin ich nur knapp nickte.

»Jetzt lass dir doch nicht alles aus der Nase ziehen. Erzähl uns schon, was vorgefallen ist«, forderte mich Grandma auf, und beinahe hätte ich gelacht. Meine Neugierde hatte ich offenbar von ihr geerbt.

»Er hat mich geküsst und mir dann gesagt, dass er mich noch immer liebt«, erzählte ich seufzend. Den Mittelteil ließ ich lieber aus.

»Na ja, das war doch ziemlich offensichtlich, oder?«, meinte Gramps, woraufhin ihn alle überrascht ansahen. »Was denn? Seid ihr etwa alle blind, oder was? Der Junge hat sie doch schon den ganzen Abend angeschmachtet wie ein verliebter Dreizehnjähriger.«

Damit brachte er nicht nur mich, sondern auch alle anderen zum Lachen.

»Wo er recht hat, hat er recht«, meinte Dad achselzuckend und nippte dann an seinem Glas Scotch.

»Der arme Junge«, seufzte Mom. »Er tut mir ja so leid. Herzschmerz ist echt beschissen.«

Yup, Mom hatte eindeutig schon ein wenig zu viel getrunken, denn normalerweise benutzte sie nie Worte wie „beschissen“.

»Er wird irgendwann darüber hinwegkommen. Zumindest hoffe ich das.«

»Natürlich wird er das«, stimmte Grandma mir zu. »Und mach dir bloß keine Vorwürfe deswegen. Du kannst nichts dafür, dass du seine Gefühle nicht erwiderst.«

»Nein, aber ich habe seinen Kuss erwidert. Keine Ahnung, warum. Das war ja so was von dämlich.«

»Du hast eben deinen Ex-Freund geküsst, glaub mir, das passiert fast jedem mal. Ihr beide habt eine gemeinsame Vergangenheit, da kann so ein Ausrutscher leicht passieren. Du konntest ja nicht wissen, dass er dich immer noch liebt, eure Trennung ist immerhin schon so lange her. Ihr beide wart eben nicht füreinander bestimmt. Früher oder später wird ihm das auch klar werden. Mach dir keine Sorgen, Schatz«, sagte Mom und schenkte mir ein aufmunterndes Lächeln.

Wir saßen noch eine Weile zusammen, bis Grandma und Grandpa sich schließlich auch verabschiedeten und nur noch meine Eltern und ich übrig waren.

»Da du gerade so gesprächig bist, willst du uns dann vielleicht verraten, warum du so niedergeschlagen warst? Geht es immer noch um denselben Jungen, wegen dem du schon vor ein paar Wochen mitten in der Nacht hier aufgekreuzt bist?«, fragte Dad, und es dauerte einige Sekunden, bis ich antworten konnte, da ich mich gerade an meiner Limo verschluckt hatte.

»Woher weißt du, dass es um einen Jungen ging? Ich habe euch damals nicht erzählt, was los war.«

»Bitte«, meinte Dad schmunzelnd. »Ich kenne doch meine Tochter. Und was hätte dich sonst dazu bringen können, wegzulaufen und Trost bei uns zu suchen – zwei Mal?«

Ich seufzte. Es war wohl an der Zeit, meine Eltern einzuweihen. Offensichtlich kannte mich niemand besser als sie und sie konnten mir bestimmt hilfreiche Ratschläge geben.

»Ja, es geht um einen Jungen«, gab ich zu, und dann erzählte ich ihnen die ganze Geschichte.

Zwölftes Kapitel

Am Sonntagvormittag verabschiedete ich mich von meinen Eltern und machte mich dann auf den Weg nach Hause. Ich konnte es kaum erwarten, Dawn wiederzusehen. Ich hatte meine beste Freundin vermisst, und vor allem wollte ich ihr unbedingt von dem Vorfall mit Jake erzählen. Ich hatte es ihr nicht am Telefon sagen wollen, und der Drang, mich ihr endlich anzuvertrauen, war von Tag zu Tag größer geworden.

Ich hatte keine Ahnung, ob Jesse schon zu Hause war, aber ich hoffte, nicht. Ich war noch nicht bereit, ihn zu sehen.

Als ich das Haus betrat, war es totenstill. Nirgendwo hörte ich einen Fernseher oder Musik laufen oder irgendwelche anderen Geräusche, die von der Anwesenheit eines anderen Menschen zeugten. Ich war wohl alleine. Ich brachte meine Reisetasche hoch in mein Zimmer, packte sie aus und sprang dann unter die Dusche.

Als ich wieder hinunter ins Wohnzimmer ging, saß dort bereits Dawn. Sie sprang auf, und wir fielen uns gegenseitig in die Arme, als hätten wir uns wochenlang nicht gesehen.

»Wo ist Zack?«, fragte ich, als wir uns endlich wieder eingekriegt hatten.

»Der kommt erst später. Wir sind getrennt gefahren. Er verbringt den Tag mit ein paar alten Freunden von der Highschool.«

»Oh, okay. Also sind wir alleine? Ich muss dir nämlich ganz dringend was erzählen.«

»Klingt spannend. Warte, dafür brauche ich eine Tasse Kaffee.«

Als wir uns beide mit Heißgetränken und Schokokeksen

eingedeckt hatten, machten wir es uns auf der Couch gemütlich.

»Los, erzähl!«, forderte Dawn mich auf und blies dann sachte in ihren Kaffee, damit er ein wenig schneller abkühlte.

»Meine Mom hat Jake und seine Eltern an Thanksgiving zu uns eingeladen.«

»Warte, was? Sie hat Jake eingeladen? Doch nicht deinen Ex-Freund Jake?«

»Genau den.«

»Also geht es bei der Geschichte um ihn?«

»Yup. Ich nehme es Mom nicht übel, dass sie die Bakers eingeladen hat. Es war das erste Thanksgiving ohne Loretta.«

»Oh, ja. Das hatte ich ganz vergessen«, sagte Dawn mitfühlend. »Und wie war es, ihn wiederzusehen? Auf Lorettas Beerdigung lief es ja nicht so prickelnd.«

Sie stützte einen Arm auf der Sofalehne ab, nippte vorsichtig an ihrem Kaffee und sah mich abwartend an.

»Es war eigentlich ganz okay. Wir haben uns gut verstanden. Nach dem Essen hat er eine Flasche Wein geklaut, und wir haben sie zusammen in meinem Zimmer getrunken.«

»Oh-oh. Ich ahne, worauf das hinausläuft.«

Ich überging ihren Satz und erzählte weiter.

»Erst hat er mich über mein Liebesleben ausgefragt. Das war schon ein wenig komisch, aber dann ging das Gespräch in eine andere Richtung, und wir hatten richtig viel Spaß. Ich war schon ein wenig angeheitert und meinte, wir sollten wieder runter zu den anderen gehen. Ich bin gestolpert und er hat mich festgehalten, und dann hat er mich geküsst.«

Dawn machte große Augen, sagte jedoch nichts.

»Und ich habe den Kuss erwidert.«

Dawn sog scharf die Luft ein und schlug die Hände vor den Mund. »Sag mir nicht, dass du mit ihm geschlafen hast!«

»Lass mich doch erst mal zu Ende erzählen.«

»Das heißt ja, oder?«

»Dawn«, ermahnte ich sie ungeduldig.

»Entschuldigung. Ich bin schon still.«

»Also, wir haben uns geküsst, dann war seine Hand plötzlich in meinem Höschen. Meine … na ja du weißt schon … hatte schon so lange keine männliche Zuwendung mehr und es hat sich so gut angefühlt, dass ich ihn nicht aufgehalten habe. Ich habe sogar zugelassen, dass er mich aufs Bett drückt und mich … ähm … oral befriedigt.«

»Er hat dich geleckt?«

»Pscht, nicht so laut!«

»Warum? Ist doch niemand hier außer uns beiden.« Sie verdrehte die Augen. »Und wie war's? Gut?«

»Ja, verdammt gut. Wenn man jahrelang zusammen war, weiß man ganz genau, was dem anderen gefällt und wie man ihn am besten zum Orgasmus bringt.«

»Und dann?«, wollte sie wissen.

»Dann wollte er mit mir schlafen, aber ich habe ihm gesagt, dass ich das nicht kann.«

»Oh, also ist er leer ausgegangen? Muss ja ziemlich frustrierend gewesen sein.«

»Wenn es nur das gewesen wäre«, murmelte ich und ließ meinen Kopf auf die Sofalehne sinken. »Er hat mir gesagt, dass er mich immer noch liebt.«

Den Teil unseres Gesprächs, wo es um Jesse gegangen war, ließ ich vorerst lieber aus.

»Was?«

»Er hat mir gesagt, dass er mich liebt und mich gefragt, ob ich auch noch etwas für ihn empfinde.«

»Und? Tust du das denn? Empfindest du noch was für ihn?«

Ich schüttelte den Kopf und schlug mir die Hände vors Gesicht. »Es war furchtbar, Dawn. Du hättest sein Gesicht sehen sollen. Er sah so traurig und gequält aus. Ich habe ihm das Herz gebrochen, das hat er selbst gesagt.«

»Oh Mann, das tut mir leid. Ist er dann einfach gegangen?«

»Nein. Ich habe angefangen zu heulen und wollte nicht, dass wir so auseinandergehen, also habe ich ihn gebeten, mich zu umarmen.«

»Und das hat er gemacht?«, fragte sie ungläubig und schob sich einen Keks in den Mund. »Der arme Kerl. Er muss wirklich verrückt nach dir sein.«

»Ich denke, das haben wir beide in diesem Moment einfach gebraucht. Wir haben ewig nur so dagestanden und uns gegenseitig festgehalten. Dann ist er gegangen.«

»Und, hast du seitdem etwas von ihm gehört?«

»Nein, und ich glaube, das werde ich so schnell auch nicht.«

Ich stöhnte und presste mir die Handballen fest gegen die Augen.

»Ich bin so was von bescheuert. Ich hätte ihn nicht küssen dürfen, und ich hätte mich schon gar nicht auf mehr einlassen dürfen. Das hat alles nur noch schlimmer gemacht. Ich bin so eine blöde Kuh. Ich habe ihm Hoffnungen gemacht und sie gleich wieder zerstört.«

»Du hattest doch keine Ahnung, dass er dich immer noch liebt. Du kannst also nichts dafür.«

»Ich hätte es aber wissen müssen. Ich kenne ihn doch. Er hat mich immer noch genauso angesehen wie früher, das hätte mir klarmachen müssen, dass er immer noch Gefühle für mich hat.«

»Mach dir keine Vorwürfe, Süße. Ich weiß, es ist echt scheiße, aber früher oder später wird er darüber hinwegkommen. Und jetzt da er weiß, dass es für euch keine Hoffnung mehr gibt, kann er vielleicht endlich von dir loskommen.«

»Das hoffe ich.«

»Bestimmt.«

»Reden wir am besten nicht mehr darüber. Ich bekomme

schon Kopfschmerzen davon. Was war bei dir so los?«, fragte ich und schnappte mir einen Keks.

»Nichts annähernd so Aufregendes«, meinte Dawn seufzend und griff ebenfalls zu.

Plötzlich hörten wir ein Geräusch aus der Küche. Es klang, als wäre gerade etwas zu Bruch gegangen. Dawn und ich fuhren beide hoch und sahen uns erschrocken an.

»Was war das?«, flüsterte sie.

»Keine Ahnung. Ist jemand im Haus?«, fragte ich, und sofort bekamen wir es beide mit der Angst zu tun.

Wir nahmen uns gegenseitig an der Hand und schlichen auf Zehenspitzen in die Küche. Ich zuckte vor Schreck zusammen, als ich Jesse am Boden kauern und die Scherben einer zerbrochenen Tasse auffegen sah.

»Jesse?«, rief ich überrascht. »Seit wann bist du denn zu Hause?«

»Schon seit gestern Abend«, antwortete er und klang dabei ziemlich wütend, als könnten wir etwas dafür, dass er die Tasse hatte fallen lassen.

»Ich habe dich gar nicht gehört. Warst du in deinem Zimmer?«

»Nein, ich war im Jungszimmer. Ich wollte euch beide nicht stören.«

Also hatte er gehört, dass Dawn und ich miteinander geredet hatten? Und wenn ja, was genau hatte er gehört?

»Oh.« Ich stieg unsicher von einem Fuß auf den anderen. »Und wie war dein Thanksgiving so?«

»Auf jeden Fall nicht so ereignisreich wie deines«, knurrte er.

Ich sah Dawn Hilfe suchend an, doch sie zuckte nur unbeholfen mit den Schultern und ging zurück ins Wohnzimmer.

»Du hast unser Gespräch also belauscht?«

»Belauscht würde ich nicht gerade sagen. Ihr beide wart ja fast nicht zu überhören.«

»Okay, und jetzt bist du wütend auf mich? Weil ich was mit meinem Ex-Freund hatte?«

»Nein, warum sollte ich? Du kannst dich lecken lassen von wem auch immer du willst.« Er erhob sich und warf die Scherben in den Mülleimer.

Ich konnte fühlen, wie mein Gesicht heiß wurde, ignorierte es aber. Allmählich ging es mir echt auf den Keks, dass dieser Mistkerl mich ständig zum Erröten brachte.

»Wo willst du denn hin?«, wollte ich wissen, als er mir den Rücken zuwandte und in Richtung Jungsraum davonging.

»Wonach sieht es denn aus?«, brummte er, verschwand durch die Tür und knallte sie hinter sich so fest zu, dass ich zusammenzuckte.

Wütend stampfte ich ihm hinterher. Er saß auf dem Sofa und starrte auf den Bildschirm des Fernsehers, auf dem er anscheinend gerade irgendein Videospiel gespielt hatte.

»Was soll der Mist, Jesse?«

»Du stehst im Bild«, sagte er unbeeindruckt und griff nach dem Playstationcontroller.

»Lass den Unsinn und rede gefälligst mit mir«, verlangte ich und riss ihm den Controller aus der Hand.

»Was gibt es denn da zu bereden? Du hattest seit einer Ewigkeit wieder mal einen Orgasmus. Gratuliere. Sind wir jetzt fertig?«

»Nein, wir sind noch lange nicht fertig, Freundchen.«

»Freundchen?« Er lachte gekünstelt. »Wer bist du? Meine Mom? Was kommt als Nächstes? Schimpfst du mich aus, weil ich mein Zimmer nicht aufgeräumt habe? Bekomme ich jetzt Hausarrest?«

In diesem Moment war ich so sauer auf ihn, dass ich am liebsten geschrien hätte. Außerdem war ich frustriert und einfach nur enttäuscht. Ich hasste es, wie er mich gerade behandelte und dass er mich nicht genug respektierte, um normal mit mir zu reden und mir einfach mal klipp und klar zu sagen, was eigentlich Sache war.

Mir kamen die Tränen, und ich konnte nichts dagegen tun. »Weißt du was, ich geb's auf. Ich habe keine Lust mehr auf diese Scheiße«, sagte ich resigniert.

Ich ging nicht zurück ins Wohnzimmer, sondern direkt in mein Zimmer. Ich wollte gerade einfach alleine sein und meinem Ärger Luft machen.

Das Alleinsein hielt genau zwei Minuten an, dann stand Dawn vor der Tür.

»Alles okay?«, fragte sie und sah mich besorgt an.

»Ja, ich brauche nur einen Moment für mich.«

»Okay. Ruf mich einfach, wenn du mich brauchst. Egal ob zum Reden oder für eine Umarmung. Ich bin da.«

»Danke«, schniefte ich.

Vier Minuten später klopfte es erneut an meine Tür. Dieses Mal war es Jesse.

Wie immer machte er sich gar nicht erst die Mühe, auf mein „Herein" zu warten, sondern betrat einfach unaufgefordert mein Zimmer.

»Hey«, sagte er leise und klang nun nicht mehr wütend.

»Was willst du?«, fuhr ich ihn an.

»Es tut mir leid. Ich habe mich wie ein richtiger Trottel benommen.« Er legte den Kopf schief und sah mich an.

Eine Hand lag in seinem Nacken, die andere steckte in seiner Hosentasche. Er sah so verunsichert aus, dass es richtig süß war. Doch ich wollte ihn im Moment nicht süß finden. Ich wollte ihn anbrüllen und ihm eine verpassen und ihm sagen, er solle sich gefälligst wie ein richtiger Mann verhalten.

»Ja, das hast du«, bestätigte ich kalt und sah aus dem Fenster, um ihn nicht mehr ansehen zu müssen.

Ich hörte, wie er näher kam und sich neben mich aufs Bett setzte.

»Okay, reden wir mal Klartext«, sagte er, und plötzlich begann mein ganzer Körper zu kribbeln.

»Soll heißen?«, fragte ich und versuchte, so unbeeindruckt wie möglich zu klingen.

»Versprichst du, mich ausreden zu lassen, ehe du deinen Senf dazu gibst?«

Ich schnaubte verächtlich, nickte dann aber, sah ihn allerdings immer noch nicht an.

»Ich sollte dir vielleicht gestehen, dass ich mich ein klein wenig in B.Nice verknallt habe.«

Mein Kopf schnellte zu ihm herum, und ich sah ihn mit großen Augen an, sagte jedoch nichts.

»Ich fand B von Anfang an toll. Sie war witzig, intelligent, tiefgründig. Ich konnte ihr alles erzählen, und sie wurde schnell zu meiner besten Freundin, was ehrlich gesagt ziemlich traurig ist.«

Er lachte auf, und so sehr ich auch versuchte, es zu unterdrücken, stahl sich trotzdem ein kleines Schmunzeln auf meine Lippen.

»Dann habe ich erfahren, dass du B bist, und ich will dir ja nicht zu nahetreten, aber du hast dich mir gegenüber nicht gerade von deiner besten Seite gezeigt und warst alles andere als nett zu mir. Es war verwirrend, diese zwei Persönlichkeiten miteinander in Verbindung zu bringen und zu einer zu machen. Doch dann wurden wir Freunde, und die Grenzen sind immer mehr verschwommen. Ich habe immer mehr von B in dir gesehen und das … na ja, das hat mich noch mehr durcheinandergebracht. Weißt du, manchmal vermisse ich B einfach so schrecklich, und dann würde ich am liebsten unsere gesamte Vergangenheit in den Müll werfen, um dich als C kennenlernen zu können. Ich glaube nämlich, dass B und C zusammen echt toll gewesen wären. Aber Bailey und Jesse … bei den beiden ist es ein wenig komplizierter.«

»Ich weiß ganz genau, was du meinst«, seufzte ich, da ich

einfach nicht länger still sein konnte. »Mir geht es mit dir ganz genauso, Jesse. Und das verwirrt mich mehr, als ich in Worte fassen kann. Ständig muss ich daran denken, dass du dieser Kerl bist, in den ich mich verknallt habe, obwohl ich ihn noch nie zuvor gesehen hatte, und dann frage ich mich, was gewesen wäre, wenn wir uns vorher noch nicht gekannt hätten. Erinnerst du dich noch daran, als du gesagt hast, dass es verdammt schwer ist, jemanden aus einer Schublade zu holen, in die man ihn zuvor gesteckt hat? Ich glaube nämlich, genau das ist das Problem. Du warst lange immer nur der oberflächliche, eingebildete Aufreißer für mich, und ich war für dich nur die angriffslustige, prüde Zicke. Und es ist schwer, uns aus diesen Schubladen zu befreien, vor allem weil der Aufreißer und die Zicke ja Teile von uns sind, auch wenn das lange nicht alles ist, was wir sind.«

»Ja, da hast du recht.« Jesse seufzte schwer, als würde er sich für etwas wappnen. »Vielleicht ist es an der Zeit, B und C loszulassen. Ich meine, beim Chatten haben wir beide uns nur von der Seite gezeigt, die wir den anderen sehen lassen wollten. Im echten Leben mit unseren vollständigen Persönlichkeiten harmonieren wir eben nicht so gut miteinander, aber wenigstens konnten wir durch StateSingles Freunde werden, und das ist doch schon was.«

»Mhm«, murmelte ich und sah hinunter auf meine Knie.

»Und es tut mir wirklich leid, dass ich mich wie ein eifersüchtiger Vollidiot benommen habe. Ich glaube, ich habe unterbewusst gedacht, ich hätte Besitzansprüche auf dich, was völliger Unsinn ist.« Er lachte auf. »Ich meine, zwischen uns ist nie was gelaufen außer ein bisschen chatten, und seien wir mal ehrlich, wahrscheinlich wäre auch dann nichts aus uns geworden, wenn wir uns nicht schon vorher gekannt hätten. Ich bin einfach kein Beziehungsmensch. Also, vielleicht sollten wir endlich aufhören, uns zu fragen, was wäre wenn, und einfach froh sein, dass wir – dadurch, dass wir uns schon kannten – diese Sache zwischen uns sofort unterbunden haben, ehe mehr daraus werden konnte.«

»Stimmt, das hätte sicher in einer Katastrophe geendet. Also vergessen wir B und C ein für alle Mal und sind einfach wieder Bailey und Jesse«, meinte ich und lächelte schwach.

»Ja, das ist bestimmt das Beste. Ehrlich gesagt fand ich diese verwirrenden Gefühle alles andere als prickelnd. Es ist einfach nur anstrengend und führt im Endeffekt doch zu nichts. Ich bin froh, dass wir das endlich klären konnten.«

»Ja, ich auch.« Ich erwiderte sein Lächeln.

»Gut, wir sehen uns, Kumpel«, meinte er zwinkernd, klopfte mir zweimal auf den Oberschenkel und ging dann einfach.

Es war eine Wohltat, endlich dieses gefakte Grinsen ablegen zu können, sobald er weg war. Eigentlich hatte ich beim Beginn dieses Gesprächs mit einem ganz anderen Ausgang gerechnet, aber was hatte ich mir nur dabei gedacht? Er war schließlich immer noch Jesse Carter. Er war es nicht gewesen, der sich in mich verknallt hatte. C, dieser kleine Teil von ihm, hatte sich in B verknallt, einen kleinen Teil von mir. Das Gesamtpaket fand er nicht ganz so liebenswert. Seine Eifersucht war nicht wegen mir gewesen, sondern wegen diesem anonymen, netten Mädchen, mit dem er wochenlang gechattet hatte. Ich war nur einer seiner Kumpels.

Nur blöd, dass wir dieses Gespräch nicht schon vor ein paar Tagen geführt hatten, ehe meine Eltern mich dazu gedrängt hatten, mich endlich meinen Gefühlen zu stellen und ich mir daraufhin selbst eingestehen musste, dass ich mich nicht nur in C, sondern in Jesse Carter verliebt hatte – in das Gesamtpaket.

Mit Gefühlen ist das manchmal so eine Sache, wenn man sich strikt weigert, sie sich einzugestehen und zu viel darüber nachzudenken, sind sie nicht wirklich vorhanden, weil sie nur unterbewusst existieren. Aber wenn man sich ihnen stellt und sie erst einmal zulässt, ist es so gut wie unmöglich, sie wieder abzustellen und zurück in den verborgensten Teil deines Herzens zu sperren.

Ich ließ mich stöhnend zurück auf die Matratze fallen. Ich hätte so gerne die Zeit wieder zurück zu dem Moment gedreht, als Jesse einfach nur Carter, mein nervtötender Mitbewohner, gewesen war und nicht mehr. Nicht so viel mehr.

Dreizehntes Kapitel

Ich nickte mir selbstbewusst im Spiegel zu, ehe ich hinunter zu Dawn ging, die im Wohnzimmer auf mich wartete. Heute war Ladies Night und irgendwie war es mir gelungen, Dawn zu überreden in einen Klub zu gehen. Eigentlich war ich ja nicht gerade ein Partygirl, doch ich musste einfach mal raus und abschalten. Es war anstrengend, ständig über Jesse nachzudenken, aber so oft ich meinem Gehirn auch befahl, damit aufzuhören, es wollte einfach nicht auf mich hören. Deshalb war ich zu dem Entschluss gekommen, dass es mir vielleicht ganz guttun würde, mit meiner besten Freundin auszugehen, ein paar leckere Cocktails zu schlürfen und zu tanzen. Vielleicht hätte mein Kopf dann wenigstens *eine* Jesse-freie Nacht. Außerdem hatte ich die Hoffnung, dass die Gäste eines Nachtklubs ein wenig reifer waren als die ganzen Idioten auf den Collegepartys.

Dawn hatte natürlich keine Ahnung, dass ich nur ausgehen wollte, um mich von Jesse abzulenken, denn ich hatte ihr nichts von meinen Gefühlen, die ich für ihn hegte, erzählt. Warum auch? Es würde ohnehin nie etwas aus uns werden. Weshalb also Zeit damit verschwenden, darüber zu reden?

»Wow, du siehst echt heiß aus!« Dawn stieß einen leisen Pfiff aus.

Normalerweise kleidete ich mich nicht allzu aufreizend. Ich trug zwar gerne mal sexy Klamotten, aber ich gab immer acht, dass sie nicht *zu* sexy waren, da ich auf keinen Fall billig wirken wollte. Aber heute hatte ich mich einfach mal aufstylen wollen. Ich trug ein enges, schwarzes Kleid, das – mithilfe meines Wonderbras – ein Wahnsinnsdekolleté zauberte. Es reichte mir nicht einmal ganz bis zur Mitte meiner Oberschenkel, was bedeutete, dass ich darauf achten musste, mich nicht zu bücken. Dazu trug ich meine schwarzen Overknee-Stiefel, die das Outfit noch ein wenig heißer machten. Meine Haare hatte ich offengelassen. Da sie von Natur aus schön gewellt waren, hatte ich nicht allzu viel damit machen müssen. Meine Augen hatte ich dunkel geschminkt, und ich trug dunkelroten Lippenstift.

»Danke. Du aber auch«, sagte ich und bewunderte kurz meine beste Freundin.

Sie trug ein rotes Kleid, das nicht ganz so kurz war wie meines, aber einen tieferen Ausschnitt hatte. Da Dawn eine atemberaubende Figur besaß, sah sie in allem scharf aus, aber in diesem Kleid würde sie bestimmt alle Blicke auf sich ziehen.

»Scheiße, wie seht ihr denn aus?«, fragte Jesse, der – gefolgt von Zack – das Wohnzimmer betrat.

Sofort wandte ich meinen Blick von ihm ab, konnte aber fühlen, wie er mich abcheckte.

Seit unserem Gespräch vor ein paar Tagen versuchte ich, mich ihm gegenüber so normal wie möglich zu verhalten, was allerdings gar nicht so einfach war, weshalb ich ihm hauptsächlich aus dem Weg ging.

»Heute ist Ladies Night«, erklärte Zack trocken.

»Du kannst gerne mitkommen, wenn du willst. Das ist kein Problem für uns«, meinte Dawn, woraufhin ich ihr einen bösen Blick zuwarf, den sie allerdings nicht bemerkte. Was war denn an Ladies Night bitte so schwer zu verstehen? Keine Jungs! Ich wollte einfach mit meiner besten Freundin ausgehen, tanzen und Spaß haben.

»Nein, danke. Kein Bedarf. Ich stehe nicht so auf Klubs«, lehnte Zack zu meiner Erleichterung ab.

»Ach was, komm schon Zacky, es ist Samstagabend. Zu Hause rumhocken kannst du die ganze Woche lang, aber heute wird gefeiert! Wir können die Mädels doch nicht alleine losziehen lassen, wenn sie so angezogen sind«, sagte Jesse, und ich musste meine gesamte Selbstbeherrschung aufbringen, um nicht laut aufzustöhnen.

War das sein Ernst? Ich wollte ausgehen, um mich von ihm abzulenken. Das würde schwer werden, wenn er mitkam.

»Ich will euch ja nicht den Spaß verderben, Jungs«, brummte ich leicht gereizt, »aber das sollte ein Frauenabend werden, also …«

»Ach komm, lass sie mitgehen. Wird bestimmt lustig«, meinte Dawn.

Tja, ich war selbst schuld. Ich hätte ihr einfach sagen sollen, was mit mir los war, dann hätten wir jetzt schon zu zweit in einem Taxi sitzen und uns auf einen lustigen Abend freuen können.

»Ja genau, das wird bestimmt lustig«, wiederholte Jesse Dawns Worte zwinkernd. »Also beweg deinen faulen Arsch, Zack. Wir gehen mit den Mädels in einen Klub.«

Eine halbe Stunde später stand ich zwischen Dawn und Jesse an der Bar und nippte an einem süßen Cocktail, während ich angestrengt versuchte, Jesse nicht zu nahe zu kommen.

Obwohl Dawn sich unter so vielen Menschen eigentlich ziemlich unwohl fühlte, war sie erstaunlich gut gelaunt. Das lag wahrscheinlich an dem Piña Colada, von dem sie nun schon das zweite Glas trank. Er schien ihr ziemlich gut zu schmecken.

Vielleicht konnte ich sie ja dazu überreden, auf die Tanzfläche zu gehen, dann wären wir endlich weg von den Jungs.

»Du siehst heute übrigens echt heiß aus«, raunte mir Jesse plötzlich ins Ohr, woraufhin ich ihm einen vernichtenden Blick zuwarf. Die Gänsehaut, die sich bei seinen Worten auf meinem Körper ausgebreitet hatte, ignorierte ich.

»Was? Guck mich nicht so an, Adams. Das war ein ernst gemeintes Kompliment.«

»Halt einfach die Klappe, Carter«, zischte ich und bestellte dann zwei Tequila, einen für mich und einen für Dawn.

»Mach mal lieber langsam, Tequilaqueen«, meinte Jesse stirnrunzelnd, aber ich ignorierte ihn.

Da Dawn genauso trinkfest war wie ich – also praktisch gar nicht –, stieg nicht nur mir der Alkohol langsam zu Kopf.

»Gehen wir tanzen?«, fragte ich und sie stimmte kichernd zu.

Erleichtert nahm ich sie an der Hand und zog sie schnell weg von den Jungs auf die Tanzfläche. Wir begannen uns im Rhythmus der Musik zu bewegen, und endlich konnte ich meinen Kopf abschalten und ein wenig Spaß haben. Es dauerte nicht lange, da wurde eine Gruppe von drei Jungs auf uns aufmerksam. Sie kamen uns tanzend näher und fragten, ob sie uns auf einen Drink einladen dürften. Ich stimmte zu, ehe Dawn Einspruch erheben konnte und lotste die Kerle an das Ende der Bar, das am weitesten von Jesse und Zack entfernt war.

Die Typen stellten sich uns als Evan, Scott und Thomas vor. Sie waren alle drei ziemlich attraktiv, aber Evan gefiel mir am besten. Außerdem hatte er einen irischen Akzent, den ich sehr anziehend fand.

Die Jungs spendierten Dawn und mir je einen Longdrink und bestellten zusätzlich noch eine Runde Shots.

Evan fühlte sich eindeutig zu mir hingezogen, denn seine Hände waren ständig auf mir. Er legte seinen Arm um meine Schultern und zog mich näher an sich heran. Dann lag seine Hand auf meiner Taille oder glitt hinunter zu meiner Hüfte. Ich hatte eigentlich nicht vorgehabt, mit irgendwelchen Jungs zu flirten, aber Evan war eine willkommene Ablenkung, und ein kleiner Flirt konnte ja nicht schaden. Mit seinen Gesten hatte er mich bei seinen Kumpels praktisch für sich beansprucht, was bedeutete, dass Scott und Thomas nun um Dawn buhlten, die sich noch nicht ganz sicher zu sein schien, welchen der beiden sie besser fand – oder ob sie überhaupt einen der beiden wollte.

Die Jungs bestellten noch mehr Drinks. Wir lachten zusammen, flirteten und hatten einfach Spaß. Ich hatte beinahe vergessen, dass Jesse und Zack auch noch irgendwo in diesem Klub waren.

Alles war gut. Ich amüsierte mich, flirtete mit einem süßen Kerl und alberte mit meiner besten Freundin herum. Doch leider blieb es nicht dabei.

»Bailey! Ich muss mal auf die Toilette!«, schrie Dawn mir nach einer Weile ins Ohr.

»Okay, gehen wir. Sind gleich wieder da«, versicherte ich den Jungs, nahm Dawn an die Hand und zog sie hinter mir her in Richtung der Toiletten.

»Oh nein, da stehen viel zu viele an«, beschwerte sich Dawn und wankte ein wenig hin und her. »Bailey, mir ist so schlecht. Ich muss mich gleich übergeben.«

»Du musst noch ein wenig durchhalten. Schaffst du das?«

Sie nickte und würgte plötzlich leicht, woraufhin sie schnell den Kopf schüttelte. »Nein, ich schaffe es nicht. Mir kommt's gleich hoch!« Sie presste sich die Hand vor den Mund.

»Shit«, fluchte ich und zwängte mich dann einfach an den anderen Frauen vorbei, die sich sofort lautstark beschwerten.

»Entschuldigung, aber das ist ein Notfall«, wiederholte ich immer wieder, bis wir schließlich den Anfang der Schlange erreicht hatten.

Als eine Kabine frei wurde, schob ich Dawn hinein, und zwar keine Sekunde zu früh. Ich hatte die Tür noch nicht einmal hinter uns geschlossen, da begann sie schon, sich zu übergeben. Ich hielt ihr die Haare aus dem Gesicht und konzentrierte mich angestrengt auf einen Fleck an der Wand, damit mir nicht ebenfalls schlecht wurde.

Etwa fünfzehn Minuten später saß Dawn zusammengekauert auf dem ekligen Boden. Es schien endlich alles raus zu sein, aber trotzdem war der Abend für sie wahrscheinlich gelaufen. Sie sah echt hundeelend aus.

»Ich will nach Hause«, jammerte sie gequält.

»Hab ich mir schon gedacht«, seufzte ich. »Komm, wir rufen uns ein Taxi und fahren.«

»Nein, bleib du noch da und hab Spaß. Zack soll mich nach Hause bringen. Er hat sowieso keine Lust darauf, hier zu sein.«

Dieser Plan gefiel mir ganz und gar nicht.

»Ach nein, lassen wir ihn in Ruhe. Wir sollten einfach gehen.«

»Nein. Ich will, dass du hierbleibst und Spaß hast. Zack soll mich begleiten«, lallte sie und versuchte, aufzustehen, was ihr ohne meine Hilfe wahrscheinlich nie gelungen wäre. Ich legte mir ihren Arm um meine Schultern und schlang meinen um ihre Taille, um sie zu stützen. Kaum hatten wir die Toiletten verlassen, standen plötzlich Jesse und Zack vor uns.

»Hier seid ihr! Wir haben euch schon überall gesucht!«, sagte Jesse anklagend.

»Dawn? Alles in Ordnung?«, fragte Zack und musterte seine Schwester besorgt.

»Sie hat ein bisschen zu viel erwischt. Sie will, dass du sie nach Hause bringst. Ist das in Ordnung?«, fragte ich, woraufhin Zack sofort zustimmend nickte.

»Klar. Komm her, Schwesterherz«, seufzte er und nahm sie mir ab.

»Kommst du nicht mit?«, fragte Jesse.

»Nein, ich bleibe noch hier. Ich habe noch einen vollen Drink, der ausgetrunken werden will.«

»Denkst du nicht, dass du schon genug hattest? Sonst

musst du in spätestens einer halben Stunde genauso rausgeschleift werden wie Dawn«, meinte Jesse.

»Ich komme schon klar, *Dad.* Fahrt ruhig ohne mich.«

»Ja, genau«, schnaubte er. »Denkst du wirklich, ich würde dich hier alleine lassen?«

»Ich bin schon ein großes Mädchen, Jesse. Außerdem habe ich ein paar nette Typen getroffen, zu denen ich wieder zurück muss. Ich bin also nicht alleine.«

»Keine Chance. Ich bleibe hier. Irgendwer muss ja auf dich aufpassen.«

»Wir müssen jetzt auf jeden Fall gehen. Macht's gut, ihr beiden«, sagte Zack und ging dann mit Dawn in Richtung Ausgang.

Nun war ich mit Jesse alleine. Perfekt. Absolut Perfekt.

»Wo willst du hin?«, fragte Jesse, als ich mich einfach umdrehte und davonging. Er lief mir natürlich sofort hinterher.

»Ich sagte doch, dass ich ein paar nette Jungs kennengelernt habe. Zu denen will ich wieder zurück.«

»Um was zu tun?«

»Ähm … Spaß haben?«

»Was verstehst du denn unter Spaß, Adams?«

»Auf jeden Fall nicht das, was du glaubst, Carter. Ich will nur mit ihnen quatschen und ein wenig trinken.«

Ich war erleichtert, als ich die Jungs an derselben Stelle vorfand, wo ich sie zurückgelassen hatte und bahnte mir sogleich einen Weg durch die Menschenmenge zu ihnen.

»Hey, da bist du ja wieder«, rief Evan und zog mich an der Hüfte wieder direkt neben sich. »Ich hatte schon Angst, dass du nicht mehr zurückkommst.«

»Wo ist denn deine Freundin?«, wollte Scott wissen, ehe ich Evan antworten konnte.

»Der geht es nicht so gut. Ihr Bruder bringt sie nach Hause.«

»Ist ja echt scheiße«, murmelte er und kippte noch einen Kurzen.

Jesse stellte sich plötzlich genau neben mich und räusperte sich laut.

»Oh ja, Jungs, das ist übrigens Jesse, einer meiner Mitbewohner. Jesse, das sind Evan, Scott und Thomas.«

Jesse nickte ihnen nur knapp zu.

»Willst du noch einen?«, fragte mich Evan und deutete auf den letzten vollen Shot, der offenbar für ihn gedacht gewesen war.

»Ich glaube, sie hatte genug«, knurrte Jesse, und ich musste mich echt zusammenreißen, um ihm keine Standpauke zu halten, dass er sich gefälligst aus meinen Angelegenheiten heraushalten sollte. Stattdessen ignorierte ich ihn einfach.

»Sehr gerne«, antwortete ich Evan, während ich ein falsches Lächeln aufsetzte. Eigentlich hatte ich schon mehr als genug getrunken, aber ich konnte nicht ablehnen, da Jesse sonst vielleicht gedacht hätte, ich hätte das ihm zuliebe getan. Diese Genugtuung wollte ich ihm nicht geben.

Evan beugte sich vor, um mir etwas ins Ohr zu flüstern. Na ja, lautstark zu flüstern, da ich ihn bei diesem Lärm sonst nicht gehört hätte.

»Ich bin echt froh, dass du wieder da bist. Weißt du, du bist die erste interessante Frau, die ich seit einer Ewigkeit kennengelernt habe.«

Kichernd lehnte ich mich bei ihm an.

»Danke, auch wenn du das wahrscheinlich zu jeder Frau sagst.« Ich kniff ihm spielerisch in die Schulter.

»Das war mein voller Ernst. Ich schwöre!« Er legte sich feierlich eine Hand auf die Brust.

»Ja, ist klar«, lachte ich.

Er beugte sich vor, um mir einen Kuss auf die Wange zu geben – ziemlich nah an meinem Mund.

»Du riechst übrigens verdammt gut«, meinte er, und ich

nahm an, dass er die Zeit, die ich weg gewesen war, genutzt hatte, um einiges zu trinken, da er nun definitiv noch mutiger war als zuvor.

»Ähm, danke«, murmelte ich lächelnd und sah ihn überrascht an, als seine Hand plötzlich auf meinem Hintern lag.

Ich hatte mich zwar auf den Flirt mit ihm eingelassen, aber das ging mir doch ein wenig zu weit. Vor allem wollte ich nicht, dass Jesse das mitbekam, also schob ich Evans Hand schnell wieder nach oben, sodass sie nicht mehr auf meinem Hintern sondern auf meiner Taille lag.

Ich sah hinüber zu Jesse, der sich gerade mit Scott und Thomas unterhielt. Eigentlich hatte ich gehofft, dass es ihm zu blöd werden würde, mit diesen fremden Kerlen abzuhängen, aber er blieb, wo er war und ließ mich nicht aus den Augen.

Evan sagte etwas, das ich nicht verstand, und als ich nachfragte, sagte er nichts, sondern beugte sich stattdessen vor, um mir noch einen Kuss zu geben. Doch dieses Mal visierte er deutlich meinen Mund an. Ich drehte schnell meinen Kopf weg, wodurch er wieder nur meine Wange traf.

»Willst du tanzen?«

Ich wandte den Blick von Evan ab und sah Jesse überrascht an. Da ich die einzige Frau im näheren Umkreis war, und er wohl kaum Scott oder Thomas um einen Tanz gebeten hatte, musste diese Frage an mich gerichtet gewesen sein.

»Willst du tanzen?«, wiederholte Jesse, und bevor ich mein Hirn einschalten konnte, begann mein Kopf einfach zu nicken.

Jesse streckte mir lächelnd eine Hand entgegen. Ich ergriff sie wie ferngesteuert und ließ mich von ihm auf die Tanzfläche führen.

»Du musst dich auch bewegen, Bailey«, meinte er lachend, da ich einfach nur dagestanden und ihn angestarrt hatte.

»Äh, ja, schon klar«, stammelte ich, bewegte mich aber immer noch nicht.

»Oh Mann, du hast eindeutig zu viel getrunken«, seufzte Jesse, legte dann plötzlich seine Hände auf meine Hüften und begann sie hin und her zu drehen.

»Siehst du, so geht das.«

»Ich weiß, wie man tanzt.«

»Tatsächlich? Du sahst gerade nämlich ziemlich unbeholfen aus.«

Ich funkelte ihn wütend an, schlug seine Hände weg und drehte ihm den Rücken zu, ehe ich zu tanzen anfing. Ich konnte das nicht, wenn er mir dabei in die Augen sah.

Allerdings war es auch nicht die beste Idee gewesen, mich umzudrehen, denn plötzlich lagen seine Hände wieder auf meiner Hüfte und wir tanzten gemeinsam.

Ich hätte nie gedacht, so etwas mal über Jesse Carter zu sagen, aber er war ein echter Gentleman. Normalerweise war dieser Tanzstil, wenn man es denn so nennen konnte, nur dazu da, damit der Mann seinen Penis am Hintern der Frau reiben konnte, aber Jesse hielt die ganze Zeit Abstand zu mir, und außer seinen Händen berührte kein Teil seines Körpers den meinen. Trotzdem war mir so heiß, als würde ich im Pelzmantel in einer Sauna sitzen. Obwohl ich Jesse nicht berührte, konnte ich ihn so deutlich spüren, als würde er sich eng an mich pressen. Ich biss mir fest auf die Unterlippe, da der Drang, den Abstand zwischen uns auf null zu minimieren, von Sekunde zu Sekunde größer wurde. Ich wollte mich einfach nur noch an ihn lehnen und meinen Kopf auf seine Brust sinken lassen.

Als ich es nicht länger aushielt, sagte ich ihm, dass ich frische Luft bräuchte. Ich machte mich von ihm los und steuerte auf den Ausgang zu. Die zwei Security-Männer traten zur Seite, um mich vorbei zu lassen. Die kalte Nachtluft schlug mir entgegen und mir wurde ein wenig schwindlig, trotzdem hatte ich das Gefühl, als würde ich jetzt das erste Mal an diesem Abend richtig atmen können.

»Alles okay?«, fragte Jesse, der mir natürlich gefolgt war.

»Alles bestens. Mir war nur einfach so verdammt heiß.«

»Okay. Soll ich uns ein Taxi rufen?«

Er legte mir eine Hand auf die Schulter und sah mich besorgt an.

»Wie wäre es, wenn du mir einfach mal ein bisschen Raum zum Atmen gibst, Herrgott noch mal?«, rief ich aufgebracht und brachte schnell ein paar Meter Abstand zwischen uns.

»Was ist denn los?«, fragte er und sah mich verwirrt an.

»Warum hast du mich zum Tanzen aufgefordert? Du hast doch gesehen, dass Evan und ich uns gerade nähergekommen sind. Warum musstest du mir das versauen?«

Okay, das war nicht fair, und vor allem war ich deshalb auch überhaupt nicht wütend auf ihn. Ich war nur wütend auf mich selbst und meinen verdammten Körper, der in Jesses Gegenwart plötzlich völlig verrücktspielte.

»Ich wollte dir nur einen Gefallen tun. Es sah nicht gerade so aus, als wärst du besonders scharf darauf, von ihm angegrapscht zu werden. Außerdem hatte ich keine Lust mehr, mich mit Ernie und Bert zu unterhalten.« Er verschränkte abwehrend die Arme vor der Brust.

»Du hast mir aber keinen Gefallen damit getan!«

»Schön, dann geh eben wieder zurück zu diesen Trotteln! Ich habe dich nicht gezwungen, mit mir zu tanzen, und ich habe dich auch nicht gezwungen, rauszulaufen wie eine Irre.«

»Nein, aber du hast mich einfach überrumpelt. Und ich habe jetzt keine Lust mehr, wieder reinzugehen. Du hast mir die gute Laune ruiniert. Ich will einfach nur nach Hause.«

Jesse öffnete den Mund, schloss ihn aber wieder.

»Gut, ich rufe uns ein Taxi«, meinte er dann seufzend, während er seine Lederjacke auszog und sie mir über die Schultern legte.

»Was soll das werden?«, fragte ich bissig.

»Es ist arschkalt, und du hast praktisch nichts an, also

nimm sie einfach, ehe du dich noch erkältest«, sagte er und entfernte sich dann von mir, um ein Taxi zu rufen, ehe ich irgendetwas Fieses erwidern konnte, das ich nicht so meinte.

Die Fahrt nach Hause verbrachten wir schweigend, während ich Jesse immer wieder heimliche Blicke zuwarf. Er sah so verdammt gut aus, und am liebsten hätte ich mich einfach auf ihn gestürzt, um ihn endlich zu küssen. Ich war so frustriert, dass ich hätte weinen können. Ich wollte nicht mehr denken müssen. Denken tat weh.

Als wir zu Hause ankamen, war mein erster Weg nicht der nach oben in mein Bett, sondern in die Küche.

Als Jesse fragte, was ich vorhatte, sagte ich ihm, ich würde mir noch ein Glas Wasser holen und dann schlafen gehen.

»Gut, ich gehe ins Bett. Ruf mich, wenn dir schlecht werden sollte, okay?« Er sah mich abwartend an und als ich nickte, drehte er sich um und stapfte die Treppe hoch.

Seufzend ließ ich mich auf einen Stuhl am Küchentisch fallen und vergrub mein Gesicht in den Händen. Dieser Abend war überhaupt nicht so gelaufen, wie ich geplant hatte. Ich hatte doch nur mit meiner besten Freundin Spaß haben und endlich abschalten wollen, stattdessen war ich nur noch aufgewühlter als zuvor, und an Schlaf war nun sowieso nicht mehr zu denken. Ich konnte einfach nicht aufhören, an unseren Tanz zu denken und wie gut sich Jesses Nähe angefühlt hatte oder wie gerne ich ihm noch viel näher gekommen wäre.

Irgendwann hielt ich es nicht mehr aus. Ich musste bei ihm sein, und zwar sofort. Ich stieg die Treppe hoch.

Wäre ich nüchtern und bei klarem Verstand gewesen, wäre ich einfach in mein Zimmer gegangen, um zu schlafen, stattdessen stand ich nun vor Jesses Tür mit einem nervösen Kribbeln im Bauch. Ich atmete ein paarmal tief durch, ehe ich die Tür ganz vorsichtig einen Spaltbreit öffnete. Es war dunkel, aber ich konnte Jesses Silhouette auf seinem Bett erkennen.

Ich schloss die Tür hinter mir und tapste auf Zehenspitzen in Richtung seines Bettes. Da meine Augen sich noch nicht an die Dunkelheit gewöhnt hatten und ich absolut nichts sehen konnte, stieß ich mir prompt den kleinen Zeh an seinem Schreibtisch an.

»Autsch!«, rief ich, woraufhin Jesse sofort hochschreckte und die Lampe auf seinem Nachttisch anmachte.

»Bailey? Was zum Teufel machst du hier?«, fragte Jesse mit rauer Stimme.

Erst jetzt, da ich wie ein Reh im Scheinwerferlicht vor ihm Stand, ging mir auf, dass mein Plan wohl mehr als löchrig war. Was genau hatte ich eigentlich vorgehabt? Mich einfach in sein Zimmer zu schleichen, zu ihm zu legen und hoffen, er würde es nicht merken? Ihn aufwecken und mir irgendeine dumme Ausrede ausdenken, um mit ihm reden zu können?

»Ich … äh …«, stammelte ich, und mein Fluchtinstinkt setzte ein. Hastig drehte ich mich um, um aus dem Zimmer zu eilen, stieß dabei aber mit der Hüfte gegen seine Kommode.

»Au! Verdammt!«

»Ist das gerade irgendein kranker Traum?«, fragte Jesse und rieb sich mit den Händen übers Gesicht.

»Besser wär's«, murmelte ich und rieb mir über die schmerzende Hüfte.

Jesse stützte sich auf seinen Ellbogen ab und sah mich besorgt an. Er schien nun völlig wach zu sein.

»Was ist denn los? Hast du nicht schon geschlafen? Schlafwandelst du oder so?«

»Nein, ich war noch gar nicht im Bett.«

»Was hast du denn die ganze Zeit gemacht?«

»Ähm«, machte ich, um Zeit zu gewinnen und mir eine gute Antwort einfallen zu lassen. Es fiel mir allerdings ziemlich schwer, mich zu konzentrieren, da Jesse gerade so verdammt sexy aussah.

»Ich … ich brauche Hilfe mit dem Reißverschluss«, sagte ich, da es das Erste war, was mir einfiel. Wahrscheinlich, weil ich bei seinem Anblick gerade an nichts anderes als an nackte, sich vereinende Körper denken konnte.

»Bist du deshalb noch wach? Weil du ohne Hilfe nicht aus dem Kleid kommst?«, fragte Jesse, und ich nickte eifrig, weil es eine bessere Erklärung war, als zugeben zu müssen, dass mich die Gedanken an ihn wachgehalten hatten.

»Schön, ich helfe dir«, brummte er und stieg aus dem Bett.

Er trug nichts als Boxershorts, und beim Anblick seiner Bauch- und Brustmuskeln lief mir das Wasser im Mund zusammen.

»Dreh dich um«, murmelte er, woraufhin ich widerwillig meinen Blick von ihm abwandte.

Als ich seine Finger an meinem Hals spürte, die an dem Reißverschluss zu ziehen begannen, schoss mir plötzlich Hitze in den Unterleib.

Jesse fluchte leise.

»Er klemmt ein wenig. Du musst fester ziehen«, wies ich ihn an und räusperte mich schnell, da meine Stimme so belegt klang.

Viel zu früh gab der Reißverschluss nach, und Jesse zog ihn langsam nach unten. Zum Glück für mich, schien er es damit nicht allzu eilig zu haben. Er öffnete ihn beinahe in Zeitlupentempo und seine Finger strichen dabei die nackte Haut meines Rückens entlang, woraufhin sich sofort die kleinen Härchen in meinem Nacken aufstellten.

»Ist dir kalt?«, flüsterte Jesse, da er wohl das kleine Zittern bemerkt hatte, das bei seiner Berührung durch meinen Körper gegangen war.

Ich schüttelte leicht den Kopf.

»Fertig«, verkündete Jesse eine Sekunde später und ließ die Hände sinken.

Ich musste mir auf die Lippe beißen, um nicht frustriert aufzustöhnen.

»Danke«, murmelte ich.

Als ich mich zu ihm umdrehte, rutschte das Kleid auf einer Seite meine Schulter hinab.

Jesses Blick wanderte sofort zu dem Streifen nackter Haut, glitt hoch zu meinem Hals und blieb an meinem Mund hängen.

»Du solltest jetzt lieber schlafen gehen«, sagte er leise und räusperte sich.

»Ja, sollte ich wohl«, erwiderte ich ebenso leise, rührte mich aber nicht vom Fleck.

Ich müsste nur die Hand heben und könnte seine nackte, perfekte Brust berühren.

Kaum hatte sich dieser Gedanke in meinem Kopf geformt, verselbstständigten sich meine Finger. Ich legte meine Hand auf seine Brust und konnte kaum glauben, wie gut er sich anfühlte. Seine Muskeln waren hart wie Stahl, aber die Haut darüber war warm und weich.

»Was machst du da?«

Jesses Stimme war kaum mehr als ein Flüstern, und ich sah, wie sein Adamsapfel auf und ab sprang, als er schluckte.

Als mein Blick hinauf zu seinen Lippen glitt, konnte ich mich nicht länger beherrschen. Ich nahm all meinen Mut zusammen, stellte mich auf die Zehenspitzen und drückte meinen Mund auf seinen.

Es dauerte keine Sekunde und er erwiderte gierig meinen Kuss.

Gott, er war einfach perfekt. Seine Lippen waren so weich und er schmeckte so gut.

Ich saugte an seiner Unterlippe, knabberte sachte daran und schob ihm dann meine Zunge in den Mund. Er legte seinen Arm um meine Taille und presste mich fest an sich. Die andere Hand vergrub er in meinem Haar.

Tausend Empfindungen prasselten auf einmal auf mich ein. Seine Hände auf meiner Haut, seine Lippen auf meinen, seine Zunge in meinem Mund. Sein wunderbarer Geruch, der mich einhüllte. Die Wärme, die er ausstrahlte. Der Wunsch, für immer hier zu stehen und diesen Mann zu küssen.

Ich wünschte, dieser Moment würde niemals vorübergehen. Zärtlich streichelte ich seine Brust bis hinunter zu seinem Bauch. Ich wollte mir jeden Zentimeter genauestens einprägen. Als meine Finger den Saum seiner Boxershorts streiften, spürte ich, wie sich seine Bauchmuskeln anspannten. Ich war noch nie in meinem Leben so scharf gewesen wie in diesem Moment. Ich wollte seine nackte Haut auf meiner spüren. Ich wollte jeden Zentimeter seines Körpers erkunden. Ich wollte ihn tief in mir haben.

Jetzt oder nie, dachte ich, löste mich von ihm und griff nach dem Saum meines Kleides.

Jesse war genau wie ich völlig außer Atem. Mit leicht verschleiertem Blick beobachtete er, wie ich das Kleid anhob und mir über den Kopf strich, bis ich nur noch in Unterwäsche vor ihm stand. Sein bewundernder und gieriger Blick spornte mich an, doch ich gab ihm nicht allzu viel Zeit, mich anzusehen. Ich brauchte seinen Mund sofort wieder auf meinem. Als mein nackter Bauch auf seinen Stieß, war es, als würden kleine Blitze direkt in meine Brüste und meinen Unterleib schießen. Ich spürte, wie sich immer mehr Feuchtigkeit zwischen meinen Beinen sammelte. Ich musste Jesse unbedingt haben, und zwar sofort.

Ich schob ihn in Richtung Bett, bis er mit den Beinen dagegenstieß und auf die Matratze sank. Ich setzte mich rittlings auf ihn ohne unseren Kuss zu unterbrechen. Als ich spürte, wie hart er war, begann ich mich an ihm zu reiben und wäre vor Lust beinahe explodiert. Jesse stöhnte, was meinen Mut befeuerte. Ich griff um mich herum und löste die Haken an meinem BH, ehe ich ihn mir von den Schultern streifte. Plötzlich packte Jesse mich an der Hüfte und drehte mich um, sodass er nun auf mir lag. Sein Blick wanderte hinunter zu meinen nackten Brüsten und ließ meine Nippel sofort hart werden.

Ich hielt es keine Sekunde länger aus. Ich wollte mit ihm schlafen, und zwar sofort.

Ich glitt mit der Hand in seine Boxershorts und umschloss seinen harten Penis, der bereits zur vollen Größe aufgerichtet war. Jesse sog scharf die Luft ein, schloss die Augen und stöhnte, als ich meine Hand langsam auf und ab bewegte. Doch plötzlich merkte ich, wie sich sein ganzer Körper anspannte. Ohne Vorwarnung umfasste er mein Handgelenk und zog es aus seiner Unterwäsche.

»Bailey, was machst du da?«, flüsterte er und seine Stimme klang so rau und kratzig, dass seine Worte direkt in meinen Unterleib fuhren.

»Wonach sieht es denn aus?«, fragte ich ein wenig heiser und versuchte, ihn wieder zu küssen, aber Jesse wich mir aus.

»Du bist betrunken«, sagte er und stützte sich auf seinen Händen ab.

»Nein, bin ich nicht«, widersprach ich schnell.

»Doch, bist du.«

»Ich weiß, was ich tue, Jesse.«

»Das glaube ich kaum. Wir sollten das wirklich nicht tun.«

Ich war frustriert, aber noch gab ich die Hoffnung nicht auf. Jesse wollte es genauso sehr wie ich, das konnte ich in seinen Augen sehen.

Ich fasste in sein weiches Haar und zog seinen Kopf wieder zu mir runter.

»Ich will dich, Jesse«, hauchte ich.

Jesse schluckte und sah mich ein paar Sekunden lang an, ehe er beinahe unmerklich den Kopf schüttelte. Er rollte von mir runter und sprang auf.

»Wir können das nicht tun«, sagte er entschlossen.

Etwas in seinem Blick hatte sich verändert und bescherte mir eine Gänsehaut, aber keine von der guten Sorte. Mir war plötzlich eiskalt, nur meine Wangen schienen zu glühen.

»Du … ähm … du kannst hierbleiben. Ich schlafe auf dem Sofa«, stammelte er und marschierte dann einfach aus dem Zimmer ohne mich noch einmal anzusehen.

Die Demütigung brach über mir zusammen wie ein Tsunami.

Er hatte kaum die Tür hinter sich geschlossen, da drang ein lautes Schluchzen aus meiner Kehle, das ich in seinem Kissen zu dämpfen versuchte. Ich zog mir die Decke über meinen bebenden Körper. Alles hier roch nach Jesse, und ich begann nur noch stärker zu weinen. Ich hätte aufstehen und in mein Zimmer gehen sollen, doch ich konnte mich nicht bewegen. Ich konnte nichts tun, als hier zu liegen und mir die Augen aus dem Kopf zu heulen, bis ich irgendwann völlig erschöpft einschlief.

Vierzehntes Kapitel

Das Erste, was ich nach dem Aufwachen bemerkte, war mein dröhnender Schädel. Ich fühlte mich, als hätte ich nur fünf Minuten geschlafen. Dann fiel mir auf, dass ich nicht in meinem Bett lag. Nein, ich lag in Jesses Bett. Und mit dieser Erkenntnis kamen auch die Erinnerungen zurück.

OH. MEIN. GOTT! Was hatte ich getan?

Es klopfte an der Tür. Es war dasselbe Klopfen, das ich im Traum gehört und das mich geweckt hatte.

»Ja?«, krächzte ich und hoffte, es wäre Dawn und nicht Zack.

Wie sich herausstellte, war es keiner von beiden. Die Tür ging auf und Jesse kam herein.

»Hey, tut mir leid, wenn ich dich geweckt habe, aber ich brauche frische Klamotten«, erklärte er, und ich konnte fühlen, wie mein Gesicht tausend Grad heiß wurde. Bestimmt war es voller roter Flecken.

Ich hatte keine Ahnung, wie ich mit dieser Situation umgehen sollte, also tat ich das Erstbeste, das mir einfiel und schlug die Decke über meinen Kopf, um ihn nicht mehr ansehen zu müssen. Da fiel mir auf, dass ich immer noch nackt war.

Das hier war sogar noch peinlicher als der Masturbationsvorfall.

»Was tust du da?«, fragte Jesse, aber ich gab ihm keine Antwort.

Ich hörte ihn näher kommen, dann senkte sich die Matratze und die Decke wurde zurückgezogen.

»Nein!«, rief ich nur und klammerte die Decke an meinen

nackten Oberkörper, während ich mühsam aufstand und dann vor ihm davonlief. Ich floh nicht in mein Schlafzimmer, denn das konnte man nicht abschließen. Stattdessen verbarrikadierte ich mich im Badezimmer. Wenigstens konnte ich hier meinem ausgetrockneten Mund endlich etwas Flüssigkeit zuführen. Ich sah in den Spiegel und hätte beinahe geschrien. Ich sah aus wie ein Horrorclown. Meine Augen waren schwarz umrandet, mein Lippenstift war überall außer auf meinen Lippen, und meine Haare waren ein einziges Durcheinander. Das alles war ein totaler Albtraum. Mir wurde schlecht, und ich hechtete gerade noch rechtzeitig zur Toilette, wo ich mich lautstark übergab.

»Alles okay?«, hörte ich Jesses Stimme vor der Tür. »Soll ich Dawn holen?«

Ich konnte nicht antworten, da ich zu sehr mit Kotzen beschäftigt war. Es vergingen ein paar Minuten, dann klopfte es an der Tür.

»Bailey? Soll ich dir helfen?«, erklang nun Dawns Stimme.

»Bist du alleine?«, fragte ich, da ich gerade nicht mehr würgen musste.

»Ja.«

Ich öffnete die Tür und ließ meine beste Freundin herein. Dafür, dass sie letzte Nacht ziemlich betrunken gewesen war, sah sie überraschend fit aus.

»Warum siehst du so gut aus?«, fragte ich weinerlich, als Dawn hereingekommen war und die Tür hinter sich wieder abgeschlossen hatte.

»Weil ich letzte Nacht den ganzen Alkohol wieder ausgekotzt habe. Außerdem war ich schon unter der Dusche. Das hat auch geholfen. Sieht aus, als wärst du gestern ziemlich abgestürzt.« Sie betrachtete mich mitleidig.

»Du hast ja keine Ahnung«, seufzte ich, klappte den Klodeckel hinunter und ließ mich, immer noch in Jesses Decke eingewickelt, darauf sinken.

»Erzähl schon! Ist noch was mit diesem Kerl gelaufen? Wie hieß er noch gleich? Eric?«

»Du meinst Evan, und nein, es ist nichts gelaufen. Hat Jesse denn nichts gesagt?«

»Nein. Er ist heute ziemlich schweigsam. Er hat noch nichts gesagt außer ›Morgen‹ und ›Dawn, geh mal hoch ins Badezimmer. Bailey kotzt.‹ Was hätte er denn sagen sollen?«

Nun war wohl der Moment der Wahrheit gekommen. Ich musste ihr erzählen, was letzte Nacht passiert war, auch wenn ich mich noch so sehr dafür schämte, und sie kannte mich gut genug, um zu wissen, dass ich so etwas nie tun würde, wenn ich keine Gefühle für Jesse gehabt hätte. Ich schlief mit keinem Kerl, den ich nicht wirklich gernhatte.

»Jesse und ich hatten gestern im Klub eine kleine Meinungsverschiedenheit. Na ja, du kennst uns ja. Deshalb wollte ich nach Hause. Aber ich wollte noch nicht ins Bett und mir ging so viel im Kopf herum. Also habe ich mich noch eine Weile in die Küche gesetzt, um nachzudenken«, begann ich leise zu erzählen und starrte auf den mintgrünen Duschvorhang.

»Was hat dich denn so beschäftigt?«, fragte Dawn und setzte sich mir gegenüber auf den weiß gefliesten Boden.

»Wenn ich dir sage, was danach passiert ist, wirst du es dir denken können.« Ich seufzte und rieb mir mit den Händen übers Gesicht. Ich musste ja keine Angst mehr haben, dass mein Make-up verschmierte. Schlimmer konnte es nicht mehr werden.

»Was meinst du? Du warst doch zu Hause. Was konntest du hier denn schon großartig anstellen?«, fragte sie, und plötzlich schossen ihre Augenbrauen in die Höhe. »Das ist nicht deine Decke, die du dir da gerade um den Körper schlingst, oder?«

»Nein, es ist Jesses Decke.«

»Und wie genau kommst du in deren Besitz? Und sag mir bitte, dass du darunter etwas anhast.«

»Ich habe ein Höschen an.«

»Ihr hattet Sex, nicht wahr?«

»Nein, aber nicht, weil ich nicht gewollt hätte«, murmelte ich, und dann schilderte ich ihr, was passiert war. Ich schämte mich sehr für das, was ich getan hatte, doch am peinlichsten war es, dass Jesse nicht darauf eingegangen war. Ich hatte halb nackt unter ihm gelegen und ihn quasi angebettelt, mit mir zu schlafen, aber er hatte mich einfach zurückgewiesen und mich alleine in seinem Bett liegen lassen. Das war so was von erniedrigend gewesen. Jesse legte doch alles flach, was nicht bei drei auf den Bäumen war, warum also nicht mich? Fand er mich so abstoßend? Waren die ganzen Sprüche, dass er mich so heiß fand, einfach nur so dahergesagt gewesen, um mich zu ärgern?

»Komm, sag schon, was du sagen willst. Lass es einfach raus«, forderte ich Dawn auf, als ich zu Ende erzählt hatte und sie nichts weiter tat, als mich mit diesem komischen Blick zu mustern.

»Gib es doch endlich zu, Bailey«, sagte sie sanft. »Du magst ihn, oder?«

Ich seufzte, nickte dann aber.

»Wie sehr?«

»Viel zu sehr«, gestand ich mit brüchiger Stimme und schlug mir sofort die Hände vors Gesicht, da schon die ersten Tränen begonnen hatten zu fließen.

»Oh, Süße«, murmelte Dawn mitfühlend und dann stand sie plötzlich neben mir und nahm mich in den Arm. Ich schlang die Arme um ihren Bauch und ließ mich von ihr trösten.

Als ich mich wieder beruhigt hatte, reichte sie mir einen Waschlappen und Make-up-Entferner. »Ich dachte mir ja schon, dass da mehr zwischen euch ist, allerdings überrascht es mich, dass er nicht mit dir geschlafen hat. Wahrscheinlich wollte er einfach deine Betrunkenheit nicht ausnutzen.«

»Das glaube ich nicht. Ich denke, er steht einfach nicht auf mich.«

»Doch, ich glaube, schon. Und wenn du ihm einfach sagst, was du für ihn empfindest, dann wird er sicher –«

»Nein, Dawn«, fiel ich ihr ins Wort. »Da gibt es noch etwas, das ich dir nicht erzählt habe.«

Und dann berichtete ich ihr von unserem Gespräch, in dem wir – oder besser gesagt Jesse – beschlossen hatte, dass wir B und C einfach vergaßen und einfach nur Freunde waren.

»Vielleicht hat er das nur gesagt, weil –«

Ich ließ sie ihren Satz wieder nicht beenden, da ich gerade harte Fakten brauchte und keine naiven Fantasien.

»Aus uns wird nie was werden, Dawn. Er hatte nämlich recht. Er ist kein Beziehungsmensch. Ich aber schon. Ich will keine lockere Affäre. Das bin ich einfach nicht. Und er will nicht mehr. Wie es aussieht, will er nicht einmal das mit mir. Es hat also keinen Sinn, weiter darüber zu reden. Das war auch der Grund, weshalb ich dir nichts von meinen Gefühlen erzählen wollte. Ich brauche niemanden, der mir falsche Hoffnungen macht. Das macht es nur noch schlimmer.«

»Okay, verstehe. Und was willst du jetzt machen?« Sie verschränkte die Arme vor der Brust. Offenbar war sie ein wenig beleidigt, aber sie schob ihre Gefühle trotzdem beiseite, um für mich da zu sein. Genau aus diesem Grund war sie meine beste Freundin.

»Ganz ehrlich? Am liebsten einfach gar nichts. Ich will nicht mit ihm darüber reden. Ich will ihn nicht einmal ansehen. Am liebsten würde ich einfach ausziehen, damit ich nicht ständig in seiner Nähe sein muss, das ist nämlich echt zum Kotzen.«

»Das kannst du gleich wieder vergessen. Niemand zieht

hier aus. Du bist eine selbstbewusste Frau, du kriegst das schon hin, und zwar auch ohne mich verlassen zu müssen.«

Nur der Gedanke daran schien sie schon wütend zu machen.

»Okay, weißt du was? Am besten plane ich erst mal von Moment zu Moment. Ich werde jetzt einfach duschen, und danach sehe ich weiter. Kannst du mir vielleicht Klamotten bringen? Ich will diesen Raum gerade echt nicht verlassen.«

»Klar.« Dawn schenkte mir ein aufmunterndes Lächeln.

Nach der Dusche fühlte ich mich ein wenig besser. Der Horrorclown war aus meinem Gesicht verschwunden, und ich trug bequeme Klamotten, bestehend aus einer schwarzen Leggings und einem XXL-Shirt, die Dawn mir gebracht hatte.

Allerdings konnte ich das Knurren in meinem Magen nicht länger ignorieren. Alles in mir sträubte sich, in die Küche zu gehen, weil ich auf dem Weg dorthin Jesse begegnen könnte, aber ich wollte Dawn nicht auch noch darum bitten, mir etwas zu Essen zu machen. Sie hatte schon genug für mich getan. Da Verhungern aber auch keine Option war, schlich ich so leise wie möglich die Treppe hinunter, als Jesse mir auch schon entgegenkam.

Ich starrte ihn eine Sekunde lang an wie ein Reh im Scheinwerferlicht, ehe ich auf dem Absatz kehrt machte, die paar Stufen wieder hochsprang und in mein Zimmer sprintete. Man hätte meinen können, dass mein übertriebener Abgang Hinweis genug war, dass ich meine Ruhe vor ihm haben wollte, aber stattdessen platze er – wie so oft – ohne anzuklopfen in mein Zimmer.

»Wir sollten darüber reden, was gestern passiert ist«, sagte er und sah mich eindringlich mit seinen verdammten blauen Augen an, in denen ich hätte versinken können.

»Verdammt, Bailey! Sprich endlich mit mir!«, rief er aufgebracht und packte mich an den Schultern.

Zu meinem Entsetzen füllten sich meine Augen sofort mit Tränen.

Was war denn bloß los mit mir? Nicht nur, dass ich keinen Ton herausbekam, jetzt fing ich auch noch an zu heulen.

»Scheiße! Habe ich dir wehgetan?«, fragte er bestürzt, woraufhin ich den Kopf schüttelte.

Nein, körperlich hatte er mich nicht verletzt, nur meinen Stolz und meine Gefühle.

»Kannst du mir sagen, was das gestern war?« Seine Stimme war nur ein Flüstern und sein Blick so intensiv, dass ich einfach nicht wegsehen konnte, auch wenn ich das noch so sehr wollte.

»Keine Ahnung. Ich habe ein völliges Blackout von letzter Nacht«, log ich.

»Wir wissen beide, dass das nicht wahr ist, denn dann würdest du dich nicht so seltsam verhalten.«

»Tu ich nicht. Ich habe nur einen Kater.«

»Warum lügst du mich an, Bailey?«, fragte er leise und kam noch einen Schritt näher. Er stand jetzt so dicht vor mir, dass ich seinen Atem auf meinem Gesicht spüren konnte.

»Was willst du denn von mir hören?« Ich war nicht überrascht, dass meine Stimme genauso leise war.

»Wie wäre es mit der Wahrheit?«

Er wollte die Wahrheit? Na gut, die konnte er haben.

Ich öffnete meinen Mund, um ihm all die Dinge an den Kopf zu werfen, die mich seit Wochen beschäftigten, wie zum Beispiel sein widersprüchliches Verhalten mir gegenüber, die Blicke, die er mir manchmal zuwarf, sein blöder Traumkörper, den er mir immer vor die Nase hielt, sein Geruch. Oh Gott, dieser Geruch. Warum roch dieser Mann nur immer so gut? Auch jetzt gerade wurde ich von ihm eingehüllt. So sehr, dass ich ganz benebelt wurde.

Mein Blick glitt hinunter zu seinen Lippen. Lippen, die – wie ich seit letzter Nacht wusste – so verdammt gut küssen konnten wie keine anderen. Das wollte ich ihm alles sagen, doch ich brachte kein Wort über die Lippen. Stattdessen stand ich nur da, starrte auf seinen Mund und konnte an nichts anderes mehr denken, als daran, wie gerne ich diesen Mund wieder auf meinem hätte. Und plötzlich übernahm mein Körper die Kontrolle. Ohne zu wissen, was ich da eigentlich tat, stellte ich mich auf die Zehenspitzen, beugte mich zu ihm vor und küsste ihn.

Jesse erwiderte den Kuss, und sofort schmolz ich dahin. Seine Lippen auf meinen, seine Zähne, die an meiner Unterlippe knabberten, seine Zunge, die meinen Mund erforschte – es fühlte sich an, wie Nach-Hause-Kommen. Ich stieß einen zufriedenen Seufzer aus, doch von einer Sekunde auf die andere verspannte sich sein ganzer Körper, und er ließ schwer atmend von mir ab. Augenblicklich fröstelte ich. Am liebsten hätte ich ihn sofort wieder zu mir gezogen. Ich sehnte mich nach seinen Berührungen, seinen Lippen auf meinen.

Ich hatte keine Ahnung, wie viel Zeit vergangen war. Es hatte sich angefühlt wie eine Ewigkeit und war trotzdem viel zu kurz gewesen.

»Du musst damit aufhören, Bailey.« Seine Stimme klang hart, doch sein Blick war weich und verlangend. »Du kannst mich nicht ständig einfach so küssen.«

»Ich –«

»Nein! Lass es einfach.« Und damit drehte er sich um und ließ mich alleine zurück.

Ich schlang die Arme um meinen Oberkörper, weil ich das Gefühl hatte, ansonsten auseinanderzubrechen. Ich fühlte mich erniedrigt, und mein Herz tat mir weh, als hätte Jesse es gerade als Boxsack benutzt.

Wenn Dawn mir vorher noch nicht geglaubt hatte, dass Jesse nichts für mich empfand, würde sie nicht mehr daran zweifeln, nachdem ich ihr erst von diesem Vorfall berichtet hätte.

Glücklicherweise musste ich Jesse nicht länger aus dem Weg gehen, das tat er nämlich schon für mich. Wenn er einen Raum betrat, in dem ich mich gerade aufhielt, drehte er sich augenblicklich um und ging wieder. Er war fast nicht mehr zu Hause, kam oft nur noch zum Schlafen heim und manchmal nicht einmal das. Natürlich fragte ich mich dann, wo er denn seine Nächte so verbrachte oder, besser gesagt, mit wem. Auf jeden Fall stand außer Frage, dass er nicht das geringste Interesse an mir hatte. Das konnte selbst Dawn nicht mehr bestreiten. Es war mehr als nur verletzend, wie er sich nach unserem Kuss benahm. Keine Ahnung wie es so weit hatte kommen können, aber ich hatte doch tatsächlich waschechten Liebeskummer wegen Jesse Carter. Deshalb war ich mehr als froh, als endlich Weihnachten vor der Tür stand und ich für eine Woche zu meinen Eltern fahren konnte. Die Silvesternacht verbrachte ich umgeben von Freunden meiner Eltern, und um zehn Minuten nach Mitternacht ging ich ins Bett. Ich hatte mich noch nie so einsam gefühlt, nicht einmal nach der Trennung von Jake.

Jesse hatte mir weder an Weihnachten noch an Neujahr eine SMS geschickt. Wir hatten seit unserem Kuss kein Wort mehr miteinander gewechselt – nicht einmal ein geschriebenes. Das war eine echte Meisterleistung, wenn man bedachte, dass wir im selben Haus lebten. Ich vermisste ihn so schrecklich, sogar mehr, als ich mich schämte.

Doch auch als wir alle wieder zu Hause waren, änderte sich nichts an unserer Situation. Ich beschloss, dass es an der Zeit war, das Gespräch mit Jesse zu suchen, doch jedes Mal, wenn ich es versuchte, ließ er mich einfach stehen und gab mir nicht einmal die Chance, etwas zu sagen.

Als Dawn und Zack zwei Wochen nach Weihnachten übers Wochenende nach Hause fuhren, um den siebzigsten Geburtstag ihrer Großmutter zu feiern, sah ich meine Gelegenheit, die Probleme mit Jesse endlich zu klären. Ich hatte mir vorgenommen, ihm nichts von meinen Gefühlen zu erzählen. Das würde alles nur unnötig kompliziert machen. Stattdessen würde ich ihm sagen, dass ich mich da in etwas verrannt hatte, weil ich TheRealC einfach vermisst hatte. Bestimmt würde er nicht weiter nachhaken, und sobald ihm klar werden würde, dass ich nicht ernsthaft an ihm interessiert war, würde alles wieder normal zwischen uns werden. Trotzdem war ich ein wenig nervös, als ich Freitagabend nach Hause kam. Ich war stundenlang in der Bibliothek gewesen und war, auch als ich meinen Aufsatz zu Ende geschrieben hatte, noch dortgeblieben, um darüber nachzudenken, was genau ich Jesse sagen wollte. Ich hatte es sogar aufgeschrieben. Natürlich würde ich ihm den Zettel nicht vorlesen, das wäre lächerlich gewesen, aber nur um sicherzugehen, dass ich nachher nicht vor mich hin stammelte, hatte ich den Text auswendig gelernt. Doch die Mühe hätte ich mir sparen können, denn heute würden wir wohl kein vernünftiges Gespräch mehr führen. Ich war noch nicht einmal aus meinem Wagen gestiegen, da hörte ich schon die laute Musik, die offensichtlich aus unserem Haus kam. Ich ging stirnrunzelnd zur Haustür und öffnete sie. Ein Mädchen, das nicht mehr gerade laufen konnte, stürmte an mir vorbei und gelangte gerade noch rechtzeitig nach draußen, ehe sie sich übergab. Ich ging ins Wohnzimmer, wo die Musik lauter wurde und sich jede Menge Menschen aufhielten, die ich nicht kannte. Offenbar hatte Jesse Dawns und Zacks Abwesenheit genutzt, um eine kleine Party zu geben. Er hatte es wohl nicht für nötig gehalten, mich um Erlaubnis zu bitten – oder mich davon wenigstens in Kenntnis zu setzen. Ich versuchte, meine Wut hinunterzuschlucken, und hielt Ausschau nach Jesse. Ihn konnte ich zwar nicht ausmachen, dafür entdeckte ich Logan, der auf der Couch saß und sich mit zwei Typen unterhielt.

»Hey«, begrüßte ich ihn, als ich direkt vor ihm stand.

»Oh, hi!« Er lächelte mich freundlich an.

»Weißt du zufällig, wo Jesse ist?«, fragte ich und versuchte nicht allzu genervt zu klingen.

»Der ist im anderen Wohnzimmer.«

»Okay, danke.«

Ich drehte mich um und ging in Richtung Küche davon. Ich ignorierte die beiden Mädchen und den Kerl, die meine Eiscreme direkt aus der Packung löffelten. Am liebsten hätte ich sie angebrüllt, aber das hob ich mir für Jesse auf. Die Funkstille war nun endgültig beendet. Der würde was zu hören bekommen!

Ich ging weiter und riss die Tür zum Jungszimmer auf. Ich brauchte eine Sekunde, um die Situation zu erfassen. Ich hatte mit vielem gerechnet, aber mit diesem Anblick ganz bestimmt nicht.

Jesse saß oben ohne auf dem Sofa. Ein Mädchen, das ich noch nie zuvor gesehen hatte, saß rittlings auf ihm mit der Zunge in seinem Mund. Es sah aus, als würden sie sich gegenseitig auffressen wollen, und Übelkeit überkam mich. Anscheinend war ich gerade in etwas hineingeplatzt, das auf heißen, hemmungslosen Sex hinauslaufen sollte. Hätte er dafür nicht in sein Schlafzimmer gehen können? Hier könnte doch jederzeit jemand hereinplatzen und das alles mit ansehen müssen, so wie ich gerade.

Doch ich ignorierte den Stich, den dieser Anblick meinem Herzen verpasste, und konzentrierte mich stattdessen auf die Wut in mir. Ich fühlte mich wie ein Vulkan, der jeden Moment ausbrechen würde.

»Shirt anziehen und mitkommen«, befahl ich kalt.

Erst jetzt schienen die beiden mich zu bemerken. Die Reaktion der Frau entging mir, da ich mich nur auf Jesse konzentrierte, der mich erst überrascht ansah, ehe er eine gleichgültige Miene aufsetzte.

»Ich bin gerade beschäftigt, Adams.«

»Ja, das sehe ich, und es ist mir scheißegal. Verzieh dich«, fauchte ich dann das Mädel an, da ich mir sicher war, dass es leichter wäre, sie loszuwerden, als Jesse dazu zu bringen, mit mir rauszugehen und zu reden.

»Guck nicht so blöd! Raus hier!«

Das Mädchen blickte verwirrt zwischen Jesse und mir hin und her, ehe sie von Jesses Schoß kletterte und aus der Tür in den Flur verschwand. Offenbar hatte sie keine Lust, sich mit mir anzulegen. Gute Entscheidung.

»Bist du jetzt glücklich?«, fragte Jesse und funkelte mich wütend an, nachdem er sich sein Shirt wieder übergezogen hatte.

Nein, ich war alles andere als glücklich. Ehrlich gesagt stand ich kurz vor einem emotionalen Zusammenbruch. Obwohl ich stinksauer und verletzt war, war ich gleichzeitig so erleichtert, endlich wieder mit ihm reden zu können, auch wenn wir stritten. Alles war besser, als diese Ignoranz und Gleichgültigkeit.

»Du hättest mich fragen müssen, ehe du eine Party schmeißt!«

Er grunzte und bedachte mich mit einem herablassenden Blick.

»Ich wusste nicht, dass ich dazu deine Erlaubnis brauche.«

»Natürlich wusstest du das. Du wohnst nicht alleine hier, Jesse!«

»Du bist so eine Spaßbremse, Adams«, sagte er gelangweilt und stand auf.

»Wo gehst du denn hin? Wir sind noch nicht fertig!«

»Doch, sind wir. Ich hole mir jetzt ein Bier und dann sammle ich das Mädel wieder ein, das du gerade so nett vertrieben hast.«

»Nein, ganz bestimmt nicht! Wir diskutieren das jetzt aus!«

»Da gibt es nichts auszudiskutieren. Die Party steigt bereits, aber das nächste Mal werde ich dich ganz bestimmt vorwarnen.«

»Okay, weißt du was? Mir egal! Dann geh doch und vögle diese Schlampe! Mach was du willst! Es kümmert mich nicht!« Meine Stimme wurde bei jedem Wort ein wenig lauter und schriller, was nicht gerade dazu beitrug, glaubwürdiger zu klingen.

»Ja, genau«, lachte er spöttisch. »Es ist offensichtlich, wie egal dir das ist.«

Er zwinkerte mir zu und ging dann in die Küche. Es hatte sich beinahe so angehört, als wüsste er, was ich für ihn empfand oder als würde er es zumindest vermuten. Das war gar nicht gut und vor allem wurde sein Verhalten dadurch noch um einiges arschlochmäßiger. Hatte er deshalb nicht mehr mit mir geredet und mich gemieden? Weil er dachte, ich hätte Gefühle für ihn? Was war er denn bitte für ein gefühlloser Mistkerl?

Ich konnte das nicht so stehen lassen. Da war es mir lieber, wenn er einfach dachte, ich wäre scharf auf ihn. Ich stürmte ihm hinterher und fand ihn im Wohnzimmer, wo er vor Logan stand und mit ihm redete.

Ohne etwas zu sagen, marschierte ich auf ihn zu, packte ihn am Handgelenk und zog ihn hinter mir her hinaus auf den Flur. Zum Glück widersetzte er sich nicht, denn dann hätte ich ihn wohl keinen Zentimeter weit bekommen.

»Warum behandelst du mich so, Jesse? Ich dachte, wir wären Freunde! Geht man so mit seinen Freunden um?«, fragte ich ohne Umschweife.

Er sagte nichts, sondern sah mich nur besorgt an, als hätte er Angst, ich könnte jeden Augenblick in Tränen ausbrechen. Ich seufzte schwer und rieb mir mit den Händen übers Gesicht.

»Wir sollten wohl endlich darüber reden.«

»Worüber denn bitte?«, fragte er und verschränkte seine

Arme vor der Brust, was seine Muskeln sehr vorteilhaft betonte, sodass ich mich zwingen musste, ihm ins Gesicht zu sehen.

»Du weißt genau, wovon ich spreche und wir sollten kein so großes Ding daraus machen. Ich war eben betrunken, und da kam alles mit C und B wieder hoch. Ich habe nicht nachgedacht und bin dann irgendwie in deinem Zimmer gelandet. Ich weiß, dass ich mich am nächsten Tag ziemlich schräg benommen habe, aber ich glaube, ich stand immer noch unter Alkoholeinfluss, und ich finde es echt scheiße, dass du mich seitdem gemieden hast, als hätte ich irgendeine ansteckende Krankheit.«

»Ach, also ist jetzt ganz alleine der Alkohol dafür verantwortlich?« An seinem Tonfall erkannte ich, dass er mir das nicht abkaufen würde, wenn ich nicht ein kleines Geständnis machte. Aber was genau ich gestand, war meine Sache.

»Okay, ich gebe es zu.« Ich seufzte erneut. »Ich fand dich echt heiß, Jesse. So, jetzt ist es raus. Aber ich habe in dir irgendwie immer noch C gesehen.«

»Wie weh hat es getan, das laut auszusprechen?«, fragte er spöttisch.

»Oh, du hast ja keine Ahnung«, knurrte ich durch zusammengebissene Zähne.

»Wenn du bereit warst, mir das aufzutischen, will ich lieber gar nicht wissen, was der wahre Grund ist, weshalb du dich so auf mich gestürzt hast.«

»Wie meinst du das?«, fragte ich leicht panisch.

»Komm schon, Bailey, wir wissen beide, dass du niemals mit einem Kerl schlafen würdest, nur weil du ihn heiß findest. Und genau deshalb bin ich in dieser Nacht auch abgehauen und hab dich alleine halb nackt in meinem Bett zurückgelassen. Dafür hätte man mir einen verdammten Orden verleihen müssen«, sagte er zähneknirschend.

»Ich habe keinen Schimmer, wovon du da eigentlich redest«, behauptete ich mit viel zu hoher Stimme, während ich tapfer seinem Blick standhielt.

Ich hatte keine Ahnung, wie ich mich da rausreden sollte. Er wusste offensichtlich, dass ich mehr für ihn empfand, als ich gerade zugab, und ich wusste nicht, ob es Sinn hatte, es weiter abzustreiten und mich dumm zu stellen, aber ich würde es auf jeden Fall versuchen.

»Du hast mich doch gerade gesehen.« Seufzend fuhr er sich mit der Hand durchs Haar. »Und du kennst mich. Du weißt, wie ich bin. Ich bin kein Beziehungstyp. Ich bin die Art von Mann, die auf einer Party mit wildfremden Frauen rummacht und sich einen Dreck um deren Gefühle schert. Ich würde dir nur das Herz brechen, Bailey.«

»Ja, allerdings, ich kenne dich, Jesse.« Ich versuchte, mir nicht anmerken zu lassen, wie gekränkt ich war. »Glaubst du wirklich, ich würde mit jemandem wie dir zusammen sein wollen? Komm mal lieber wieder runter von deinem hohen Ross, du bist alles andere als mein Märchenprinz. Und nach dem, was ich gerade gesehen habe, brauchst du auch nicht mehr zu befürchten, ich könnte mich an dich ranmachen, das war einfach nur widerlich.«

»Tja, wenn du dann endlich aufhörst mich so anzusehen, wie du es in letzter Zeit getan hast, war es die Sache auf jeden Fall wert.«

»Wie meinst du das?«, fragte ich mit zusammengezogenen Brauen.

»Seit Thanksgiving hast du mich immer so komisch angesehen, als ob –«

»Ich glaube, du bildest dir das nur ein«, sagte ich und schloss für eine Sekunde die Augen. Dieses Gespräch zehrte mächtig an meinen Nerven. Ich wollte mich einfach nur noch in meinem Zimmer verkriechen und alleine sein.

»Ach ja? Tue ich das, Bailey? Irgendetwas hat sich zwischen uns verändert, und das war mit Sicherheit nicht ich.

Vielleicht hätte ich anders reagieren sollen, aber ich habe Panik bekommen. Ich mag dich … als gute Freundin … und ich hatte Angst, dich zu verletzen und zu verlieren. Deshalb bin ich auch auf Abstand gegangen, und deshalb bin ich auch nicht mit dem Mädchen hoch in mein Zimmer gegangen. Ich dachte, wenn du sehen würdest, wie ich wirklich bin, dann –«

»Lass mich das mal zusammenfassen«, fiel ich ihm ins Wort und kochte geradezu vor Wut. »Du dachtest, ich hätte Gefühle für dich, und anstatt mit mir darüber zu reden, hast du mich wochenlang ignoriert und vor meinen Augen mit irgendeinem Mädchen rumgemacht? Wenn du ernsthaft denkst, dass man so mit seinen Freunden umgeht, dann läuft bei dir echt was verkehrt. Was, wenn ich wirklich in dich verliebt wäre? Weißt du, was du mir damit dann angetan hättest? Du bist so ein Arschloch, und ehrlich gesagt, habe ich langsam die Schnauze voll von dir. Ich will, dass du ausziehst.«

»Bailey –«

»Nein!«, fuhr ich ihn an. »Morgen früh bist du hier weg.«

»Und wo soll ich deiner Meinung nach hin?«, rief er mir nach, als ich die Stufen hinaufstapfte.

»Mir so was von egal!«

Keine Ahnung, warum ich so überrascht war. Ich hatte doch gewusst, dass Jesse ein arrogantes, selbstverliebtes, gefühlloses Arschloch war, das sich für nichts außer sich selbst interessierte. Es war mir ein Rätsel, wie ich mich in ihn hatte verlieben können. Ich war keines dieser Mädchen, die auf Badboys standen und darauf hofften, sie wären diese eine Person, die den bösen Jungen dazu bringen könnten, sich nur für sie zu ändern. Böse Jungs änderten sich nicht. Nicht im wahren Leben. Genau deshalb hatte ich mich stets von ihnen ferngehalten. Ich wollte niemanden, den ich erst in einen netten Kerl verwandeln musste. Ich wollte von Anfang an einen netten Kerl, der mich respektierte und wertschätzte und für den es keine andere als mich gab. Hätte Jesse mir nicht dazwischengefunkt, hätte ich wahrscheinlich schon einen tollen, netten Freund, in den ich Hals über Kopf verliebt wäre. Es hätte Cole sein können oder Ryan oder vielleicht sogar Jake. Aber anstatt glücklich zu sein und auf Wolke sieben zu schweben, saß ich nun alleine in meinem Zimmer und heulte mir die Augen aus dem Kopf wegen eines Idioten, der mich ohnehin nicht verdient hatte.

Fünfzehntes Kapitel

Jesse war natürlich nicht ausgezogen. Am nächsten Morgen hatte er mir nur mitgeteilt, dass ich so eine Entscheidung nicht einfach alleine treffen konnte und wir vorher zumindest noch mit Dawn und Zack darüber sprechen mussten. Wenn die beiden derselben Meinung wären wie ich, würde er seine Sachen packen und gehen. Daraufhin zuckte ich nur mit den Schultern und erklärte ihm, dass mir nichts egaler sein konnte als er und dass es mir am Arsch vorbeiging, ob er blieb oder ging. Ich wollte ihm nicht die Genugtuung weiterer Gefühlsausbrüche geben, deshalb gab ich mich vollkommen gleichgültig. Nur wurde mir schnell klar, dass ich so nicht ewig weitermachen konnte. Ich konnte nicht länger mit ihm unter einem Dach leben, denn so würde ich nie über ihn hinwegkommen. Deshalb beschloss ich noch am gleichen Tag, selbst auszuziehen. Als Dawn und Zack von ihrer Familienfeier nach Hause kamen, zog ich Dawn sofort in mein Zimmer, um ihr alles zu berichten, was zwischen Jesse und mir vorgefallen war. Anschließend ließ ich die Bombe platzen, dass ich ausziehen wollte. Sie konnte meine Beweggründe zwar nachvollziehen, aber bekam trotzdem einen Heulkrampf, weshalb wir beschlossen, dass ich mir nur eine Auszeit von ein paar Wochen nahm und nicht endgültig auszog. Leider war es gar nicht so einfach, eine passende Bleibe zu finden. Die meisten Wohnheimzimmer waren bereits belegt, und etwas anderes konnte ich mir einfach nicht leisten. Ich war so verzweifelt, dass ich anfing, Zettel an den schwarzen Brettern der Uni auszuhängen. Und dann kam mir ausgerechnet Mona Armstrong zu Hilfe. Sie hatte einen der Zettel gesehen und mir ein freies

Zimmer in ihrem Apartment angeboten. Ihre beste Freundin hatte bis vor Kurzem noch dort gewohnt, aber diese war nun zu ihrem Freund gezogen, und da es schwer war, ein paar Monate vorm Ende des Semesters einen neuen Mitbewohner zu finden, halfen wir uns praktisch gegenseitig aus der Patsche. Ich hatte ihr natürlich gesagt, dass ich nicht vorhatte, lange zu bleiben, aber das machte ihr nichts aus. So bekam sie wenigstens einen Teil der Miete und hatte Zeit, einen Ersatz zu finden.

Ich hatte Dawn und Zack das Versprechen abgenommen, Jesse nichts von meinen Plänen zu erzählen. Ich wollte nicht in sein selbstgefälliges Gesicht sehen müssen, wenn er erfuhr, dass ich auszog. Deshalb packte ich heimlich meine wichtigsten Sachen, als er nicht zu Hause war, und verschwand dann einfach, ohne Lebewohl zu sagen. Ich brauchte dringend eine Pause von ihm, und die sollte so schnell wie möglich beginnen.

»Das war der letzte«, schnaufte ich und stellte den Karton in meinem neuen Zimmer ab, in dem Dawn sich gerade umsah. Obwohl sie meinen Auszug immer noch nicht gut fand, hatte sie mir trotzdem beim Schleppen geholfen. Glücklicherweise hatte Sarah, Monas Freundin, ihre Möbel dagelassen. Es wäre zu aufwendig gewesen, mein Bett zu Hause ab- und hier wieder aufzubauen.

»Soll ich dir beim Auspacken helfen?«, fragte Dawn, aber ich schüttelte schnell den Kopf.

»Nein, danke. Ich bin ziemlich erledigt. Ich will einfach nur unter die Dusche und mich dann vor den Fernseher setzen. Ich werde das Auspacken auf morgen verschieben.«

»Okay, dann heißt es jetzt wohl Lebewohl«, schniefte Dawn.

»Oh Süße, wir sehen uns doch morgen wieder. Und du kannst jederzeit vorbeikommen.«

»Ich weiß, es fühlt sich trotzdem komisch an. Es war schön, zu wissen, dass du nur ein paar Zimmer weiter bist. Ich werde dich vermissen.«

»Ich dich auch.« Ich zog sie in eine feste Umarmung. »Aber es ist ja nicht für immer.«

»Ich weiß«, murmelte sie und löste sich von mir.

Sobald sie weg war, sprang ich wie geplant unter die Dusche. Als ich es mir danach vor dem Fernseher gemütlich machen wollte, saß Mona bereits auf der Couch.

»Oh«, machte ich nur.

»Setz dich ruhig zu mir. Ich beiße nicht. Ich wollte gerade Pizza bestellen. Willst du auch was?«, fragte sie, und ich nahm ihr Angebot dankend an.

»Also«, sagte sie gedehnt, nachdem sie unsere Bestellung in die Liefer-App eingegeben hatte und sah mich wissend an. »Du und Jesse Carter?«

»Keine Ahnung, was du meinst«, behauptete ich genervt. Ich war ausgezogen, um nicht mehr über Jesse nachdenken zu müssen und jetzt begann Mona ausgerechnet mit diesem Thema.

»Ach bitte, ich bin doch nicht auf den Kopf gefallen.« Sie verdrehte die Augen. »Ich habe euch im Wirtschaftskurs beobachtet. Erst hasst ihr euch, dann seid ihr plötzlich unzertrennlich, und dann seht ihr euch nicht einmal mehr an und sitzt so weit voneinander entfernt wie möglich. Das ist wahrscheinlich auch der Grund, warum er mich nie angerufen hat, oder?«

»Mona«, begann ich, aber sie fiel mir sofort ins Wort.

»Schon okay. Klar, Jesse ist echt heiß, und ich hätte nichts dagegen gehabt, mich ein bisschen mit ihm zu vergnügen, aber ich bin nicht in ihn verknallt oder so. Also, was ist passiert? Habt ihr Schluss gemacht? Bist du deshalb dort ausgezogen? Oder macht ihr nur eine kleine Beziehungspause?«

Eigentlich war ich gerade echt nicht in Stimmung für so

viele Fragen, außerdem wollte ich nicht mit Mona über mein Liebesleben reden, aber es wäre wohl ziemlich unhöflich gewesen, ihr einfach zu sagen, sie solle die Klappe halten, vor allem, da sie mir mit dem freien Zimmer echt den Arsch gerettet hatte.

»Jesse und ich sind nicht zusammen und waren es auch nie«, erklärte ich deshalb kurz angebunden.

»Dann habt ihr nur miteinander gevögelt?«

»Nein«, widersprach ich empört. »Wir haben nie miteinander geschlafen.«

Sie betrachtete mich einige Sekunden lang stirnrunzelnd.

»Oh, verstehe«, sagte sie dann plötzlich und richtete ihre Aufmerksamkeit wieder auf den Fernseher.

»Was verstehst du?«, fragte ich, griff mir die Fernbedienung und schaltete auf stumm.

»Ist das nicht offensichtlich?«

»Nicht wirklich.« Ich verschränkte die Arme vor der Brust.

»Was könnte Bailey Adams dazu bringen auszuziehen und einfach wegzulaufen? Es war keine schiefgegangene Beziehung oder Affäre, also bleibt nur noch eine Möglichkeit.«

»Und die wäre?«

»Dass du dich in ihn verliebt hast. Er ist natürlich alles andere als beziehungsfähig. Na ja, sein Ruf eilt ihm voraus. Also konntest du entweder bleiben und mit ansehen, wie er eine Schlampe nach der anderen abschleppt, oder du konntest dich von dort verpissen und die Sache einfach aussitzen, bis du über ihn hinweg bist oder jemanden gefunden hast, der dir über ihn hinweghilft.«

Ich starrte Mona mit großen Augen an. Ich hatte sie bisher immer nur von ihrer nervigen, männerbesessenen Seite gesehen, aber offensichtlich steckte mehr in ihr, als ich gedacht hatte. Sie hätte mal lieber Psychologie studieren sollen. Dieses Gebiet schien ihr echt zu liegen. Oder ich war einfach verdammt leicht zu durchschauen. Die erste Variante gefiel mir deutlich besser.

»Das muss dir nicht peinlich sein«, meinte Mona, als ich nach einigen Sekunden immer noch nichts gesagt hatte. »Jesse ist echt heiß, und wenn jemand wie du sich in ihn verliebt, dann muss da noch viel mehr in ihm stecken, als nur dieser oberflächliche Playboy. Außerdem kann man nichts für seine Gefühle. Also kein Grund, sich deshalb zu schämen.«

»Behalt es bitte für dich«, flehte ich, da es wohl keinen Sinn hatte, es abzustreiten.

»Keine Sorge, dein Geheimnis ist bei mir sicher. Wenn du wüsstest, wie viele Geheimnisse ich da drin aufbewahre.« Lachend tippte sie sich gegen die Schläfe.

»Bin ich eigentlich echt so leicht zu durchschauen?«, fragte ich besorgt und biss mir auf die Unterlippe.

»Nein, ich habe nur ein Talent für so was.« Sie lächelte und legte mir beruhigend die Hand auf den Arm. »Weiß er es?«

Ich brauchte nicht erst nachzufragen, um zu wissen, was sie meinte. »Er vermutet es, aber ich habe es abgestritten.«

»Warum? Denkst du nicht, dass er deine Gefühle erwidern könnte?«

»Nein.« Ich lachte bitter auf.

»Warum erzählst du mir nicht die ganze Geschichte? Vielleicht kann ich ja helfen. Manchmal fühlt man sich schon alleine dadurch besser, dass man jemanden hat, der einem zuhört.«

Und plötzlich fand ich mich wieder, wie ich mit Mona Armstrong auf ihrem Sofa saß und ihr meine tiefsten Geheimnisse anvertraute. Hätte mir das jemand vor ein paar Tagen gesagt, hätte ich mir wahrscheinlich vor Lachen in die Hose gemacht, aber Mona hatte recht gehabt. Es tat gut, einfach mal alles loszuwerden und mit einer außenstehenden Person darüber zu reden. Und Mona war eine äußert geduldige und gute Zuhörerin. Sie unterbrach mich nur einmal, und zwar als der Pizzabote mit unserer Bestellung kam. Wir saßen bis in die Nacht hinein zusammen und redeten. Mona hatte zwar auch nicht den perfekten Lösungsvorschlag parat, aber sie riet mir, ihn erst mal zu meiden, wenn ich über ihn hinwegkommen wollte. Außerdem sollte ich mich darauf besinnen, was genau ich mir von einem Mann wünschte, was mir schnell klarmachte, dass Jesse so gar nichts mit meiner Vorstellung vom perfekten Partner gemeinsam hatte. Das half tatsächlich ein wenig.

Heute Nachmittag war ich noch darauf eingestellt gewesen, die nächsten Wochen mit einer nervigen Mitbewohnerin zusammenleben zu müssen, doch ich hätte mich nicht mehr irren können. Tatsächlich sah es so aus, als hätte ich eine neue Freundin gewonnen.

»Atme einfach tief durch. Das wird schon«, beruhigte mich Mona, als wir zwei Tage später gemeinsam den Vorlesungssaal betraten, in dem gleich der Wirtschaftskurs stattfinden würde.

Laut Dawn war Jesse am Tag meines Auszugs erst spätabends nach Hause gekommen, weshalb er erst gestern herausgefunden hatte, dass ich ausgezogen war. Im Laufe des Tages hatte er ein paarmal versucht, mich anzurufen, aber ich hatte seine Nummer blockiert. Ich brauchte Abstand. Ich war ja nicht ausgezogen, um jetzt am Telefon mit ihm zu reden. Zack hatte mich angefleht, Jesse sagen zu dürfen, wohin ich gezogen war, da er ihm damit anscheinend total auf die Nerven ging, aber ich hatte es ihm strikt verboten. Es wäre für mein Herz eher unvorteilhaft gewesen, wenn Jesse plötzlich vor meiner Tür gestanden hätte.

Ich hatte keine Ahnung, warum er plötzlich so erpicht darauf war, mit mir in Kontakt zu treten, immerhin war er es gewesen, der mich in den letzten Tagen gemieden hatte wie die Pest. Dass es jetzt andersherum war, konnte er anscheinend nicht ertragen.

Aber jetzt konnte ich ihm nicht mehr aus dem Weg gehen. Ich konnte nur hoffen, dass er den Wirtschaftskurs heute vielleicht schwänzen würde, doch das war eher unwahrscheinlich. Nur gut, dass Mona an meiner Seite war.

»Siehst du ihn?«, fragte ich und sah mich panisch um.

»Nein, und jetzt hör endlich auf, dich wie eine Verrückte aufzuführen. Du bist eine erwachsene, selbstbewusste Frau und kein verschrecktes Reh, also benimm dich auch so«, befahl Mona streng und schob mich dann zu einem freien Stuhl.

»Keine Ahnung, was plötzlich mit mir los ist. Ich glaube, es ist mir einfach peinlich, wie ich mich verhalten habe. Ich bin heimlich ausgezogen, ohne ihm ein Wort zu sagen und ignoriere seitdem seine Anrufe. Wenn er vorher noch nicht mit Sicherheit wusste, dass ich Gefühle für ihn habe, dann weiß er es jetzt auf jeden Fall.«

»Na und?«

»Na und?«, wiederholte ich ungläubig. Verstand sie denn meine Misere nicht?

»Hatten wir das nicht schon geklärt?«, fragte sie seufzend. »Deine Gefühle sind nichts, wofür du dich schämen müsstest. Leute verlieben sich ständig und leider auch viel zu oft in den Falschen. Das passiert eben. Und wie ich schon des Öfteren gesagt habe, wäre es vielleicht sogar besser, es ihm gegenüber einfach zuzugeben und ihn darum zu bitten, dich in Ruhe zu lassen, damit du damit abschließen kannst.«

Ich grunzte verächtlich.

»Tja, ein Gespräch wird dir wohl nicht erspart bleiben. Er hat dich gerade entdeckt, und ich glaube nicht, dass du dich dieses Mal so einfach wegschleichen kannst«, murmelte sie im selben Moment, in dem Professor McAroy den Hörsaal betrat.

»Was? Wo?«, fragte ich und sah mich schnell um, als mein

Blick plötzlich auf Jesses traf. Er saß ein paar Reihen hinter mir und fixierte mich.

Nope, er würde mich auf keinen Fall so schnell davonkommen lassen. Er sah mich an wie ein Löwe, der gerade seine Beute gewittert hatte. Ich drehte mich schnell wieder um und versuchte, mich auf die Vorlesung zu konzentrieren.

Ich bekam kein Wort mit. Auch wenn ich Jesse nicht mehr sah, konnte ich dennoch seine Blicke auf mir spüren. Er würde mich nicht mehr aus den Augen lassen, bis er mich endlich geschnappt und aufgefressen hatte.

Aber was wäre ich für ein Gnu oder Zebra – oder was auch immer Löwen so fraßen – gewesen, wenn ich nicht wenigstens versucht hätte, zu fliehen. Deshalb sprang ich im selben Moment, in dem Professor McAroy die Vorlesung beendete, hoch und zwängte mich an den anderen Studenten vorbei, um so schnell wie möglich von hier wegzukommen. Ich hörte noch Monas lautes Schnauben, doch ich kümmerte mich nicht darum. Ich hatte keine Zeit, auf sie zu warten und mir ihre schlauen Sprüche anzuhören.

Ich war eine der ersten, die aus der Tür traten, und eine Sekunde lang dachte ich tatsächlich, ich hätte es geschafft, doch dann packte mich plötzlich jemand am Arm und zog mich einfach zur Seite. Anscheinend war Jesse schneller gewesen als ich.

»Jesse«, sagte ich trocken und versuchte seinem Blick standzuhalten.

»Was soll das, Bailey?«, fragte er aufgebracht. »Du ziehst einfach so aus, ohne mir etwas zu sagen und ignorierst dann meine Anrufe?«

»Ja, und wenn schon?« Ich verschränkte meine Arme vor der Brust und sah ihn trotzig an.

Sehr schlagfertig, Bailey!

»Und wenn schon? Womit habe ich das denn verdient?

Nur weil ich dachte, du hättest Gefühle für mich? Ist das dein verdammter Ernst?«

»So lasse ich nicht mit mir reden!« Ich wandte mich zum Gehen um, aber Jesse hielt mich fest und zwang mich, stehen zu bleiben.

»Du gehst jetzt nirgendwohin. Verstanden?«

»Was willst du machen? Mich als Geisel nehmen?«

»Wenn es sein muss«, knurrte er. »Sagst du mir jetzt endlich, was eigentlich los ist?«

»Das fragst du noch?«, erwiderte ich ungläubig.

»Ja, weil ich einfach nicht glauben kann, dass du mich wirklich so sehr hasst.«

Ich sah ihn verständnislos an. »Dich hassen? Du denkst, ich habe das getan, weil ich dich hasse?«

»Warum denn sonst?« Er seufzte schwer. »Ich weiß ja, dass das alleine meine Schuld ist. Du … du bist meine beste Freundin, Bailey, und der Gedanke daran, du könntest mehr für mich empfinden, hat mich in Angst und Schrecken versetzt. Ich hatte Angst, dich zu verletzen, und deshalb habe ich etwas total Bescheuertes getan, das dich erst recht verletzt hat. Das war dumm von mir. Ich hätte einfach mit dir reden sollen, anstatt dich von mir wegzustoßen und dir aus dem Weg zu gehen. Ich wollte doch nie, dass es so weit kommt, dass du ausziehst.« Er raufte sich das Haar. »Du hattest recht. So behandelt man seine Freunde nicht. Es tut mir leid. Ich versuche, mich in Zukunft zu bessern, aber verzeih mir bitte und komm wieder nach Hause. Ich ertrage den Gedanken einfach nicht, dass du mich hasst. Ich vermisse dich, B.«

Ich lachte auf, nur um nicht losheulen zu müssen. »Du liegst so was von falsch.«

Obwohl ich nicht wollte, dass er wusste, wie viel er mir wirklich bedeutete, konnte ich nicht mit dem Gedanken leben, dass er dachte, ich würde ihn hassen. »Ich hasse dich nicht, Jesse, aber ich kann auch nicht mehr nach Hause kommen.«

»Und warum nicht? Ist das, was ich gemacht habe, wirklich so unverzeihlich. Ich meine, ich habe schon Schlimmeres gemacht und du hast mir auch jedes Mal verziehen.«

»Ich verzeihe dir, okay?«

»Also kommst du wieder nach Hause?«, fragte er erfreut, aber ich schüttelte den Kopf.

»Aber warum denn nicht?«

»Spielt das denn eine Rolle?«

»Natürlich!«, rief er fassungslos. »Wenn du mich nicht hasst und mir verzeihst, was ist es dann? Und sag mir jetzt bloß nicht, es liegt nicht an mir, denn an Dawn und Zack liegt es bestimmt nicht.«

»Hier steckst du«, sagte Mona, die gerade den Hörsaal verlassen hatte. »Soll ich draußen auf dich warten?«

»Nein, wir treffen uns zu Hause.«

»Okay.« Sie warf mir noch einen bedeutungsvollen Blick zu, ehe sie sich von uns abwandte und ging.

»Zu Hause? Du wohnst jetzt bei Titten-Mona?«, wollte Jesse wissen.

»Nenn sie nicht so!«

»Also seid ihr jetzt Freundinnen oder so?«

»Ja, sind wir. Hast du ein Problem damit?«, fragte ich angriffslustig.

»Nein, ich bin nur … überrascht.«

»Wie auch immer. Ich sollte dann mal gehen«, seufzte ich.

»Nein, du wolltest mir gerade den Grund sagen, warum du nicht nach Hause kommst. Also schieß los!«

»Ach ja? Wollte ich das?«

»Allerdings. Also? Und schone bloß nicht meine Gefühle. Wenn du mich hasst, dann kannst du es ruhig zugeben. Das hat dir früher auch nie was ausgemacht.«

»Oh Gott, wie kann man nur so ein Idiot sein?«, schnaubte ich. »Ich hasse dich nicht, Jesse. Glaub mir, ich wünschte, ich würde dich hassen, denn dann wäre alles so viel einfacher.«

»Was willst du damit sagen?« Er sah mich so intensiv an, dass ich wegsehen musste. Seine blauen Augen waren im Moment einfach zu viel für mich. Jede Faser meines Körpers sehnte sich nach ihm. Ich wollte einfach nur die Arme um ihn schlingen, mich an ihn pressen und ihn küssen.

Ich seufzte und dachte noch mal über Monas Worte nach. Vielleicht hatte sie recht. Vielleicht musste ich ihm die Wahrheit sagen, um endlich über ihn hinwegkommen zu können. Mit einer billigen Ausrede würde er sich ohnehin nicht abspeisen lassen, aber wenn er wusste, was wirklich los war, würde er mich vielleicht verstehen und meine Wünsche respektieren.

Ich sah mich um und bemerkte ein paar Mädchen, die uns neugierig beobachteten.

»Können wir vielleicht woanders hingehen?«, bat ich, da ich keine Zuschauer brauchte, wenn ich Jesse meine Liebe gestand.

»Du willst mir jetzt aber nicht sagen, dass du von mir schwanger bist, oder? Denn auch wenn ich nicht gerade ein Ass in Biologie bin, weiß ich trotzdem, dass das ziemlich unmöglich wäre, weil wir nicht einmal –«

»Halt einfach die Klappe! Idiot«, murmelte ich, nahm ihn an der Hand und zog ihn hinter mir her aus dem Gebäude. Wenigstens konnte noch einer von uns Witze machen. Ich war dafür gerade nicht wirklich in Stimmung.

Ich suchte uns eine ruhige Ecke in der Nähe des Parkplatzes, wo mein Wagen stand, damit ich danach so schnell wie möglich von hier verschwinden konnte.

»Sagst du mir jetzt endlich, warum du nicht nach Hause kommen willst?«, fragte Jesse, als ich stehen geblieben war.

»Das … das ist nicht so einfach. Ich weiß nicht, wie ich es sagen soll«, stammelte ich. Ich war so nervös, dass meine Hände zitterten, weshalb ich mich am Gurt meiner Tasche festklammerte.

»Sprich es einfach aus«, verlangte Jesse ungeduldig. »Hat es was mit mir zu tun?«

»Ja«, gestand ich leise und holte dann tief Luft, um mich zu wappnen. Ich konnte ihm hierbei einfach nicht in die Augen sehen, also starrte ich stattdessen auf den Kragen seiner schwarzen Lederjacke.

»Ja, es hat etwas mit dir zu tun, zuerst hast du mich als C dazu gebracht, mich in dich zu verknallen und dann hast du es als Jesse geschafft, mich dazu zu bringen, mich Hals über Kopf in dich zu verlieben.«

Jesse gab keinen Ton von sich, also redete ich einfach weiter. Je schneller ich es hinter mich gebracht hatte, desto schneller konnte ich von hier verschwinden.

»Ich hasse dich nicht, Jesse. Du hattest recht, ich habe Gefühle für dich. Ich bin in dich verliebt«, seufzte ich. »Und das ist echt verdammt scheiße. Es war nicht gerade leicht, mir das endlich einzugestehen, und als ich es schließlich doch getan und mich an dich rangemacht habe, hast du mich abgewiesen.«

Ich lachte traurig auf, sah ihn aber immer noch nicht an. »Ich meine, ausgerechnet du! Derjenige, der mit jeder vögelt, hat mich einfach abgewiesen. Und dann hast du mich nicht einmal mehr angesehen, und du hast zugelassen, dass ich dich mit diesem Mädchen erwische. Nein, du hast es sogar darauf angelegt. Mein Glück, dass ich so früh reingekommen bin. So ist mir ein noch schlimmerer Anblick erspart geblieben. Aber es hat mir trotzdem das Herz gebrochen. Du hast mir das Herz gebrochen, Jesse.« Meine Augen füllten sich mit Tränen.

Und dann wagte ich es endlich, ihn anzusehen. Er starrte mich einfach nur mit großen Augen an, als stünde er unter Schock. Obwohl er mir selbst vorgeworfen hatte, ich hätte Gefühle für ihn, schien er es wohl doch nicht wirklich geglaubt zu haben. Zumindest ließ mich das sein überraschter Gesichtsausdruck vermuten.

»Und es tut weh, dich jeden Tag sehen zu müssen und zu wissen, dass du nie dasselbe für mich empfinden wirst. Dass du mich noch nicht einmal attraktiv genug findest, um nur mit mir zu schlafen. Und alleine beim Gedanken daran, dass ich noch ein einziges Mal mitanhören muss, wie du es im Nebenzimmer mit einer anderen treibst, wird mir kotzübel. Deshalb musste ich da weg. Ich musste raus aus diesem Haus. Ich ertrage es nicht länger, in deiner Nähe zu sein und zu wissen, dass ich dich nicht anfassen, dich nicht küssen kann. Ich kann dir nicht dabei zusehen, wie du eine Tussi nach der anderen abschleppst. Ich muss über dich hinwegkommen, und das funktioniert einfach nicht, wenn wir im selben Haus wohnen. Ich hoffe, du verstehst das und respektierst meinen Wunsch. Ich will nicht, dass du mich anrufst oder mir vor meinen Kursen auflauerst. Ich will nicht mit dir reden oder dich auch nur ansehen, das tut nämlich verdammt weh.«

Ich sah ihn abwartend – und traurigerweise auch ein wenig hoffnungsvoll – an, doch von ihm kam gar nichts. Er sagte kein Wort, sondern sah mich nur mit diesen traumhaft schönen blauen Augen an. Das gab mir den Rest, und ich wollte einfach nur noch weg von hier, ehe ich völlig zusammenbrach.

»Na ja, jetzt weißt du es. Ich sollte dann wohl mal gehen.«

Ich drehte mich um und ging langsam in Richtung meines Wagens davon. Ein kleiner Teil von mir hatte gehofft, er würde mich aufhalten, aber das tat er nicht. Er ließ mich einfach gehen, ohne ein einziges Wort zu sagen.

Ich hatte mich kaum angeschnallt, da strömten die Tränen auch schon sturzflutartig über meine Wangen, doch ich musste noch eine Weile durchhalten und stark sein. Mein Zusammenbruch musste warten, bis ich zu Hause war und mich mit Eiscreme vollstopfen konnte. Also wischte ich mir wütend über die Augen, startete den Motor und lenkte den Wagen auf die Straße.

Sechzehntes Kapitel

Ich hatte Dawn angerufen, die sofort vorbeigekommen war. Sie und Mona versuchten, mich zu trösten, indem sie mir gut zuredeten und mich in die Arme nahmen, aber vor allem mit viel Eis und einer Flasche Wein. In einem Moment peinlicher Schwäche, versteckte ich mich mit meinem Handy im Badezimmer und entblockierte Jesse wieder, nur um danach einen erneuten Heulanfall zu bekommen, da er nicht noch mal versucht hatte, mich anzurufen oder mir wenigstens eine Nachricht zu schreiben. Ich verfluchte diese kleine, hinterhältige Bitch namens Hoffnung, die unterbewusst wohl doch noch da gewesen war.

Zum Glück waren Mona und Dawn da, denn nachdem ich etwa die Hälfte der zweiten Flasche Wein getrunken hatte, hielten sie mich davon ab, Jesse anzurufen und ihm lautstark mitzuteilen, dass ich ein verdammter Hauptgewinn war und wie er es nur wagen konnte, meine Gefühle nicht zu erwidern. Irgendwann, als ich alle Tränen geweint und Jesse mit allen Schimpfwörtern, die ich kannte, benannt hatte, schlief ich schließlich zusammengerollt mit dem Kopf auf Dawns Schoß ein.

Gefühlte zehn Minuten später wurde ich vom ohrenbetäubenden Geräusch des Mixers geweckt.

»Aufhören!«, krächzte ich.

»Raus aus den Federn, Schlafmütze«, vernahm ich Monas viel zu fröhliche Stimme.

Ich wollte ihr ein Kissen ins Gesicht werfen, doch irgendetwas stimmte damit nicht. Es ließ sich einfach nicht bewegen.

Ich öffnete die Augen und bemerkte, dass es gar kein Kissen, sondern Dawns Hintern war.

»Autsch, lass das«, murmelte diese verschlafen.

»Kommt schon! Aufstehen, Leute! Ich habe uns Frühstück gemacht.«

Ich setzte mich stöhnend auf und funkelte Mona wütend an, die gerade den Smoothie aus dem Mixer in Gläser verteilte und dabei viel zu breit grinste.

»Hopp, hopp!«, sagte sie und stellte die Gläser auf den Tisch, auf dem bereits drei Teller voll mit Rührei und Speck standen. Ich erhob mich mühsam und ließ mich ein paar Meter weiter auf den Stuhl am Küchentisch sinken. Dawn tat es mir gleich.

»Warum bist du so gut gelaunt?«, fragte ich mürrisch und schob mir eine Gabel voll Eier in den Mund. Es schmeckte köstlich.

»Heute ist einfach ein schöner Tag.«

Ich grunzte nur.

»Okay, ich weiß, du hast Liebeskummer und es geht dir gerade echt beschissen, deshalb habe ich dir gestern auch erlaubt, dich so gehen zu lassen –«

»Wie bitte? Du hast es mir *erlaubt?*«, unterbrach ich sie, aber Mona ignorierte mich und sprach einfach weiter.

»– aber heute geht das Leben wieder weiter. Neuer Tag, neues Glück, wie es so schön heißt. Also wirst du jetzt was essen, um deinen Kater loszuwerden, dann springst du unter die Dusche, und danach gehst du zu deinen Kursen.«

»Ich kann nicht. Was, wenn ich Jesse sehe?«

»Dann nickst du ihm cool zu und gehst einfach weiter.«

»Das ist nicht so einfach, Mona!« Ich biss ein Stück vom Toast ab.

»Natürlich nicht. Du wirst dich schrecklich fühlen, aber es wird jedes Mal ein bisschen leichter werden. Du kannst dich nicht für immer zu Hause verstecken.«

»Mona hat recht«, stieg nun auch Dawn ins Gespräch ein. »Du darfst nicht zulassen, dass Jesse dein Leben ruiniert. Was du brauchst, ist ein bisschen Normalität und Ablenkung. Es nutzt keinem was, wenn du den ganzen Tag auf dem Sofa sitzt und über ihn nachdenkst.«

Ich seufzte. Die beiden hatten wahrscheinlich recht. Also befolgte ich Monas Rat, genehmigte mir eine lange, heiße Dusche und ging dann zu meinen Kursen. Es war nicht einfach, mich auf den Unterrichtsstoff zu konzentrieren, auch wenn ich es wirklich versuchte. Trotzdem schossen meine Gedanken immer wieder zu Jesse.

In der Mittagspause trafen Mona, Dawn und ich uns zum Lunch in der Cafeteria. Die beiden hatten wohl Angst, mich zu lange alleine zu lassen.

»Wenn das mal nicht ein Bild des Jammers ist«, sagte Mona, stellte ihr Tablett auf dem Tisch ab und setzte sich mir gegenüber neben Dawn.

»Das ist nicht hilfreich«, zischte Dawn leise, aber laut genug, dass ich es hörte.

»Schon okay«, murmelte ich und stocherte lustlos in dem bräunlichen Haufen Matsch herum, der wohl Kartoffelbrei sein sollte. Jetzt wusste ich wieder, warum ich sonst eigentlich nie hierher essen ging.

»Das wird schon wieder«, versicherte mir Dawn und drückte aufmunternd meine Hand. »Bald bist du wieder ganz die Alte, du wirst schon sehen.«

Ich nickte, obwohl ich ihren Worten nicht so recht glauben wollte. Ich hatte mich noch nie so miserabel gefühlt. Es war eine Sache, einfach nur traurig und verletzt zu sein, aber was mich wirklich fertig machte, war diese Hoffnungslosigkeit.

»Wann kommst du heute nach Hause?«, fragte Mona plötzlich.

»Ich weiß nicht.« Ich zuckte mit den Schultern. »Ich habe

bis fünf Uhr Kurse, danach wollte ich noch in die Bibliothek. Ich muss eine Hausarbeit über empirische Forschungsmethoden schreiben. Ich denke also nicht, dass ich vor sieben oder acht Uhr nach Hause komme.«

»Perfekt«, meinte Mona und strahlte mich an.

»Hast du irgendetwas vor, bei dem ich dich nicht stören soll?«, fragte ich ein wenig verwirrt. »Wenn ja, sag es mir ruhig. Dann bleibe ich so lange weg wie nötig. Ich will nicht in irgendwas hineinplatzen.«

»Ach nein, darum geht es nicht«, sagte Mona und winkte lässig ab. »Ich habe eine kleine Überraschung für dich geplant.«

»Welche Art von Überraschung?« Ich musterte sie skeptisch.

»Die Art, die dich von deinem Liebeskummer ablenkt.«

»Sag mir bitte nicht, dass du einen Stripper engagiert hast!«

Mona lachte. »Nein, aber schade eigentlich. Das hebe ich mir dann fürs nächste Mal auf.«

»Was ist es dann?«, bohrte ich nach und schob das Tablett vor mir zur Seite. Ich würde das Zeug darauf ohnehin nicht essen.

»Du wirst schon sehen.« Mona grinste geheimnisvoll, was mich ziemlich nervös machte.

»Warum sagst du es nicht einfach?«

»Dann wäre es keine Überraschung mehr. Keine Sorge, es ist nichts Schlimmes, versprochen.«

»Weißt du, was sie vorhat?«, fragte ich Dawn, die nur den Kopf schüttelte, während sie mit angewidertem Gesichtsausdruck versuchte, irgendetwas einigermaßen Essbares auf ihrem Tablett zu finden.

»Sei nicht so neugierig, Bailey«, tadelte mich Mona. »Du wirst es sehen, wenn du es siehst. So, ich muss jetzt los. Ich habe gleich noch eine Vorlesung.«

Sie stand auf, wirbelte herum, dass ihr schwarzer Rock um ihre Beine flatterte, und marschierte aus der Cafeteria, ohne ihr Essen auch nur angerührt zu haben.

»Ich sollte dann auch mal gehen«, seufzte ich.

»Ja, gehen wir. Das hier kann man ohnehin nicht essen«, brummte Dawn.

Wir verließen gemeinsam das Gebäude und verabschiedeten uns dann voneinander, da jeder in eine andere Richtung musste.

Ich überlegte den gesamten Nachmittag, was wohl Monas Überraschung sein könnte. Ich hatte irgendwie gar kein gutes Gefühl bei der Sache.

Wäre sie Dawn, hätten zu Hause wahrscheinlich eine Pizza und jede Menge Eis auf mich gewartet. Wir hätten uns unsere bequemsten Klamotten angezogen und uns eine Komödie nach der anderen angesehen. Aber sie war nun mal nicht Dawn, sie war Mona und bei Mona war alles möglich.

Wenigstens hatte sie es so geschafft, mich für ein paar Stunden von Jesse abzulenken. Dafür brauchte ich aber auch eine Ewigkeit, um diesen blöden Aufsatz zu schreiben, weil meine Gedanken immer wieder abschweiften.

Es war schon fast halb neun, als ich meinen Wagen vor dem Apartmentkomplex parkte. Ich war völlig erschöpft und wollte nur noch aufs Sofa und mich entspannen. Als ich das Treppenhaus betrat, war dumpf Musik zu hören, die immer lauter wurde, je höher ich die Treppen hinaufstieg.

Ich stöhnte frustriert auf. Einer unserer Nachbarn schmiss wohl eine Party, was bedeutete, dass ich wahrscheinlich meine geräuschunterdrückenden Kopfhörer brauchte, um schlafen zu können.

Als ich unsere Wohnungstür erreichte, runzelte ich die Stirn. Der Lärm schien direkt von unserer Wohnung auszugehen.

»Verdammt, Mona«, murmelte ich und ließ meinen Kopf

kurz gegen die Tür sinken, ehe ich sie öffnete. Die Popmusik und das Stimmengewirr wurden lauter, außerdem roch es bereits nach Alkohol.

Ich nickte ein paar Mädchen zu, die im Flur vor der Toilette anstanden, und musste den Drang unterdrücken, sie hochkant rauszuwerfen. Ich ging weiter ins Wohnzimmer und bei dem Anblick, der sich mir bot, wurde ich stinksauer. Ich musste dringend Mona finden, um sie zu erwürgen.

Unser Wohnzimmer und unsere Küche waren voll mit Menschen. Die meisten von ihnen hatten Bierflaschen oder rote Plastikbecher in der Hand und ein paar hatten sich sogar ungeniert eine Zigarette angezündet. Ich versuchte, nicht ganz so wütend auszusehen, wie ich mich fühlte, und bahnte mir einen Weg zu meinem Zimmer, da ich erst mal meine Tasche mit dem Laptop in Sicherheit bringen wollte.

Ich riss die Tür auf und blieb dann wie angewurzelt stehen. Auf meinem Bett lag ein Pärchen, das wild miteinander rummachte.

»Raus hier!«, rief ich aufgebracht. »Das hier ist Sperrgebiet!«

Das Mädchen und der Junge rappelten sich auf und liefen dann kichernd an mir vorbei.

»Da bist du ja«, sagte Mona, die auf einmal in meinem Zimmer stand. »Ich dachte schon, dass ich dein zartes Stimmchen vernommen habe.«

»Was soll das, Mona?«, fuhr ich sie an, woraufhin sie die Arme ausbreitete und laut „Überraschung" rief.

»Das soll deine tolle Überraschung sein? Eine Party?«

»Klar. Gut, oder?«, meinte sie grinsend.

»Nicht dein Ernst, oder? Eine Party ist das Letzte, das ich heute will. Ich wollte doch nur meine Ruhe haben, ein bisschen fernsehen und früh schlafen gehen.«

»Wenn das mal nicht der langweiligste Plan aller Zeiten

ist«, murmelte Mona, und es war nicht zu übersehen, dass sie schon etwas getrunken hatte.

»Mona ... «, sagte ich und es klang beinahe nach einem Flehen.

»Okay, vielleicht hätte ich vorher mit dir darüber reden sollen«, lenkte sie ein, als sie meinen Gesichtsausdruck sah, »aber jetzt ist es ohnehin schon zu spät. Ich kann die Leute ja nicht einfach rausschmeißen.«

»Dann sorge wenigstens dafür, dass sich die Lautstärke in Grenzen hält und niemand in mein Zimmer kommt«, brummte ich und setzte mich auf mein Bett.

»Du willst dich doch nicht ernsthaft in deinem Zimmer verkriechen?«

»Genau das habe ich vor.«

»Kommt gar nicht infrage!« Mona packte meine Arme und zog mich wieder auf die Beine. »Die Party läuft schon, und das wird auch noch ein paar Stunden so bleiben, also kannst du genauso gut mit uns mitfeiern.«

»Ich habe keinen Bock auf eine Party, Mona.«

»Ach, komm schon, nur für eine kleine Weile. Ich habe auch jemanden entdeckt, der ziemlich interessant für dich sein dürfte.« Sie wackelte anzüglich mit den Augenbrauen, und sofort begann mein Herz vor Aufregung zu rasen.

»Wen?«, brach es aus mir hervor, und Monas Grinsen verrutschte für einen Augenblick und verwandelte sich dann in ein sanftes Lächeln.

»Nein, nicht Jesse. Tut mir leid, Süße. Ich meinte Ryan.«

»Wer?«, fragte ich verwirrt und versuchte, die Enttäuschung hinunterzuschlucken.

»Na, Ryan! Du weißt schon, dieser Typ, mit dem du auf einem Doppeldate warst!«

»Oh«, machte ich, als mir klar wurde, wen sie meinte, und im selben Augenblick bereute ich es, dass ich ihr an unserem ersten gemeinsamen Abend in dieser Wohnung von Ryan erzählt hatte.

»Du hast doch gesagt, was für ein toller Typ er ist und dass du sicher noch ein zweites Date mit ihm gehabt hättest, wenn Jesse nicht gewesen wäre. Also, das ist deine Chance.«

»Sorry, aber ich bin noch lange davon entfernt, mich auf einen anderen Kerl einzulassen.«

»Ich sage ja nicht, dass du sofort mit ihm ins Bett hüpfen oder ihn heiraten sollst. Rede einfach mit ihm. Ein Gespräch mit einem netten, attraktiven Mann wird dir sicher guttun.« Sie lächelte und sah dann an mir herunter. »Willst du das anlassen?«

»Was ist verkehrt an meinem Outfit?«

»Also an den High-Waist-Jeans ist gar nichts verkehrt. Die machen einen tollen Hintern, aber das Shirt …«

»Was ist damit?«, fragte ich ein wenig angriffslustig.

»Es ist bestimmt zwei Nummern zu groß. Hast du nichts engeres?«

Sie ging an mir vorbei zur Kommode, öffnete ein paar Schubladen und wühlte sich durch meine Oberteile.

»Zieh das hier an«, befahl sie und warf mir ein schwarzes, bauchfreies Top mit Spaghettiträgern und spitzenbesetztem Saum zu.

»Na los!«, forderte sie mich auf, als ich sie einfach nur anstarrte.

»Gut, von mir aus«, murmelte ich, zog mir das weiße Shirt, das ich anhatte, über den Kopf und schlüpfte in das Top.

»Deine Brüste sehen ja toll darin aus!«

»Ja, super«, erwiderte ich trocken.

»Gut, dann mal ran an den Speck!« Grinsend schob Mona mich aus dem Zimmer. Ich versuchte gar nicht erst ihr zu erklären, dass ich an keiner Art von „Speck“ interessiert war. Sie würde mir ohnehin nicht zuhören.

Sie lotste mich entschlossen zu einem kleinen Grüppchen

von drei Kerlen, die alle ein Bier in der Hand hielten und sich miteinander unterhielten.

»Sieh mal, wen ich gefunden habe, Ryan«, sagte Mona, als wir nur noch ein paar Schritte von ihnen entfernt waren.

Ryan drehte sich zu uns um, und als er mich erkannte, breitete sich ein Lächeln auf seinem Gesicht aus.

Er sah auch heute ziemlich gut aus. Er trug enge Jeans und ein graues Shirt, das seine Muskeln betonte. Sein Haar war mittlerweile ein bisschen länger geworden, und er hatte einen dunklen Bartschatten, was ihm verdammt gut stand.

»Hi, Bailey!« Ryan küsste mich zur Begrüßung auf die Wange.

»Hi«, murmelte ich und versuchte, sein Lächeln zu erwidern.

»Ich dachte nicht, dich nach unserem Date jemals wiederzusehen.«

»Tja, die Welt ist klein«, meinte ich schulterzuckend.

»Ja, wem sagst du das. Mona hat mir vorhin erzählt, dass du hier wohnst.«

»Woher kennst du Mona?«, wollte ich wissen.

»Wir sind beide im selben Kurs für englische Literatur.«

»Oh, verstehe.«

»Ist Dawn gar nicht hier?«

»Nein.« Ich schüttelte leicht den Kopf. »Partys sind nicht so ihr Ding. Außerdem war das hier alles ziemlich spontan.«

»Stimmt. Ich habe auch erst heute Nachmittag davon erfahren. Dafür sind aber ziemlich viele Leute hier«, stellte er fest und blickte sich demonstrativ im Raum um.

»Ja«, stimmte ich ihm zu.

»Willst du was trinken?«, fragte Ryan und lachte dann nervös auf. »Ist irgendwie komisch, dir in deiner eigenen Wohnung etwas zu trinken anzubieten.«

Ich musste ebenfalls grinsen und dieses Mal war es sogar

echt. »Also, ich finde es nett. Ähm …«, ich überlegte kurz, »ja, ein Bier könnte nicht schaden.«

»Gut, ich hole dir eins. Das sind übrigens meine Freunde, John und Steve.« Er deutete auf die beiden Kerle, die unser Gespräch still verfolgt hatten. »Seid nett zu ihr«, ermahnte er sie noch, ehe er sich einen Weg zur Küche bahnte.

»Schön, euch kennenzulernen«, sagte ich höflich.

»Gleichfalls«, meinte Steve und glotzte dann ungeniert in mein Dekolleté.

»Äh … und kennt ihr Ryan schon lange?«, fragte ich und verschränkte die Arme vor der Brust.

»Seit dem ersten Jahr hier«, antwortete John und kratzte sich verlegen am Hinterkopf, während er nach Ryan Ausschau hielt. Auch ich warf einen Blick über meine Schulter und war erleichtert, als ich Ryan auf uns zukommen sah. Seine beiden Freunde waren nicht gerade die angenehmsten Gesprächspartner.

»Hier!« Ryan reichte mir das Bier.

Ich nippte einmal daran und merkte sofort, dass es mir heute überhaupt nicht schmeckte.

»Und, habt ihr euch schon auf den neuesten Stand gebracht?«, fragte Mona, die plötzlich wie aus dem Nichts wieder neben uns aufgetaucht war.

»Gut«, sagte sie, ohne eine Antwort abzuwarten. »Ryan, Bailey ist übrigens immer noch Single – genau wie du.«

Ich musste mich echt zusammenreißen, um ihr nicht gegen das Schienbein zu treten, während Ryan nur nervös lachte und einen Schluck von seinem Bier nahm.

»Warum geht ihr nicht an einen ruhigeren Ort, an dem ihr euch unterhalten könnt? Baileys Zimmer wäre doch perfekt!«

»Äh, klar. Warum nicht?«, meinte Ryan, ehe ich protestieren konnte.

»Ja, okay«, stimmte ich leise zu und bedeutete Ryan, mir zu folgen. Im Vorbeigehen konnte ich nicht anders, als Mona in die Schulter zu kneifen. Sie grinste daraufhin nur und zwinkerte mir verschwörerisch zu. Morgen würde ich ihr eine Standpauke halten, die sich gewaschen hatte!

»Voilà!«, sagte ich, nachdem ich die Tür zu meinem Zimmer geöffnet hatte. »Das ist also mein Reich.«

»Schön.« Ryan sah sich in dem kleinen Raum um.

»Es ist nichts Besonderes«, meinte ich schulterzuckend und stellte mein Bier auf dem Schreibtisch ab. »Wollen wir uns setzen?« Ich deutete auf das Bett, da es die einzige Sitzmöglichkeit in diesem Raum war. Mein Schreibtischstuhl lag unter einem Berg Klamotten begraben, da ich einfach nicht die Energie aufgebracht hatte, aufzuräumen. Außerdem war die Kommode ohnehin zu klein, um all meine Kleidungsstücke unterbringen zu können.

Ryan nickte und nahm am Fußende des Bettes Platz. Ich setzte mich neben ihn – natürlich mit gebührendem Abstand zwischen uns.

»Also«, begann Ryan gedehnt und zupfte am Saum seines Shirts herum, »ich habe Jesse hier nirgends gesehen.«

Bei der Erwähnung von Jesses Namen zuckte ich leicht zusammen.

»Du hast bei unserem Doppeldate erwähnt, dass ihr Mitbewohner seid«, erklärte Ryan schnell, als er meinen verwirrten Gesichtsausdruck sah.

»Oh, äh, nein, wir sind keine Mitbewohner mehr.«

»Ach so, also hat das mit euch kein gutes Ende genommen?«

»Es gab nie ein uns«, stellte ich gereizt klar. »Ich meine, wir waren Freunde, und jetzt sind wir … keine Freunde mehr.«

»Oh, ich dachte nur, dass ihr … ach, ist ja auch egal. Es freut mich auf jeden Fall, dich wiederzusehen.«

»Ja, mich auch. Und noch mal sorry dafür, wie unser Doppeldate gelaufen ist.«

»Schon okay.« Er winkte lächelnd ab. »Es war lustig. Unter anderen Umständen hätte ich dich bestimmt um ein zweites Date gebeten.«

»Ja, unter anderen Umständen«, wiederholte ich seine Worte, während ich angestrengt versuchte, nicht an Jesse zu denken.

»Weißt du, ich finde dich echt nett … und du bist so hübsch«, sagte Ryan und rückte ein Stück näher, sodass sich unsere Oberschenkel beinahe berührten. »Da wir beide immer noch Single sind, könnten wir das Date ja vielleicht wiederholen – aber dieses Mal nur wir zwei.«

»Hör mal Ryan, du scheinst wirklich ein netter Kerl zu sein, aber zurzeit habe ich einfach kein Interesse an Dates.«

»Kein Problem, verstehe schon.« Er nickte verständnisvoll. »Aber solltest du je wieder Interesse haben …«

»Dann bist du der Erste, der es erfährt«, meinte ich lächelnd.

»Gut. Dann hoffe ich, du bist bald so weit. Aber kein Druck.« Grinsend legte er seine Hand auf meine.

Ich musste lachen.

»Ich gebe mein Bestes.«

»Das will ich auch hoffen!« Er zwinkerte mir zu und drückte kurz meine Hand.

Dann wurde plötzlich die Tür aufgerissen, und ich stöhnte genervt auf.

»Sucht euch gefälligst einen anderen Ort zum Rummachen!«, rief ich und drehte meinen Kopf in Richtung Zimmertür.

Mein Herz setzte einen Moment aus, als ich Jesse erblickte, der eine Sekunde lang verwirrt zwischen Ryan und mir hin und her sah, als wüsste er nicht, wo er hier eigentlich war. Dann blieb sein Blick an Ryans Hand hängen, die immer noch auf meiner lag, und seine Miene verdüsterte sich augenblicklich.

Ehe ich irgendetwas sagen konnte, machte er auf dem Absatz kehrt und schlug die Tür hinter sich zu. Der Knall war so laut, dass ich zusammenzuckte.

»Tut mir leid, aber du solltest besser gehen«, sagte ich an Ryan gewandt. Ich sprang auf und lief Jesse hinterher, ohne Ryans Reaktion abzuwarten. Ich stieß unsanft ein paar Leute aus dem Weg und bekam gerade noch den Ärmel von Jesses Jacke zu fassen, ehe er durch die Wohnungstür verschwinden konnte. Er blieb stehen und drehte sich zu mir um. Seine Miene war ausdruckslos, aber in seinen Augen loderte ein Feuer, das mich erzittern ließ.

»Jesse, was machst du hier?«, fragte ich schwer atmend.

»Ich wollte mit dir reden, aber wie es aussieht, bist du gerade beschäftigt«, knurrte er zähneknirschend.

»Nein, das … wir haben nur geredet.«

»Aha. Sah nur nicht danach aus.« Er verschränkte die Arme vor der Brust.

»Können wir bitte in mein Zimmer gehen und dort weiterreden?«, fragte ich und sah demonstrativ zu dem Mädchen, das gerade aus dem Badezimmer gekommen war und uns nun interessiert beobachtete.

»Was gibt es da noch zu reden? Und dein Zimmer ist ohnehin schon besetzt. Ich sollte jetzt besser gehen.«

Er wollte sich von mir abwenden, aber ich hielt ihn beinahe schon verzweifelt an seiner Jacke fest. Ich wusste nicht, warum er hier war. Ich wusste nur, dass ich ihn auf keinen Fall gehen lassen durfte.

»Bitte, Jesse«, flehte ich leise, »komm mit.«

Ich nahm seine Hand in meine, und zu meiner Überraschung stellte ich fest, dass er sich nicht wehrte. Erleichtert zog ich ihn hinter mir her in mein Zimmer, das zum Glück leer war.

»Warum bist du hier, Jesse? Worüber wolltest du mit mir reden?«, fragte ich, während ich schnell die Tür hinter ihm schloss und den Schlüssel umdrehte, um ihm den Fluchtweg zu versperren, und damit wir nicht von unerwünschten Partygästen gestört wurden.

Er musste unbedingt hierbleiben, hier bei mir. Ich hatte ihn so schrecklich vermisst. Ich konnte mich gar nicht an ihm sattsehen. War es möglich, dass er noch attraktiver geworden war?

»Ich habe echt gedacht, du hättest das, was du gesagt hast, ernst gemeint.« Ein kaltes Lachen drang aus seinem Mund.

»Das habe ich auch!«

»Wirklich? Also bist du so verliebt in mich, dass du einen Tag, nachdem du mir das sagst, mit diesem Penner rummachst?«

»Nein, so war das nicht! Wir haben nicht rumgemacht! Ehrlich nicht! Mona wollte mich aufheitern und hat deshalb ohne mein Wissen diese Party veranstaltet. Sie hat Ryan auch eingeladen, weil sie zusammen einen Kurs haben. Da er hier so ziemlich der Einzige ist, den ich kenne, habe ich mich mit ihm unterhalten. Das war alles.«

»Und deshalb habt ihr händchenhaltend auf deinem Bett gesessen?«

»Das … das war nur«, stotterte ich und schlang mir die Arme um den Oberkörper, da mir plötzlich schrecklich kalt war. »Das war nur eine freundschaftliche Geste.«

Er lachte lustlos auf. »Freundschaftliche Geste, klar. Und als Nächstes hätte er dich ganz freundschaftlich gefickt, oder was?«

»Hör auf damit, Jesse!«, rief ich aufgebracht. »Das ist nicht fair! Du hast kein Recht, mir Vorwürfe zu machen! Ich habe mich dir praktisch auf dem Silbertablett serviert, aber du wolltest mich nicht, also hör gefälligst auf, dich wie ein eifersüchtiger Freund zu verhalten!«

Bei meinen Worten zuckte er zusammen, seufzte dann

schwer und sah mich resigniert an. »Ja, du hast recht.« Er ließ sich auf mein Bett sinken. »Es tut mir leid, Bailey.«

Er fuhr sich mit der Hand durch sein dunkles Haar und sah mich dabei so süß an, dass ich ihm am liebsten sofort um den Hals gefallen wäre.

»Ich vermisse dich«, sagte er dann leise. »Komm wieder nach Hause.«

»Ich kann nicht«, flüsterte ich und versuchte, den Klos in meinem Hals hinunterzuschlucken.

»Bitte«, flehte er leise, griff nach meiner Hand und zog mich neben sich aufs Bett.

»Jesse …«

»Bitte«, hauchte er erneut und dann – ohne jede Vorwarnung – küsste er mich.

Obwohl ich nicht mal beschwipst war, drehte sich plötzlich alles um mich herum, und ich konnte keinen klaren Gedanken mehr fassen. Aber denken war im Moment auch das Letzte, was ich wollte. Ich wollte einfach nur noch fühlen und den Augenblick genießen. Ich schlang meine Hände um seinen Hals, woraufhin Jesse mich auf seinen Schoß zog, sodass ich nun rittlings auf ihm saß. Er legte seine Arme um mich und schob seine Hände unter mein Shirt, um meinen nackten Rücken zu streicheln. Er küsste mich so leidenschaftlich, als würde sein Leben davon abhängen. Dann stand er plötzlich mit mir auf und drehte sich um, um mich aufs Bett legen zu können. Er legte sich zwischen meine Beine und unterbrach während all dem kein einziges Mal unseren Kuss. Ich krallte meine Hände in sein weiches Haar und stöhnte in seinen Mund, als seine Hände meine Brüste fanden.

»Ich ertrage den Gedanken nicht, dass dich ein anderer Mann berührt, Bailey«, flüsterte Jesse gequält.

»Ich will auch gar nicht von irgendjemandem außer dir angefasst werden«, hauchte ich und presste meine Lippen wieder auf seine.

»Du gehörst mir.«

»Ja«, sagte ich ein wenig frustriert. Ich wollte nicht reden. Ich wollte ihn einfach nur küssen.

»Sag es.«

»Ich gehöre dir. Und jetzt küss mich!«

Er grinste zufrieden und küsste mich dann mit einer Intensität, dass mir die Luft wegblieb. Aber wer brauchte schon Luft? Die wurde ohnehin völlig überbewertet. Ich brauchte nichts außer Jesses Lippen auf meinen.

Jesse zupfte am Saum meines Shirts, und ich hob die Arme, damit er es mir über den Kopf ziehen konnte. Dann schob er langsam die Träger meines BHs hinunter und griff unter mich, um geschickt den Verschluss zu öffnen. Das Licht brannte noch, und ich fühlte mich völlig entblößt. Ich war halb nackt, während er noch vollständig bekleidet war. Das war nicht ganz fair, also schob ich ihm die Lederjacke von den Schultern. Er zog sie aus und warf sie achtlos auf den Boden. Sein T-Shirt folgte sogleich. Ich versuchte viel zu schnell und ungeschickt, seinen Gürtel zu öffnen, was ihm ein leises Lachen entlockte. Er stand auf und zog seine Hose aus. Zwei Sekunden später war er wieder auf mir. Er küsste meinen Hals und dann mein Schlüsselbein, was mir eine wohlige Gänsehaut am ganzen Körper bescherte.

Keinen von uns kümmerte es, dass die Party immer noch in vollem Gange war. Es war, als gäbe es in diesem Moment nichts außer uns beiden.

Jesse küsste und knabberte sich hinunter zu meinen Brüsten. Als er an einem Nippel saugte und den anderen zwischen Daumen und Zeigefinger zwirbelte, entfuhr mir ein Stöhnen. Doch plötzlich ließ er von mir ab, und ich wimmerte enttäuscht, aber das schlug schnell in Aufregung um, als seine Lippen meinen Bauch hinabglitten. Er öffnete meine Hose und zog sie mir mitsamt dem Höschen aus. Dann drückte er mir einen Kuss auf den Venushügel, ehe er meine Beine weit spreizte und seinen Mund auf die Stelle presste, wo ich ihn am dringendsten brauchte. Er hatte mich kaum berührt, da fühlte ich schon den sich anbahnenden Orgasmus. Ich krallte meine Hände in seinen Haaren fest, schloss die Augen und drückte ihm mein Becken entgegen. Er schob seine Hände unter meinen Hintern und hob ihn ein wenig an, während er fest an meiner Klit saugte und mich so zum Explodieren brachte.

Ehe ich überhaupt begreifen konnte, was gerade passiert war, war Jesse weg. Aus dem Augenwinkel sah ich, wie er sich die Boxershorts auszog, und sofort erwachte ich aus dem Nebel der Befriedigung. Ihm dabei zuzusehen, wie er ein Kondom aus seinem Portemonnaie fischte und es sich über seinen harten Penis streifte, fachte das Feuer in mir sofort wieder an, und ich leckte mir erwartungsvoll über die Lippen.

»Du siehst gerade so was von sexy aus«, raunte Jesse.

»Dito«, sagte ich nur und bedeutete ihm ungeduldig, endlich wieder zu mir zu kommen, was ihm ein leises Lachen entlockte.

Ich konnte nicht anders und musste einfach meine Hand um seinen Penis legen. Er fühlte sich so verdammt gut an.

Jesse stöhnte, als ich ihn sanft massierte.

»Wenn du so weitermachst, ist der ganze Spaß schon vorbei, bevor er überhaupt angefangen hat«, warnte er mich heiser, was mich zum Kichern brachte.

Ich führte ihn zu meinem Eingang und versuchte, nicht daran zu denken, was passiert war, als ich das letzte Mal versucht hatte, mit Jesse zu schlafen. Aber heute war es anders. Jesse wollte mich auch, das war ihm deutlich anzusehen.

Er küsste mich wieder, dieses Mal viel zärtlicher, und dann spürte ich, wie sein Penis langsam in mich eindrang. Erst war es ein wenig unangenehm. Ich hatte so lange keinen Sex mehr gehabt, dass sich da unten alles anfühlte, als wäre ich wieder Jungfrau. Es dauerte ein paar Sekunden, bis ich mich an seine Größe gewöhnt hatte, doch als er anfing, sich zu bewegen, war da nur noch pure Ekstase. Das Gefühl, völlig von ihm ausgefüllt zu sein, war unbeschreiblich.

Ich schlang die Beine um seine Taille und packte mit meinen Händen seinen knackigen Hintern. Jesse stieß nun immer fester und schneller zu, und schon bald fanden wir einen gemeinsamen Rhythmus und stöhnten um die Wette. Ich hatte noch nie zuvor etwas Heißeres gehört, als die kleinen Laute, die Jesse beim Sex von sich gab.

Als ich kurz davor war zu kommen, biss ich ihm leicht in die Schulter, was ihn noch mehr anzuturnen schien. Ich bog den Rücken durch und schloss die Augen.

»Nein, sieh mich an«, keuchte Jesse, also öffnete ich meine Augen und begegnete seinem intensiven Blick. Noch nie hatte mich jemand so angesehen. In diesem Moment fühlte ich mich wie die begehrenswerteste Frau auf dem gesamten Planeten. Und dann kam ich mit einer Heftigkeit, die mich selbst erschütterte.

Als meine Vagina um Jesses Penis herum zu zucken begann, stieß er noch ein letztes Mal fest in mich hinein, ehe auch er zum Höhepunkt kam. Die ganze Zeit über hatten wir uns dabei angesehen, und erst, als sich unsere Herzschläge langsam wieder normalisierten, brach Jesse den Blickkontakt ab, um sich aus mir zurückzuziehen und von mir runterzurollen.

»Fuck, das war echt der Wahnsinn«, sagte er schwer atmend und gab mir einen Kuss aufs Schlüsselbein.

»Mhm«, murmelte ich mit einem seligen Lächeln auf den Lippen.

Jesse zog mich an sich, warf eine Decke über uns und hielt mich fest in den Armen, während ich einfach nur seine Wärme und seinen Duft genoss. Ich war im Himmel.

Ich wollte nicht einschlafen. Ich wollte diesen Moment so lange wie möglich auskosten. Doch schon nach wenigen Minuten übermannte mich die Müdigkeit und trotz des Partylärms schlief ich schließlich eng an Jesse gekuschelt ein.

Siebzehntes Kapitel

Als ich aufwachte, war ich alleine. Sofort sah ich mich nach Jesse um, aber er war weg – genauso wie seine Klamotten. Ich versuchte, die Enttäuschung hinunterzuschlucken. Vielleicht war er ja gar nicht abgehauen, sondern saß angezogen am Küchentisch und wartete auf mich. Ich schloss die Augen für einen Moment, um an der Hoffnung festhalten zu können und die vergangene Nacht Revue passieren zu lassen. Es war mir ein Rätsel, wie sich dieser Tag so hatte entwickeln können. Ich war als ein Häufchen Elend aufgewacht, hatte den Tag gerade mal so überstanden, nur um herauszufinden, dass Mona eine Party bei uns zu Hause organisiert hatte, um mich mit Ryan zu verkuppeln, und schließlich war ich mit Jesse im Bett gelandet. Alleine beim Gedanken daran begann sich mein Herzschlag zu beschleunigen und mein Körper zu glühen. Ich konnte es kaum fassen, dass ich Sex mit Jesse Carter gehabt hatte. Und zwar den mit Abstand besten Sex meines Lebens. Der Sex mit Jake war immer gut gewesen. Okay, nicht von Anfang an, immerhin waren wir beide noch Jungfrau gewesen, aber es war mit der Zeit immer besser geworden. Er hatte mich immer befriedigen können, doch mir war nicht klar gewesen, dass Orgasmus nicht gleich Orgasmus war. Nach letzter Nacht bezweifelte ich sogar, dass ich je zuvor einen richtigen Orgasmus gehabt hatte, denn nichts ließ sich mit dem Gefühl vergleichen, das Jesse in mir ausgelöst hatte.

Ich konnte mir nicht vorstellen, dass er einfach so gegangen war, ohne ein Wort zu sagen. Nicht nach letzter Nacht. Nicht nachdem er mich *so* angesehen hatte.

Ich stand auf und schlüpfte schnell in irgendwelche Klamotten, während ich ununterbrochen grinste.

»Da hat aber jemand gute Laune. Könnte das etwas mit den Geräuschen zu tun haben, die letzte Nacht aus deinem Zimmer zu hören waren?«, fragte Mona, die gerade am Küchentisch saß.

»Ist er noch da?«, wollte ich wissen, woraufhin sie langsam den Kopf schüttelte.

Mein Lächeln erstarb. »Oh.«

»Er ist vor etwa einer halben Stunde weg«, teilte sie mir vorsichtig mit.

»Oh«, wiederholte ich leise und versuchte, die Kälte, die sich in meinem Körper ausbreitete, zu ignorieren.

»Wahrscheinlich musste er einfach schnell in eine Vorlesung«, meinte Mona aufmunternd.

»Ja, wahrscheinlich.« Ich warf einen Blick auf die Uhr an der Wand.

Es war Viertel vor neun. Seine erste Vorlesung begann erst um zehn.

»Also? Was genau ist da gestern passiert? Ich will alle Details!«

Ich schob das ungute Gefühl, das ich hatte, in die hinterste Ecke meines Gehirns und machte mir eine Tasse Kräutertee.

»Er ist einfach so in mein Zimmer geplatzt, wo ich gerade mit Ryan geredet habe. Er dachte, wir hätten was am Laufen. Er hat total eifersüchtig reagiert.«

Ich setzte mich zu Mona an den Küchentisch und gab den Dialog zwischen Jesse und mir beinahe Wort für Wort wieder.

»Und dann hat er mich plötzlich geküsst«, berichtete ich leise. »Das eine führte zum anderen, und auf einmal lagen wir nackt in meinem Bett und haben miteinander geschlafen.«

Die Details ließ ich lieber aus. Die gingen nur Jesse und mich etwas an.

»Und wie war's?«, wollte Mona wissen und setzte sich aufrechter hin.

»Es war … es war einfach unbeschreiblich. So etwas habe ich noch nie erlebt.«

»Hattest du einen Orgasmus?«, fragte sie geradeheraus und ich nickte.

»Ja, sogar zwei.«

»Gut gemacht, Jesse!« Sie applaudierte kurz. »Lass dir eines gesagt sein, ein Orgasmus beim Sex ist keine Selbstverständlichkeit. Und danach?«

»Danach hat er mich zugedeckt und sich an mich gekuschelt. Es war wunderschön. Aber dann bin ich aufgewacht und er … « Ich musste schlucken. »Er war weg.«

»Vielleicht gibt es dafür ja eine plausible Erklärung.«

»Wie zum Beispiel?«

»Na ja, wie schon gesagt, vielleicht musste er früh zur Uni …«

»Er hat erst in einer Stunde seine erste Vorlesung.« Ich wollte nicht länger um den heißen Brei herumreden. »Sehen wir den Tatsachen ins Auge, ich war für ihn nur ein One-Night-Stand.«

»Das glaube ich nicht.«

»Hör auf, ihn in Schutz zu nehmen, Mona«, sagte ich angriffslustig, und sofort überkam mich das schlechte Gewissen. Ich durfte meine Wut nicht an ihr auslassen.

»Tut mir leid«, entschuldigte ich mich schnell. »Ich weiß, dass du es nur gut meinst.«

»Allerdings, aber du kennst mich. Ich würde nie etwas sagen, das ich nicht so meine. Auch nicht, damit du dich besser fühlst. Ich glaube wirklich nicht, dass das für ihn nur ein One-Night-Stand war. So ein Arschloch ist nicht einmal Jesse, dass er deine Gefühle für ihn so ausnutzen würde.«

»Langsam weiß ich nicht mehr, wer oder was Jesse überhaupt ist.« Ich seufzte schwer.

Innerlich hoffte ich, dass Mona recht hatte und er wirklich irgendeinen plausiblen Grund für sein plötzliches Verschwinden hatte.

»Du solltest mit ihm reden und ihn einfach geradeheraus darauf ansprechen. Es bringt nichts, irgendwelche Vermutungen anzustellen.«

»Ich weiß.« Ich vergrub mein Gesicht in den Händen. »Ich weiß nur nicht, ob ich noch mal mit ihm reden will. Wir haben schon so viel geredet, und nie ist etwas dabei rausgekommen – zumindest nichts Gutes.«

»Jetzt übertreibst du aber. Versprich mir einfach, dass du dich nicht verrückt machst, ehe du nicht weißt, was hier vorgeht! Okay?«

Ich nickte, doch wir beide wussten, dass es ein leeres Versprechen war.

»Ich muss mich jetzt fertig machen, sonst komme ich zu spät zu meiner Vorlesung«, sagte ich und ließ Mona alleine am Küchentisch zurück.

Als ich im Hörsaal saß und auf die Professorin wartete, zerbrach ich mir immer noch den Kopf, was Jesses wortloser Abgang zu bedeuten hatte. Letzte Nacht war etwas Besonderes gewesen. Er hatte mir gesagt, dass ich ihm gehörte. Er sagte, er würde den Gedanken nicht ertragen, dass mich irgendein anderer Kerl berührte. Und dann verschwand er einfach am nächsten Morgen. Keine Erklärung. Nichts. Und das, obwohl er genau wusste, was er mir bedeutete.

Meine Gedanken wurden vom Signalton meines Handys unterbrochen. Als ich einen Blick darauf warf, setzte mein Herz eine Sekunde aus. Es war eine Nachricht von Jesse.

Wir müssen reden. Heute Abend um sieben Uhr bei mir?

Ich wusste nicht, ob ich erleichtert sein oder Angst haben sollte. Ich tippte eine schnelle Antwort, in der ich ihm mitteilte, dass ich da sein würde, und stopfte mein Telefon dann zurück in meine Tasche. Ich bekam kein Wort von der Vorlesung mit, da ich nur an Jesse denken konnte. Worüber wollte er mit mir reden? Wollte er mir sagen, dass er mit mir zusammen sein wollte? Oder wollte er mir nur mitteilen, dass die letzte Nacht ein riesiger Fehler gewesen war und es besser wäre, wenn wir uns nicht mehr sahen? Bei diesem Gedanken wurde mir übel. Noch eine Abfuhr von ihm könnte ich nicht ertragen. Ich würde garantiert daran zerbrechen.

Nach der Vorlesung rief ich Dawn an. Ich wollte mich unbedingt mit ihr treffen und ihr von letzter Nacht erzählen. Leider hatte sie keine Zeit, um mit mir gemeinsam zu Mittag zu essen, aber sie meinte, ich könne schon eine Stunde früher kommen und wir könnten uns in ihr Zimmer setzen und dort reden, bis Jesse nach Hause kam. Nach kurzem Überlegen stimmte ich ihrem Vorschlag zu.

Der Tag dauerte viel zu lange und verging dann trotzdem viel zu schnell. Die ganze Zeit über war ich ein nervöses Nervenbündel, weil ich keine Ahnung hatte, was mich erwartete. Und je mehr Zeit ich hatte, nachzudenken, desto wütender wurde ich auf Jesse. Er hätte mir wenigstens einen kleinen Hinweis geben können. Und er hätte nicht einfach so abhauen dürfen, ohne ein Wort zu sagen.

Kurz vor sechs Uhr rief ich Dawn noch mal an, damit sie mir die Tür aufmachte. Ich hatte Angst, Jesse könnte schon zu Hause sein. Ich wollte vorher noch mit meiner besten Freundin reden, ehe ich mich ihm stellte.

Es war ein seltsames Gefühl, vor der Tür dieses Hauses zu stehen und darauf zu warten, dass sie mir jemand öffnete, immerhin war es bis vor Kurzem noch mein Zuhause gewesen. Ich hatte zwar immer noch den Schlüssel, aber ich fand es nicht richtig, einfach reinzugehen.

»Hi. Keine Sorge, er ist noch nicht da«, beruhigte mich Dawn, als sie mein besorgtes Gesicht sah.

»Oh, gut.«

Ich folgte ihr hinein ins Haus und die Treppe hoch in ihr Zimmer. Sie hatte ein Tablett mit einer Teekanne und zwei Tassen darauf vorbereitet. Ich liebte diese Frau.

Ich setzte mich im Schneidersitz auf ihr Bett, während Dawn auf dem Schreibtischstuhl Platz nahm. Ohne weitere Umschweife erzählte ich ihr von letzter Nacht, davon, dass er einfach abgehauen war und von der SMS.

»Ich weiß nicht, was größer ist. Meine Wut oder meine Angst«, seufzte ich, nachdem ich zu Ende erzählt hatte.

»Wovor hast du denn Angst?«

»Davor, dass er mir sagt, dass letzte Nacht ein Fehler war«, gestand ich kleinlaut.

»Kann ich nachvollziehen. Aber egal was nach diesem Gespräch aus euch wird, glaube ich nicht, dass es ein Fehler war. Ich denke, dass es früher oder später so weit kommen musste, damit ihr beide erkennen könnt, was ihr wirklich füreinander empfindet.«

»An meinen Gefühlen hat sich nichts verändert. Sie sind jetzt nur noch stärker als vorher. Und ich weiß nicht, wie ich damit leben soll, wenn Jesse dabei nichts empfunden hat.«

»Was hattest du letzte Nacht für ein Gefühl?«, fragte Dawn und sah mich eindringlich an.

»Was meinst du?«

»Na, als ihr miteinander geschlafen und im Anschluss daran gekuschelt habt. Hattest du da den Eindruck, er würde nichts für dich empfinden? Als wärst du nur eine von vielen?«

»Nein. So wie er mich angesehen hat, glaube ich nicht, dass er gar nichts für mich empfindet.«

»Das ist doch schon mal gut. Wenn er dich nicht behandelt hat wie eine seiner x-beliebigen Tussis, ist das ein ziemlich gutes Zeichen.«

»Ja, aber woher sollen wir wissen, wie er die anderen Mädchen, mit denen er schläft, behandelt? Warst du schon mal dabei? Also ich nicht. Vielleicht ist er einfach gut darin, Frauen das Gefühl zu vermitteln, sie wären etwas ganz Besonderes.«

»Ach, komm schon, du hast monatelang mit ihm zusammengewohnt. Du kennst ihn. Du weißt, wie er die Mädchen behandelt hat.«

»Ja, ich weiß, wie er sie danach behandelt hat. Immer, wenn er eine mit nach Hause genommen hat, hat er sie entweder gleich danach oder am nächsten Morgen rausgeschmissen. Bei mir konnte er das nicht machen, weil er bei mir zu Hause war, aber er hat sich einfach davongeschlichen.«

»Okay, ja, aber wann wollte er je mit einem seiner One-Night-Stands ein Gespräch danach führen?«

»Er hat ja auch noch nie mit einer geschlafen, mit der er befreundet war. Ich weiß ja, dass er mich gernhat und mir nicht wehtun will. Das ist wahrscheinlich auch der einzige Grund, warum er mit mir reden will.«

»Hör auf mit dieser Schwarzmalerei. Lass es einfach auf dich zukommen, und danach sehen wir weiter.«

Ich nickte und warf einen Blick auf die Uhr. Es war fünf nach sieben.

»Oh, Mist. Ich sollte mal besser runtergehen und sehen, ob er schon da ist.«

»Okay, ich warte hier. Sag mir danach Bescheid, ob du hierbleiben und reden willst, oder ob wir lieber zu Mona fahren sollen.«

»Wahrscheinlich Zweiteres«, seufzte ich.

»Viel Glück«, rief sie mir nach, als ich mit gestrafften Schultern und hocherhobenen Hauptes das Zimmer verließ.

»Jesse?«, rief ich, als ich Geräusche von unten hörte.

»Ja! Geh schon mal in mein Zimmer und warte dort auf mich. Ich komme gleich!«, antwortete er.

Er hatte also schon mitbekommen, dass ich hier war.

Mit klopfendem Herzen ging ich in sein Zimmer und wartete auf ihn. Ich saß auf seinem Stuhl und zupfte nervös an den Ärmeln meines dunkelblauen Pullis herum.

»Hi«, sagte Jesse, als ein paar Minuten später die Tür aufging und er hereinkam. Wie so oft trug er nur ein weißes Shirt, das ihm unglaublich gut stand.

»Hi«, erwiderte ich leise und traute mich kaum, ihn anzusehen.

Eine Weile blieb er einfach nur an der Tür stehen, und aus den Augenwinkeln sah ich, wie er auf den Boden starrte. Offensichtlich suchte er nach den richtigen Worten.

»Also«, begann er schließlich gedehnt und setzte sich auf sein Bett. »Wegen letzter Nacht …«

Er brach ab, sah mich an und seufzte dann schwer, was das ungute Gefühl in meiner Magengegend nur noch verschlimmerte.

»Ich hätte das echt nicht tun sollen, Bailey. Das war so überhaupt nicht geplant, ehrlich nicht. Ich wollte einfach nur mit dir reden, aber dann habe ich dich mit diesem Affen gesehen, und da ist bei mir irgendwie eine Sicherung durchgebrannt.«

»Worüber wolltest du denn mit mir reden?«, fragte ich und erwiderte tapfer seinen Blick.

»Ich wollte mich bei dir entschuldigen. Du hast mir dein Herz ausgeschüttet und ich habe kein Wort dazu gesagt. Ich stand einfach unter Schock. Ich konnte nicht fassen, dass du wirklich mehr für mich empfindest. Und ich wollte mich auch dafür entschuldigen, dass ich mich dir gegenüber wie ein riesengroßes Arschloch verhalten habe. Du hattest recht, ich hätte mit dir reden müssen, anstatt dich zu ignorieren. Und das mit dem Mädel auf meiner Party ist eigentlich gar nicht geplant gewesen, aber dann habe ich ein paar Bier getrunken und dachte, das wäre die beste Möglichkeit, um dich davon zu überzeugen, dass ich kein Fester-Freund-Material bin. Das war einfach nur dämlich.«

»Ja, war es, aber ist schon okay. Das habe ich dir schon bei unserem letzten Gespräch verziehen und meinte es auch so. Wäre es andersherum gewesen, hätte ich wahrscheinlich auch nicht gewusst, wie ich mich dir gegenüber verhalten soll.«

»Nein, aber bestimmt hättest du nicht mit irgendeinem Kerl vor meinen Augen herumgemacht, um mich mutwillig zu verletzen.«

»Nein, wahrscheinlich nicht.«

»Ach ja, auch wenn es nach gestern wahrscheinlich unnötig ist, das extra zu erwähnen, aber ich wollte dir noch sagen, dass ich dich nicht abgewiesen habe, weil ich dich nicht attraktiv finde. Ich fand dich ab der ersten Sekunde wahnsinnig sexy und …« Er brach ab und biss sich auf die Unterlippe. Am liebsten hätte ich ihn geschüttelt, um ihn zum Weiterreden zu zwingen. Es schmeichelte mir sehr, dass er mich sexy fand, aber ich wollte mehr von ihm hören. Hören, dass er mich liebte und mit mir zusammen sein wollte.

»Also, was ich sagen will, ist«, wieder brach er mitten im Satz ab, legte seinen Kopf in den Nacken und starrte an die Decke. Langsam hielt ich diese Anspannung nicht mehr aus. Ich merkte, wie er sich quälte und wollte gerne diese Last von ihm nehmen, aber solange ich nicht wusste, worauf dieses Gespräch hinauslief, würde ich einen Teufel tun und ihm jetzt zu nahe kommen.

»Bailey«, sagte er und sah mir endlich in die Augen. »Seit ich dich kenne, kann ich an nichts anderes mehr denken, als daran, wie gerne ich dich an mich ziehen, dich küssen, dich berühren würde. Wie es sich anfühlen würde, dich in meinen Armen zu halten, dich überall zu streicheln und zu liebkosen. In dir zu sein. Aber in dieser einen Nacht nach unserem Klubbesuch warst du so betrunken, und ich wollte deinen Zustand nicht ausnutzen. Außerdem wollte ich nicht, dass du es am nächsten Tag bereust. Und … na ja … ich war besorgt, dass es für dich dann mehr als nur ein One-Night-Stand wäre.«

»War letzte Nacht denn nur ein One-Night-Stand?«, fragte ich mit piepsiger Stimme, da ich es endlich wissen musste.

»Ich … keine Ahnung.«

Jesse sprang auf, fuhr sich seufzend mit den Händen durchs Haar und begann, in seinem Zimmer auf und ab zu tigern.

»Ehrlich gesagt, weiß ich nicht so genau, was das war«, sagte er – immer noch gehend und ohne mich anzusehen. »Du verwirrst mich so. Keiner schafft es, mir so auf die Nerven zu gehen wie du, aber wenn du nicht da bist, dann fehlt etwas. Ich vermisse dich, auch wenn wir uns erst vor fünf Minuten gesehen haben. Ich vermisse es sogar, mit dir zu streiten. Und ich muss ständig an dich denken, was echt anstrengend ist. Die ganze Situation ist einfach verdammt anstrengend. Weißt du eigentlich, wie oft ich nachts wach gelegen habe und gegen mich selbst ankämpfen musste, weil ich einfach nur in dein Zimmer schleichen wollte? Oder wie oft ich dich einfach nur packen und küssen wollte? Und das wurde immer schlimmer. Ich konnte mich nicht einmal mehr mit anderen Frauen ablenken. Die haben mich einfach nicht mehr interessiert. Und wenn ich mich doch gezwungen habe – mit Amanda zum Beispiel – habe ich mich danach einfach nur beschissen gefühlt. Sogar währenddessen habe ich mich scheiße gefühlt und konnte nur an dich denken. Fuck, und alleine der Gedanke daran, du könntest dasselbe mit irgendeinem Kerl machen … das hat mich fast durchdrehen lassen. Am liebsten hätte ich jeden Kerl, der es gewagt hat, dich anzufassen oder auch nur anzusehen, einfach grün und blau geschlagen. Erst Cole, dann Ryan, dieser Brandon, Caleb und dein Ex-Freund … ich bin wegen diesen Idioten fast verrückt geworden. Ich kann dir keinen Vorwurf machen, trotzdem bin ich so verdammt wütend auf dich. Als ich dich gestern gesehen habe … das hat mich beinahe umgebracht, Bailey. Und auch wenn ich keine Ahnung von diesem Gefühlskram habe, kann ich nicht leugnen, dass du mir etwas bedeutest. Aber ich habe Angst, dass ich dir früher oder später das Herz brechen werde. Du kennst mich. Ich bin ein Idiot. Ich werde es mit Sicherheit irgendwann verbocken.«

Endlich blieb er stehen und sah auf mich herab. Er hatte so schnell geredet, dass ich Mühe gehabt hatte, all seine Worte zu erfassen, aber ich hatte es verstanden. Auch wenn er es noch nicht sagen konnte, Jesse Carter empfand etwas für mich. Mehr als nur Freundschaft. Das wusste ich nach diesem Monolog mit absoluter Sicherheit. Ein warmes Gefühl breitete sich von meinem Herzen ausgehend in meinem ganzen Körper aus, und ich musste lächeln.

»Deinem Gesichtsausdruck nach zu urteilen bist du nicht sauer?«, fragte Jesse, und auch seine Lippen verzogen sich zu einem Lächeln, als er mich ansah.

»Doch, bin ich, auch wenn ich es gerade nicht zeigen kann. Ich hatte heute einen schrecklichen Tag deinetwegen. Aber ich kann gerade einfach nicht böse auf dich sein, weil du so verdammt süß bist.«

»Ich bin nicht süß«, brummte er und verschränkte die Arme vor der Brust.

»Doch, bist du.« Ich stand auf, um seine Hände in meine nehmen zu können. »Aber ich weiß noch immer nicht genau, was das alles jetzt für uns heißt. Meine Gefühle kennst du ja, aber was genau willst *du?*«

»Ich will mit dir zusammen sein, Bailey. Ich dachte, das hätte ich deutlich gemacht. Aber ich habe Angst, etwas falsch zu machen und dich damit zu vertreiben.«

»Oh, du wirst ganz bestimmt so einiges falsch machen«, meinte ich lachend, woraufhin er mich mit einem gespielt wütenden Gesichtsausdruck bedachte. »Aber ich werde nicht weglaufen. Wir werden das zusammen hinbekommen. Wir müssen nur ehrlich zueinander sein und über alles reden. Außer du betrügst mich, dann lauf um dein Leben, denn ich werde dich jagen und dir die Eier abschneiden, also sei gewarnt.«

»Gut zu wissen. Jetzt, da wir das geklärt hätten …«, sagte er schmunzelnd, nahm mein Gesicht in beide Hände und beugte sich zu mir herunter, um mich zärtlich zu küssen.

Drei Wochen später zog ich offiziell bei Mona aus. Ich hatte sie nicht einfach so fallen lassen wollen, obwohl sie mir sicher hundertmal versichert hatte, es wäre für sie kein Problem. Sie hatte einen neuen Mitbewohner gefunden, der sich gerade von seiner Freundin getrennt und ganz dringend eine Bleibe gesucht hatte. Deshalb konnte ich ohne schlechtes Gewissen meine Sachen packen und endlich wieder zurück zu Dawn, Zack und Jesse ziehen. Ich hatte zwar ohnehin die meiste Zeit bei ihnen verbracht und bei Jesse – meinem festen Freund – übernachtet, aber hatte trotzdem noch weiterhin die Miete bezahlt.

Es war immer noch surreal, ihn als meinen festen Freund zu bezeichnen, aber genau das war er jetzt und obwohl er mir gefühlt tausendmal versichert hatte, er wäre nicht beziehungstauglich, machte er seine Sache wirklich gut.

Genauso wie er mal behauptet hatte, er würde nicht auf kuscheln stehen. Trotzdem hielt er mich jede Nacht im Arm, und wenn ich am nächsten Morgen aufwachte, hielt er mich immer noch fest. Ich liebte es neben ihm aufzuwachen fast so sehr wie neben ihm einzuschlafen.

»Ich verstehe immer noch nicht, warum wir das ganze Zeug nicht einfach in mein Zimmer bringen können. Du bist sowieso die ganze Zeit nur bei mir«, meinte Jesse, als er den letzten Karton auf meinem Bett abstellte.

»Warum sollen wir dein Zimmer mit all dem Zeug vollstopfen, wenn wir einen ganzen Raum zur Verfügung haben?«, sagte ich etwa zum zehnten Mal.

»Räum wenigstens deine Klamotten in meinen Schrank.« Er packte meinen Hintern und zog mich an sich, während er mir zärtliche Küsse auf den Hals hauchte.

»Warum?«, fragte ich ein wenig atemlos.

»Ich sehe dir einfach so gerne beim Ausziehen zu«, raunte er und biss mir dann sanft ins Ohrläppchen.

»Du bist so ein Spinner«, meinte ich lachend und machte mich widerwillig von ihm los. »Ich muss mich jetzt fertig machen, wir treffen uns in zwanzig Minuten mit den anderen im Restaurant.«

»Müssen wir dahingehen?«, fragte er und schob die Unterlippe vor, wodurch er wie ein trotziger kleiner Junge aussah.

»Ja, müssen wir. Ich will Mona mit Logan verkuppeln.«

»Viel Glück dabei. Ich kann mir ehrlich gesagt nicht vorstellen, dass das funktioniert«, meinte er Augen rollend. »Also lassen wir das lieber bleiben und springen stattdessen gemeinsam unter die Dusche.«

»Nichts da!« Ich gab ihm einen Klaps auf die Finger, die er gerade wieder nach mir ausgestreckt hatte. »Und jetzt raus hier. Ich muss mich umziehen.«

»Warum schickst du mich weg? Ich weiß, wie du nackt aussiehst.«

Er grinste schief und wackelte anzüglich mit den Augenbrauen.

»Ja, aber jedes Mal, wenn ich mich vor dir umziehen will, landen wir schließlich miteinander im Bett.«

»Und das ist ein Problem, weil …?«

»Weil wir keine Zeit dafür haben. Also los jetzt, verschwinde«, befahl ich lachend und schob ihn dann bestimmt aus dem Zimmer.

Ich liebte es, Jesses Freundin zu sein. Ich hätte mir nie vorstellen können, dass dieser Playboy so ein süßer Softie sein konnte. Ständig musste er mich berühren. Wenn wir im selben Raum waren, ertrug er es kaum, mehr als ein paar Zentimeter von mir entfernt zu sein. Und sobald irgendein Kerl mich auch nur von der Seite anguckte, musste er sofort sein Revier markieren. Außerdem hatte ich noch nie einen so sexhungrigen Menschen wie ihn gekannt. Am liebsten hätte er das Bett gar nicht mehr verlassen – oder die Dusche oder das Auto. Ich hatte nichts dagegen, denn ich war mindestens genauso scharf auf ihn, nur in Momenten wie diesem – wenn wir es eilig hatten – war das etwas unpraktisch.

Um kein Risiko einzugehen, zog ich mich in Rekordzeit um und stieg dann die Treppe hinunter, wo Zack, Dawn und Jesse bereits auf mich warteten. Wir vier wollten gemeinsam ins Restaurant fahren. Mona, Logan und Finn würden wir dort treffen. Ich hatte es so eingefädelt, dass alle dabei waren, damit Mona und Logan keinen Verdacht schöpften.

Die Idee, die beiden miteinander zu verkuppeln, war mir vor ein paar Tagen gekommen, als Mona, Dawn und ich zusammen essen gegangen und dort Logan begegnet waren. Ich hatte sofort das Gefühl gehabt, dass die beiden sich zueinander hingezogen fühlten, und meiner Meinung nach würden sie echt gut zusammenpassen. Jesse war von meiner Verkupplungsidee nicht besonders begeistert, aber er war ja auch kein großer Romantiker. Zumindest behauptete er das ständig, denn auch wenn man ihm das niemals angesehen hätte, war er der romantischste Mann, den ich kannte. Ständig überraschte er mich mit kleinen Geschenken oder süßen Gesten. Er brachte mir mein Lieblingseis, kaufte mir Blumen oder Schokolade, aber seine gestrige Aktion hatte alles übertroffen.

Ich hatte gerade im Wohnzimmer auf dem Sofa gesessen, als er plötzlich schnaufend hereingekommen war. In den Händen hatte er etwas Großes, Braunes und Rechteckiges getragen.

»Was ist das?«, fragte ich sofort.

»Deko für unser Zimmer.«

»Äh, Babe …«, sagte ich langsam. »Ich weiß nicht wie ich es ausdrücken soll, aber das ist total hässlich.«

Er verdrehte die Augen. »Das ist auch nur die Rückseite. Es wird dir gefallen. Versprochen, B«, meinte er zwinkernd und drehte das große Holzrechteck daraufhin um, sodass ich die Vorderseite sehen konnte.

»OH. MEIN. GOTT!«, rief ich aufgeregt, sprang auf die Beine und rannte zu Jesse, um mir das, was er mitgebracht hatte, genauer anzusehen.

Es war ein riesiges, gerahmtes Foto von uns beiden, das Dawn vor ein paar Tagen von uns geschossen hatte, ohne dass wir es bemerkt hatten. Es zeigte, wie Jesse mich im Arm hielt und mich küsste.

Jesse hatte es in schwarz-weiß drucken lassen. Es sah wunderschön aus. Ich liebte es.

»Das kommt über unser Bett«, teilte er mir stolz mit. »Gefällt es dir?«

»Es ist perfekt. Du bist perfekt. Danke, das ist so süß von dir!« Ich gab ihm einen Kuss. »Ich habe den süßesten Freund auf der ganzen Welt.«

»Hör auf, das ständig zu sagen«, brummte er.

»Hör du auf, so zu tun, als wäre das etwas Schlechtes. Süß sein ist gut.«

»Nein, süß sind nur Mädchen, kleine Kinder und Hundewelpen. Echte Männer sind nicht süß.«

»Du bist so ein Macho, Carter.«

»Ganz genau, Baby.«

Ich verdrehte nur die Augen, ehe ich leise hinzufügte: »Trotzdem bist du süß.«

»Ich gehe hoch und hänge das Bild auf«, sagte er mürrisch. »Mit meinen starken Männerhänden.«

Ich versuchte, ein Kichern zu unterdrücken, was mir allerdings nicht ganz gelang.

So reagierte er jedes Mal, wenn ich ihm sagte, er sei süß. Er wurde dann immer ganz stinkig und musste den coolen, starken Mann raushängen lassen, was ich erst recht süß fand, aber das behielt ich besser für mich.

Und außer, dass er es hasste, als süß bezeichnet zu werden, hatte ich in den letzten drei Wochen noch ein paar andere Dinge über ihn herausfinden dürfen, die ich vorher nicht gewusst hatte. Zum Beispiel, dass es unmöglich war, mit ihm unsere Lieblingsserie „*Game of Thrones*" zu gucken. Eigentlich hasste Jesse Menschen, die beim Fernsehen ständig dazwischenquatschten, aber bei dieser Serie mutierte er selbst zu einem dieser Menschen.

Er rief dann immer Dinge wie »Gut so, Sansa! Geschieht diesem miesen Vergewaltiger recht, von seinen eigenen Hunden aufgefressen zu werden« oder »Ja, Arya, mach sie platt!«.

Bei jedem anderen hätte mich das wahrscheinlich genervt, aber bei Jesse war es ... einfach nur süß. Es gefiel mir, wie leidenschaftlich er war, obwohl er jede Folge sicher schon drei- oder viermal gesehen hatte. Nur manchmal wurde es mir ein wenig zu viel, aber es war nicht schwer, ihn zum Schweigen zu bringen. Ich musste mich nur an ihn kuscheln, ein wenig seinen Bauch streicheln, ein oder zwei Küsse auf seinen Hals hauchen, und schon fiel er über mich her, ohne dem Fernseher weiter Beachtung zu schenken.

Und was ich noch über Jesse gelernt hatte, war, dass er es nicht leid wurde, mich mit Komplimenten zu überhäufen.

»Habe ich dir heute schon gesagt, wie schön du bist?«, fragte Jesse und drückte mir einen Kuss auf die Wange.

»Erst ungefähr zwanzigmal«, sagte ich lachend. »Aber danke. Und du bist übrigens auch verdammt heiß.«

Ich stellte mich auf die Zehenspitzen, um ihn innig zu küssen.

»Beeilt euch mal, ihr Turteltäubchen«, unterbrach uns Dawn und schob uns sanft in Richtung Ausgang. »Wir wollen doch nicht zu spät ins Restaurant kommen.«

Natürlich freute sich meine beste Freundin wahnsinnig für uns, trotzdem wurde sie es nicht leid, uns zu sagen, wie genervt sie von unserer ständigen Knutscherei war.

Wer hätte gedacht, dass Jesse und ich mal eines dieser peinlichen, kitschigen Pärchen wurden, das allen anderen auf die Nerven ging? Das störte mich allerdings nicht im Geringsten. Ganz im Gegenteil, ich liebte es. Ich liebte ihn. Endlich hatte ich meinen Traummann gefunden, auch wenn er der Letzte gewesen wäre, auf den ich getippt hätte. Aber das Leben ging manchmal eigenartige Wege und am Schluss kam zusammen, was zusammengehörte. Und Jesse und ich gehörten definitiv zusammen. Solange ich ihn an meiner Seite hatte, war ich glücklich.

Epilog

Vier Monate später

»Ich kann nicht glauben, dass du das gesagt hast«, rief ich aufgebracht und stampfte wütend in Richtung Ausgang des Flughafens von Pittsburgh davon, wo wir vor etwa dreißig Minuten gelandet waren.

»Das war doch nur ein Scherz. Komm wieder runter«, sagte Jesse hinter mir lachend, woraufhin ich abrupt stehen blieb und mich zu ihm umdrehte, um ihn böse anzufunkeln.

»Du weißt, wie nervös ich bin. Das hättest du dir echt sparen können.«

»Tut mir leid, Baby. Dein Outfit ist sehr angemessen«, versicherte er mir in versöhnlichem Ton und gab mir einen schnellen Kuss. »Es gibt keinen Grund, nervös zu sein. Meine Mom wird dich lieben.«

»Darf ich dich daran erinnern, wie nervös *du* warst, als du meine Eltern zum ersten Mal getroffen hast?«

»Ja, okay. Ich hab's verstanden. Keine Witze mehr. Also los, besorgen wir uns ein Taxi.«

Ich war schrecklich aufgeregt, da ich heute zum ersten Mal Jesses Mutter begegnen sollte. Da er immer wieder mal hatte fallen lassen, dass seine Mom mich schrecklich gerne kennenlernen würde, hatte ich ihn mit Flugtickets nach Pittsburgh überrascht. Dafür hatte ich das ganze Geld, das ich von meinen Eltern und Großeltern zu Weihnachten bekommen hatte investieren müssen, doch das war es mir wert gewesen, um die Freude in Jesses Gesicht zu sehen. Allerdings wünschte ich mir nun, ich hätte das Geld lieber für etwas anderes ausgegeben. Zum Beispiel für einen Ratgeber, wie man seine Schwiegermutter beeindruckt.

Ich hatte mit so etwas keine Erfahrung. Jakes Eltern hatte ich schon gekannt, ehe wir ein Paar geworden waren. Aber heute musste ich Eindruck schinden. Ich war das erste Mädchen, das Jesse mit nach Hause nahm, also stand ich ziemlich unter Druck.

Erst jetzt konnte ich nachvollziehen, warum der sonst so coole Jesse Carter ein nervöses Wrack gewesen war, als wir zum ersten Mal zu meinen Eltern gefahren waren. Natürlich hatten meine Eltern ihn sofort ins Herz geschlossen, und als wir wieder nach Hause gefahren waren, hatte Jesse nicht aufhören können, von Mom und Dad zu schwärmen. Seitdem besuchten wir die beiden viel öfter, als ich es normalerweise getan hatte, aber Jesse verstand sich total gut mit ihnen – besonders mit Dad. Sie waren beide Fans der Carolina Panthers. Bei Männern reichte es offensichtlich schon aus, Fans derselben Footballmannschaft zu sein, um eine lebenslange Freundschaft zu knüpfen. Es war süß, dass die beiden ständig zusammen abhingen, um Football zu gucken. Ich freute mich für Dad, dass er nun jemanden hatte, mit dem er über solche Dinge reden konnte, denn weder Mom noch ich waren die größten Sportfans.

Ich hoffte, mich nur halb so gut mit Jesses Mutter zu verstehen wie er sich mit meinen Eltern. Nach allem, was ich von ihr gehört hatte, war sie eine sehr warmherzige Frau, aber was Jesse betraf war sie eine richtige Löwenmutter. Es war mir unbegreiflich, wie mir die ganze Zeit über hatte entgehen können, was für eine innige Beziehung er zu ihr hatte. Allerdings hatte ich Angst, dass Veronica – so hieß seine Mom – nicht besonders glücklich darüber wäre, eine neue Frau im Leben ihres Sohnes zu wissen. Es war egal, wie oft Jesse beteuerte, dass ich keinen Grund hatte, nervös zu sein. Ich würde erst wieder runterkommen können, wenn ich ihr endlich gegenüberstand und die Situation beurteilen konnte.

Ich sagte kein Wort, als wir im Taxi saßen, sondern starrte nur aus dem Fenster und spielte gedankenversunken mit den Knöpfen an meiner rosafarbenen Bluse, während Jesse mir immer wieder beruhigend übers Bein strich.

»Lass das«, fauchte ich und schlug seine Hand weg, die gerade versucht hatte, sich unter meinen schwarzen Rock zu schieben.

Ich hätte mir einfach Jeans anziehen sollen. Jesse hatte recht gehabt. Ich sah tatsächlich aus, als würde ich zu einem Vorstellungsgespräch gehen.

»Das ist es. Das weiße Haus da«, sagte Jesse und zeigte auf eines der hübschen Häuser.

Mir wurde schlecht. Nur noch ein paar Minuten, dann war der Moment der Wahrheit gekommen.

Das Taxi blieb vor dem Haus stehen, Jesse bezahlte und holte unsere Taschen aus dem Kofferraum. Wir wollten nur zwei Nächte bleiben, aber ich hatte für eine ganze Woche gepackt.

Ich folgte ihm den schmalen Pfad entlang, als plötzlich die Haustür aufging und eine hübsche, rundliche Frau mit dunklen Haaren heraustrat.

»Wusste ich doch, dass ich was gehört habe. Komm her, mein Kleiner«, rief sie glücklich und schloss ihren *Kleinen*, der mehr als einen Kopf größer war als sie, in die Arme.

»Und du musst Bailey sein. Du siehst in echt ja noch hübscher aus als auf den Fotos.«

Sie sah mich mit einem strahlenden Lächeln auf dem Gesicht an und zog mich dann ebenfalls in eine innige Umarmung.

»Freut mich sehr, Sie kennenzulernen, Mrs. Carter.«

»Nenn mich doch Veronica, Liebes. Los, kommt schon rein.«

Sie trat zur Seite und winkte uns ins Haus. »Jessy, bring doch bitte euer Gepäck hoch. Ich zeige Bailey in der Zwischenzeit das Haus.«

»Echt schön haben Sie es hier«, sagte ich, während Veronica mich durch die Küche ins Wohnzimmer führte. Ich fand es toll, endlich den Ort zu sehen, wo Jesse aufgewachsen war. Veronica schien nichts für moderne Einrichtung übrigzuhaben. Die Möbel waren bunt zusammengewürfelt und sollten wohl nur praktisch und gemütlich sein. Jesses Mom hatte sich auch nicht an irgendein Farbschema gehalten und außerdem schien sie sehr auf Kitsch zu stehen. Überall standen bunte Figürchen und Blumenvasen. Außerdem gab es unglaublich viele Fotos, die ich alle ganz genau betrachtete. Jesse war so ein süßer, hübscher Junge gewesen. Es existierte kein einziges peinliches Bild von ihm – nicht mal als Teenager. Keine Zahnspange, keine Pickel. Einfach nur ein perfektes Gesicht.

Es gab auch mehrere Fotos von seinem verstorbenen Vater. Er war ein attraktiver Mann gewesen. Die schönen blauen Augen hatte Jesse eindeutig von ihm geerbt. Das bezaubernde Lächeln hatte er allerdings von seiner Mutter.

»Nimm Platz«, forderte Veronica mich auf und deutete auf die rostrote Couch. »Jesse hat mir gesagt, dass du eine Teeliebhaberin bist. Willst du eine Tasse?«

»Ja, sehr gerne. Hätten Sie vielleicht Früchtetee da?«

»Natürlich. Ich bin gleich wieder zurück.«

Sie verschwand in die Küche, und eine Minute später stieß Jesse zu mir.

»Und, was sagst du?«, fragte er und musterte mich eingehend.

»Ich finde es toll hier! Und deine Mom ist so nett.«

»Ich sagte dir doch, dass du dir keine Sorgen machen musst.«

»Ich weiß. Du warst übrigens das hübscheste Kind, das ich je gesehen habe.« Ich gab ihm einen Kuss auf die Wange.

»Ja, ich weiß. Ich sah immer schon gut aus«, meinte er grinsend.

»Sei mal nicht so eingebildet, junger Mann. Eine gesunde Portion Selbstzweifel würde dir echt nicht schaden«, tadelte ihn Veronica, die mit einem Tablett zurück ins Zimmer kam, das sie vor uns auf dem Couchtisch abstellte.

Sie reichte mir lächelnd eine Tasse Tee. Für sie und Jesse gab es Kaffee.

»Das sage ich ihm auch ständig«, kicherte ich.

»Ich kann auch nichts dafür, dass ich so umwerfend bin«, meinte Jesse, woraufhin ich ihm einen Klaps auf den Hinterkopf gab.

»Was? Das sagst du mir doch auch ständig.«

»Ja, wenn ich das sage, ist das auch in Ordnung, aber Eigenlob stinkt. Ich laufe auch nicht herum und erzähle jedem, wie toll ich bin. Das macht man einfach nicht.«

»Ja, aber das könntest du, Baby. Du bist nämlich verdammt toll und megaschön.«

Er zog mich an sich und gab mir einen Kuss auf den Scheitel.

»Ihr beide seid so süß«, säuselte Veronica und grinste übers ganze Gesicht.

Wir blieben noch eine Weile zusammensitzen, während Veronica mir eine Frage nach der anderen stellte, um mich besser kennenzulernen. Danach zeigte Jesse mir sein Jugendzimmer. Ich sah mich ein wenig in dem kleinen Raum um und blieb dann an dem Regal hängen, das fast bis zur Decke reichte. Ich betrachtete die Pokale, die darauf standen, ein wenig genauer. Die meisten davon waren Auszeichnungen für irgendwelche sportlichen Leistungen, was mich nicht sehr überraschte, immerhin war Jesse mehr als fit. Was mich allerdings überraschte, war der vorletzte Pokal in der Reihe. Ich nahm ihn heraus und las laut vor.

„Erster Platz im Buchstabierwettbewerb der zweiten Klasse der South Hills Middle School.“

Ich konnte mir ein Grinsen nicht verkneifen.

»Du bist also ein Buchstabier-Ass? Und das hast du so lange vor mir geheim gehalten?«

»Lass das«, murrte Jesse und nahm mir den Pokal aus der Hand, um ihn wieder ins Regal zu stellen.

»Das muss dir nicht peinlich sein!« Ich strich ihm liebevoll über den Arm. »Ich finde das sogar richtig –«

»Wenn du jetzt süß sagst, setze ich dich sofort in den nächsten Flieger nach Hause«, drohte Jesse und verschränkte die Arme vor der Brust.

»Ich wollte sagen, cool«, behauptete ich und wandte mich wieder dem Regal zu, um mein Lächeln zu verbergen.

»Du hast alle ›*Das Lied von Eis und Feuer*‹-Bücher?«, fragte ich erstaunt und fuhr mit dem Finger über die Einbände der Bücher, die weiter unten im Regal standen.

»Natürlich.«

»Hast du alle gelesen?«

»Klar. Weshalb hat man Bücher denn sonst?«

»Entschuldige meine Skepsis, aber ich habe dich noch nicht mal ein Buch für die Uni lesen sehen, geschweige denn ein Buch, das nur zur Unterhaltung dient.«

»Tja, du weißt eben noch lange nicht alles über mich, Adams«, sagte Jesse, legte von hinten die Arme um mich und vergrub seine Nase an meinem Hals.

»Du riechst so verdammt gut«, raunte er mit gedämpfter Stimme, da sein Mund an meiner Haut lag und mir eine angenehme Gänsehaut bescherte.

»Kann nicht sein«, widersprach ich grinsend. »Ich habe immer noch den Flugzeugmief an mir. Ich sollte besser duschen gehen, bevor das Essen fertig ist.«

»Kann ich mitkommen?«

»Und riskieren, dass deine Mutter uns erwischt? Auf gar keinen Fall!« Ich befreite mich sachte aus Jesses Umarmung.

»Mom hat ihr eigenes Badezimmer. Sie kommt nicht einfach in meines – schon gar nicht, wenn meine Freundin zu Besuch ist.«

Er zog mich wieder an sich und küsste mich leidenschaftlich.

»Okay, du darfst mitkommen«, murmelte ich an seinen Lippen, was ihn zum Grinsen brachte. Er nahm mich an der Hand und zog mich ins Badezimmer, das gleich gegenüber lag.

Kaum hatte er die Tür hinter uns geschlossen, lagen seine Hände auch schon auf meinem Körper und zerrten an meinen Klamotten. Er zog mir das Shirt über den Kopf und hauchte kleine Küsse auf mein Schlüsselbein, während er den Knopf meiner Jeans öffnete.

Erst als ich völlig nackt war, begann auch er sich auszuziehen, und obwohl ich seinen Körper bereits in- und auswendig kannte, raubte mir sein Anblick immer noch den Atem.

Er öffnete die Glastür zur Duschkabine und drehte das Wasser auf. Währenddessen hatte ich Zeit, seinen knackigen Hintern zu bewundern.

»Ich kann deine Blicke spüren, B«, sagte Jesse, während er die Hand in den Wasserstrahl hielt und die Temperatur regelte.

»Du gibst eben ein verdammt gutes Bild ab«, meinte ich grinsend, woraufhin er sich wieder zu mir umdrehte.

»Du aber auch.« Er ließ lasziv seinen Blick über meinen Körper gleiten. Dann zog er mich an sich und trat mit mir in die Duschkabine. Heißes Wasser prasselte auf uns herab.

»Weißt du, woran mich das erinnert?«, fragte Jesse und ließ seine Hand hinunter zu meinem Po gleiten.

»Woran denn?«, erwiderte ich, ein wenig atemlos vor Erregung.

»Daran, als du im Jungsbadezimmer geduscht und ich dich erwischt habe. Es war echt nicht leicht, bei diesem Anblick cool zu bleiben. Am liebsten wäre ich zu dir unter die Dusche gesprungen.«

Er begann, sanft an meinem Ohrläppchen zu knabbern, was mir ein leises Seufzen entlockte.

»Das können wir ja jetzt nachholen«, murmelte ich und legte den Kopf in den Nacken, als Jesse begann, meinen Hals zu küssen.

»Das musst du mir nicht zweimal sagen.«

Er hob mich hoch, und ich schlang die Beine um seine Hüfte, als er mich gegen die Wand drückte und mit einem festen Stoß in mich eindrang. Ein Vorspiel war nicht nötig. Wir waren beide schon mehr als bereit.

Nach der sehr ausgiebigen und befriedigenden Dusche gingen Jesse und ich hinunter in die Küche und setzten uns zusammen mit Veronica an den Esstisch, um die köstlichen Spaghetti Carbonara – mein Lieblingsgericht – zu verschlingen, die sie extra für mich gekocht hatte.

»Ich kann immer noch nicht glauben, dass du wirklich echt bist«, meinte Veronica, als wir uns gerade über den Nachtisch – Apfelkuchen – hermachten. »Ich habe so lange dafür gebetet, dass eines Tages ein Mädchen kommen würde, das diesem Schwachkopf hier so richtig den Kopf verdrehen würde.«

»Hey!«, rief Jesse beleidigt.

»Was? Das warst du doch, wenn es um Frauen ging. Es war fast nicht mitanzusehen, wie du mit den Mädchen umgesprungen bist. Du hast deine Verehrerinnen fast so oft gewechselt wie deine Unterwäsche, obwohl ich dich eigentlich zu einem Gentleman erzogen habe. Aber zum Glück hast du Bailey getroffen. Ich fand es so süß, wie er sich immer über dich aufgeregt hat«, sagte sie nun an mich gewandt.

»Du hast mich bei deiner Mom verpetzt?«, fragte ich Jesse anklagend, der genervt »Mom!« rief und die Augen verdrehte, aber Veronica ignorierte uns beide.

»Ich wusste gleich, dass du etwas ganz Besonderes sein musst. Sonst hat er mir nie von irgendwelchen Mädchen erzählt, und plötzlich konnte er über nichts anderes mehr reden als über dich.«

»Oh, wie süß«, säuselte ich und kniff Jesse in die Wange, der nur schnaubte.

Das Ganze war ihm offenbar ziemlich unangenehm, aber ich fand es einfach nur entzückend und verdammt liebenswert.

»Weißt du, bei jedem Anruf wurde seine Stimme ein bisschen wärmer, wenn er über dich sprach, und als er mir dann erzählt hat, dass ihr nun fest zusammen seid, musste ich tatsächlich heulen vor lauter Glück.«

»Ach, Mom«, seufzte Jesse, sein Lächeln konnte er allerdings nicht verbergen.

»Und jetzt, da ich euch beide gemeinsam sehe, bin ich nur noch glücklicher. Ich bin so froh, dass mein Sohn endlich jemanden gefunden hat, dem er sein Herz öffnen konnte und die ihn so ansieht, wie du es tust. In Gedanken plane ich schon eure Hochzeit. Und – oh Gott – ihr werdet so wunderschöne Kinder haben!«

»Mutter!«, sagte Jesse streng. »Dürften wir vorher vielleicht noch das Studium beenden, bevor wir Kinder zeugen?«

»Natürlich, Liebling. Aber lasst euch nicht zu lange Zeit. Ich werde auch nicht jünger«, meinte sie zwinkernd.

»Ich liebe deine Mom«, teilte ich Jesse mit, als wir beide später zusammen im Bett lagen.

»Ja, und sie liebt dich offensichtlich auch. Tut mir leid, dass sie so … euphorisch ist. Diese Frau ist einfach eine hoffnungslose Romantikerin. Sie hat schon meine Hochzeit geplant, bevor ich überhaupt geboren wurde.«

»Kein Problem. Mir gefällt der Gedanke. Und ich glaube, unsere Babys würden wirklich wunderhübsch aussehen.«

»Ja, das werden sie.«

»Also willst du mal Kinder haben? Irgendwann in ferner Zukunft, meine ich.«

»Natürlich. Ich kann es kaum erwarten, mit dir verheiratet zu sein und kleine Baileys und Jesses zu zeugen. Aber vorher würde ich lieber noch ein wenig Zeit mit dir alleine verbringen.«

»Du bist so süß!« Ich hauchte ihm einen Kuss auf die Lippen.

»Du weißt, dass ich es nicht mag, wenn du das zu mir sagst.«

»Dann musst du eben ein bisschen weniger süß sein.«

»Kein Problem«, knurrte er und stürzte sich plötzlich auf mich.

Er lag auf mir und küsste mich so leidenschaftlich, dass die Schmetterlinge in meinem Bauch anfingen, Samba zu tanzen.

»Findest du mich immer noch süß?«, fragte er leise und kniff mir dabei leicht in die Brustwarzen.

»Nein«, antwortete ich atemlos. »Jetzt gerade finde ich dich einfach nur unglaublich heiß.«

Er grinste zufrieden, ehe er seine Lippen wieder auf meine presste.

»Ich liebe dich, Bailey Adams. So sehr«, flüsterte Jesse, als wir eine Stunde später befriedigt und völlig erschöpft aneinandergekuschelt dalagen.

»Ich liebe dich auch, Jesse Carter. So sehr.«

Er gab mir einen Kuss auf die Schläfe, und ich schlief eng an ihn gekuschelt mit einem glücklichen Lächeln auf den Lippen ein.

Ende